失控边界

科幻星系丛书

青年科幻作家培育和科幻创作传播交流项目

奇想宇宙 主编

中国科学技术出版社

·北京·

图书在版编目（CIP）数据

失控边界 / 奇想宇宙主编. -- 北京：中国科学技术出版社，2025.1. --（科幻星系丛书）. -- ISBN 978-7-5236-1136-4

I. I247.7

中国国家版本馆CIP数据核字第2024CM4285号

策划编辑	王卫英
责任编辑	齐倩颖
封面绘图	张于吉
封面设计	北京中科星河文化传媒有限公司
正文设计	中文天地
责任校对	焦　宁
责任印制	徐　飞

出　　版	中国科学技术出版社
发　　行	中国科学技术出版社有限公司
地　　址	北京市海淀区中关村南大街16号
邮　　编	100081
发行电话	010-62173865
传　　真	010-62173081
网　　址	http://www.cspbooks.com.cn

开　　本	710mm×1000mm　1/16
字　　数	216千字
印　　张	17.25
版　　次	2025年1月第1版
印　　次	2025年1月第1次印刷
印　　刷	河北鑫玉鸿程印刷有限公司
书　　号	ISBN 978-7-5236-1136-4 / I·99
定　　价	69.80元

（凡购买本社图书，如有缺页、倒页、脱页者，本社销售中心负责调换）

目 录
CONTENTS

危险关系　　　　　　　　　刘艳增　｜　001

机器人的死亡实验　　　　　张一杰　｜　035

牺牲者　　　　　　　　　　夏　昊　｜　081

剑士　　　　　　　　　　　吴清缘　｜　111

孩子、猪、机器与死神　　　放羊的修格斯　｜　159

宇宙拼图师　　　　　　　　阿　波　｜　211

敦煌笔记　　　　　　　　　未　末　｜　239

危险关系

⊙ 刘艳增

刘艳增，男，现居上海。打过工，创过业，做过自由人。闲暇时，科幻类、悬疑类文学作品是消遣，也是养分。

蝌蚪五线谱签约作者，喜马拉雅科幻故事专辑《脑洞故事铺》作者，曾获第31届中国科幻银河奖、首届三体主题科幻征文大赛一等奖、第九届未来科幻大师奖最佳原创科幻故事奖、惊人院·首届惊人故事大赛潜力奖、蝌蚪五线谱第19期科幻"龙门"擂台赛一等奖、第六届冷湖科幻征文奖。

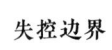

1. 被调查人：唐逍

江警官、徐警官，你们有理由怀疑我，我也会配合调查，但拜托别把重点放在我身上，现在最重要的，应该是先找到林楚。

我知道你们已经加派了人手，但毕竟有那么多人要盘问，监控要看，通话记录要查。也许林楚现在正处在危险当中，多几个人总是好的。

在桂林和她重逢真的只是巧合。我知道这说不通，但实际上，一直到前天再次住进拈花客栈，我才意识到我们已经分开五年了。

为什么会来这儿？我也说不清。我刚刚结束了一场旷日持久的诉讼，现在有大把的空闲时间。前天中午我心血来潮，给自己订了桂林自助游。来之前我和林楚没有过任何联系，更不知道她也会在这里。这个你们可以去查我的记录，什么记录都行。

我是昨天在漓江上看到她的，她坐在另一排竹筏上。两个孩子兴奋地用竹篙击打水面，弄湿了她的裙子。

她也看到了我。

真的很巧是吧？更巧的是我们竟然都住在拈花客栈。

五年前就是在这里，我给她过了二十五岁生日。

而昨天，她刚满三十岁。

我惊奇地发现，她竟然也是一个人出来旅游的，但我没问为什么。

她当然也没有问我。虽然一切都会有缘由，但很多事的缘由不必讲出来。

和五年前一样，我和她一起吃了生日餐。不同的是，这次我们没有在房间里吃，也没有准备烛光。

我有我的原则，她也有她的。一直以来，我们都是那种很了解自己的人，我们曾因此彼此吸引，又两相生厌。

吃完饭已经快半夜了。我送她回了房间，她礼貌地约我进去喝杯茶，我没有拒绝。

我坐在客椅上，她靠在床头。我们就那么有一搭没一搭地，聊了一杯茶的时间。

我们酒都喝得不少，但昨晚并没有发生什么，两个人甚至连过头的话都没说。

真的，没那种气氛。

之后我就回了房间，没洗澡就上床了。还没睡着，就听见一阵激烈的争吵声。过了一会儿声音平静下来，但我已经没了睡意，就爬起来刷手机。

但我什么都看不下去。

我给林楚发了语音，提醒她关好门窗，但她没有回。我感觉有些不安，就下了床，打开门走去她的房间。不不，当时真没别的想法，就是想去提醒她注意安全。她毕竟是个女人，又只身在外。

但没想到，她房间的门敞开着，人却不见了。

我马上打了她电话，关机了。那时候我还没觉得她会出事，我上下找了两趟也没找到她，就喊了几嗓子。

前台被我喊醒了，揉着眼睛跑上来问我什么事。我把情况跟她说了，我们又一起找了好几遍，把能找的地方都找遍了。

但仍然没有找到林楚，她电话也还是一直接不通。之后我们在她房间里，发现了一只摔碎的女表。

前台被吓坏了，她把老板也喊了起来。我让老板赶快报警，他不敢报，后来还是我拨通了报警电话。

我总觉得怪怪的，不是说这个地方，而是这几天来，一直都有这种感觉。但到底是因为什么，我也说不出个所以然。

一个大活人怎么说不见就不见了呢？这么小的客栈，她能去哪里呢？她为什么要关机？又到底是遇到了什么事呢？

2. 被调查人：拈花客栈老板

两位警官，我查了，时间上都没错。这个林楚是前天中午到的，住在312。唐逍住进来的时间是前天傍晚，他住301，就是楼道最里面那间。他俩都是一个人住。

昨天一早，林楚和唐逍都参加了散客组团游，但他们不在一个团，林楚要早半个小时。

散客团回来以后，两人又一起出去了，夜里快十二点了才回来，我们夜班的前台看见了。至于回来之后又发生了什么，就没人知道了。

咱们这现在只有大堂有监控。楼道里本来也有，后来因为怕惹是非就拆了。我这里是小客栈，不是大酒店，要求没那么严。

为什么拆？您应该比我清楚，去年四角街那家客栈，楼道监控被人发到了网上，当年就黄球了。多一事不如少一事，监控多了，事就多。

现在我后悔死了。这个叫林楚的姑娘回来以后，确实没有出去过，可人就这么没影了。照现在情况，不管最后找到了还是没找到，估计都够我喝一壶的。

监控没问题，能存半个月的。对，每天进出的人很多。看谁可疑？这我可判断不了。哦哦，小陈警官跟着一起看是吧？那您放心，我把白班前台也叫来，我们仨一定全力配合。

3. 被调查人：302 房客

我是被吵醒的。这边离得远，那争吵的声音听着并不是很大，应该是关着门吵的。301 有没有动静？……有，吵架停了没多久，对面好像就开门了，我还听到了脚步声，像是有人从那里离开了。

这我可没说，两位警官。我只是说，我听见 301 的门开了，然后有脚步声慢慢走远，但这并不等于说，我确实看见有人从 301 出来了，对吧？

我是个医生，也跟你们一样，说话办事都要讲证据。有一回上急诊，一个老太太坐着轮椅被送进来，说是摔到了骨盆。片子还没出，病人儿子非让我告诉他做手术要花多少钱，他好让他几个姐姐抓紧凑起来，当时我就冲他发火了……好好，这事与此无关，但我就是这样，有什么证据才说什么话。

这个房间？我自己挑的。我平时坐急诊，睡眠向来不好，现在都有点儿神经衰弱了。所以每回住酒店，我都挑楼道顶头的房间。

来桂林干吗？也没什么原因吧，就是出来散散心。干吗不带家人？警官同志，这应该属于个人隐私了吧？

……其实也没什么不好说的。出了个医疗事故。对，为了救人，自己犯傻了。家里？呵，家里要是能理解，我会一个人跑出来吗？

对了，你们可以去问问 306 的人，昨晚那个房间一直有人在打麻将。他们敞着门，声音很大，我睡觉前去交涉过，之后他们才安静下来。

要是他们房门一直没关，也许能注意到 301 的行踪。

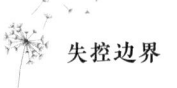

4. 被调查人：306 房客

上半夜我们门确实开着，那时候很多人都没睡，我们声音是大了点儿。后来 302 那男的过来掰扯，我们没怎么搭理他；再后来住 311 一女的也跑过来，她威胁说要报警，我们懒得惹麻烦，就把门关上了。

不过我后来倒是出去过一次，应该是在那个吵架声过去以后。我下楼去了大堂，那里有个自动售货机，我买了几包泡面。

您这一说我想起来了，因为吵架的声音是从 312 那个方向传来的，我下楼前就特意朝那边瞅了一眼。当时 312 的门是开着的，有灯光照进楼道里。

没看见有人进出，整个楼道里也都没人。

有什么异常的地方？……应该没有。

等等……下楼的时候，我好像听见有人正在上楼……对，从三楼往四楼走，不过没看见人。那脚步声还挺大的，像是有人提着行李爬楼梯。就在靠北的那个主楼梯，夹在 308 和 310 中间的那个。我也是从那里上下楼的。

买完泡面我就直接回屋了，没发现什么别的异常。

对了，311 那女的说她睡觉轻，怕吵。她就住 312 对面，有动静不可能听不见。你们要不去问问她？

5. 被调查人：311 房客

江警官、徐警官，又见面了。

我就一句话，我什么也不知道。

负责任点儿？昨天在竹月轩，我男人和他那个相好的把我欺负成什么样了？你们那时候负责任了吗？到头来，不还是给我们判了个互殴？！

昨晚我本来想早点儿睡的，却被306吵得睡不着。后来我直接冲过去了，当时门口站着个男的，还在斯斯文文地跟他们讲道理。我一下子就火了，跟306说再吵吵我立马报警，他们瞬间就安静了。

我回来就睡了，后来就什么都没听见，也没看见了。

再说了，就是知道些什么，我凭什么非得告诉你们呢？各人自扫门前雪，我自己家的雪都扫不完，还顾得上别人的死活吗？

我是干吗来的就没必要再说了吧？昨天你们已经问了好几轮了。

对啊，这次到桂林我就是来捉奸的！住拈花客栈，还不是因为它离竹月轩最近吗？是，我早知道他俩昨晚住那里。

……而且我也确实捉到了。可捉到了又能怎么样呢？心里还是难受哇……跟疑神疑鬼的时候一样难受，可又是完全不一样的那种难受。已经不指望谁能体谅了，尤其是你们，到头来，你们不就会各打五十大板吗？

本来今天想睡到个自然醒，结果又被你们二位给搅黄了。

6. 被调查人：拈花客栈老板

天都快亮了，我叫了几份早餐，放在大堂屏风后面卡座上了。小陈警官还在监控室，两位警官要不先去吃点儿？

房客全都查了，感觉有点儿可疑的，小陈警官都记下来了。另外，半夜以后根本没人入住，也没发现有人那个时候才回来。

后来小陈警官又让我们重点查了访客。一天下来访客确实不少，但其中有一个感觉相当不正常。他中午一过就进了大堂，但没在这里

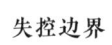

办入住，也没约人见面什么的。整个下午跟晚上，他就一直坐在这屏风后头。一直到唐逍他俩回来，他才也站起来上楼了。

再之后这个人就消失了，怎么查都查不到了。就是说到现在为止，他应该还一直在客栈里没出去。

我说真的，我现在感觉腿都有点儿哆嗦……

不好意思，我先接个电话。

喂？我是，你哪位？保洁？不需要！对，刚清洗过没多久。备用水箱？用不着！一会儿再说，我忙着呢。

是一家保洁机构，专门帮人做清洗的，非问我要不要清洗水箱。

嗯，这帮人跟苍蝇一样，无孔不入。

有啊，在楼顶，有两个，一个是备用的。

水箱里有没有安排人找过？那肯定没有啊！那怎么可能？！

警察同志，您可别吓我！

7. 被调查人：311房客

是，我当时是听见了，也看见了。之前只是不愿意告诉你们，不行吗？

为什么现在又愿意了？我就是有点儿好奇，我想看看这个世界上，还有没有人比我更惨了。

今天我就要回家了。我想知道那男的后来怎么样了，当然，还有那个女的。

你们应该找到人了吧？听说是在水箱里找到的？好像还两个人一起？那男的还挺狠的。都死了吗？我倒不是关心，我就随口问问。

其实像他们这种情况，还真不如就这么死了。日子过成那个样子，活着又有什么意思呢？

我还挺佩服那个男的，狠得下心来。不像我，一点儿没伤着人家，还把自己弄得这么憋屈。

312刚开始吵架我就听见了。最初我很光火，想过去敲门警告一下他们。但走到门前听清了他们在吵什么，我又懒得去制止了。

没吵几句他们就动手了，听上去那女的打人还挺猛的。后来里面就没动静了，我听见那男的像是在哭，当时的感觉是，他怎么也这么没出息呢？

后来听见里面有人要来开门，我赶紧闪回自己房间。隔着猫眼我看见，那男的从里面走出来，怀里抱着一个女的，往左去了。

是，往左是楼梯的方向。

我吓坏了，以为他把那个女的打死了，心里挣扎要不要报警。但我摸着被自己男人打肿的脸，一咬牙就没报。

再后来那男的又回了房间，我看到他在打电话，又过来敲了敲我的门，我吓得赶紧躲回床上装睡了。

又过了一阵子，你们就来了。

两次看到的是不是同一个男的？这个真不敢确定，光线很暗，隔着猫眼也只能看个大概。现在来说的话，这种事确实是应该有两个男的。

我知道这件事小不了，那女的就是不死，先前那男人的一辈子也算是毁了。不知道为什么，我有点儿替他觉得不值。

8. 举报人：蒋英

警察同志，我叫蒋英，我要举报我弟弟蒋成，他现在住在桂林的竹月轩客栈，他说他杀了人。

具体情况我也不清楚。他说他把一个姑娘打晕了，扔到客栈楼顶的水箱里了，你们快去找找……

那姑娘是他爱人。对，是叫林楚。

时间应该是四个小时前吧。我现在是刚睡醒，醒来才看见他发的微信，有好几条。对，这都是他本人说的。

已经找到了？不是在竹月轩吗？他把人扔到旁边客栈水箱里了？我弟弟也在水箱里？怎么会这样啊……呜呜呜……我弟弟他还活着吗？那个林楚……我弟妹她怎么样了？

昨天他去桂林我知道，我也知道他是去找林楚。他跟我说林楚一个人出去散心了，他有点儿放心不下她，就跟过去了。

谁知道呢？他们经常这样，我知道的有两三次吧。以前估计也有，但蒋成是最近才跟我说起。

搞不清楚，就是矫情呗，我早就说过，那女的他养不住！他还一直当个宝似的。现在好了吧？把自己搭进去了！

不不，我现在不在桂林。他没别的亲属了。行行，警察同志，我这就动身。我这电话一直开着，有什么事儿您直接联系我。麻烦问一下，我这个举报能算是蒋成自首吗？

9. 被调查人：唐逍

不管怎么样，林楚还活着就是最大的幸运。等她醒了，一切就该真相大白了吧。

真没想到，蒋成也会在桂林。不，我跟他不熟，也就见过几次面，没打过交道。

一直听说他对林楚挺好的，真不知道这次怎么会出这种事。

关键是，林楚好像并不知道他也来桂林了，那他到这里是要做什么呢？

是……我考虑这些没用，还是等你们的调查结果吧。

……不过警官同志，有个情况我觉得有点奇怪，不知道要不要跟你们反映。

也就是最近几天才有了这种感觉……怎么说呢？我知道这很没有逻辑，但你们先看看这个，对，就是这个小视频软件。

美国塞西尔酒店水箱藏尸案，你们肯定都知道吧？那个蓝可儿的尸体，最后就是在酒店楼顶的水箱里找到的。

你们看，我现在刷十个小视频，有六七个都跟蓝可儿有关……

我现在都有点儿头皮发麻了，因为这不是我第一次看到这种视频了。今天后半夜被吵得睡不着的时候，我爬起来刷手机，就看到过好几个这样的推送。

当时？当时我根本就没在意，也不可能往那方面去想啊。谁能想到林楚会被扔进水箱里呢？谁能想到这么小一家客栈，楼顶也会有水箱呢？

后来听你们说，林楚……还有蒋成就是在备用水箱里找到的——谢天谢地那里的水并不多——我才有点儿反应过来……

可这会不会有点儿太离奇了？这两件事情之间，真的会有什么联系吗？

但手机为什么会给我推送这个呢？我很少关注那件藏尸案，这几年也没有接触过这类信息，更没和别人谈论过。对我来说，那只是一个老旧的热点话题，我从来都没对它产生过什么兴趣。

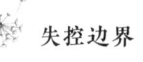

10. 被调查人：蒋成

没什么好说的，是我做的。

对，我是昨天中午才到桂林的，就住在了竹月轩——就是拈花客栈旁边的那家——我在网上查过，那是离这里最近的一家。

来做什么？当然是来找她。

这两年她经常这样，说消失就消失，打电话发微信都不回。问起来，就说她想要自己放空一下。

我甚至都已经有点儿习惯了。

但这次不一样，前天一起床，我发现她已经出门了，当时就感觉有些心神不宁。到了中午更是莫名觉得特别烦躁，后来我突然想起来，第二天就是她的生日。

她刚跟我在一起的时候，提起过自己二十五岁的生日，说她就是在那天被求婚的。她还告诉了我拈花客栈的名字，可笑吧？但那时的她一直在说，她什么都不想瞒我。

前天晚上我一夜没睡，天亮以后觉得自己像是魔怔了。我鬼使神差地给自己订了机票，又订好了竹月轩的客房。

那时我在想，就当是给我自己也放空一次吧，省得天天待在家里胡思乱想。

但真到了这里，我的胡思乱想却一刻都没停止过——她为什么要来桂林？为什么又去住拈花客栈？她打算跟谁一起过生日？我们两个，怎么会变成了现在的样子？

我没有住进拈花客栈，可能是害怕自己会看到些什么东西吧。但越是害怕，心里就越想过来看看。有件事很讽刺，昨天中午我在竹月轩办入住的时候，刚好碰上有个女的在那里捉奸。那女的当时像是疯了一样，一边嗷嗷大哭，一边跟另一对男女扭打着。

场面很热闹，我却看得心里发冷。我当时觉得，我没那女的那么大胆子，也不想把事情搞成那个局面。

果然，他们三个后来都被警察带走了。我在想，把自己弄成这样又何必呢？心里有点儿替那女的觉得不值。

办完入住后，我第一时间就来了拈花客栈。

我当然不想被林楚发现，就一个下午都坐在屏风后面喝茶。傍晚时林楚回来了，看到跟她一起回来的那个男的，我觉得全身的血都涌到了脸上。我猜得没错，她约到这里一起过生日的人，只有可能是他。

我决定上楼去找他们。但我在心里跟自己说，一定要冷静，要比平时还要冷静，甚至应该表现出平时没有的优雅。还有什么是不能接受的吗？应该没有了。他们之间该发生的肯定已经发生了，不该发生的早晚也都会发生。

我当时只是在想，三个人见面以后，还是和和气气地摊牌吧。这样做，也许还能有个不那么难堪的结局。

确实该结束了，五年狼狈不堪的日子，两个互相折磨的人。

在我的感觉里，我自我安抚的这段时间，比我们维持了五年的婚姻还要长。

就在我终于鼓足了勇气的时候，他们却又下楼了。不知道是不是错觉，我当时感觉他们之间并不是十分亲密，这让我迟疑了几秒钟，错过了拦下他们的机会。

他们跟前台打听附近的餐馆，前台说有一家环境很不错，过生日去的话还能打折。

虽然不知道再等他们回来有什么意义，但我决定还是继续坐在这里。我觉得肚子有些饿，就去外面买了一包花生米和一瓶二锅头。把

013

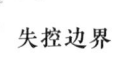

二锅头打开的时候我被前台制止了,她跟我说大堂里不让饮酒,但吃东西不妨碍。看我脸色不太好,小姑娘很自觉地免费给我添了茶。

他们再回来的时候已经快半夜了,两个人应该都喝了酒,举止比之前少了些顾忌。我用麻木得没知觉的腿把自己撑起来,机械地踱到副楼梯那边上楼。

我远远地看到,她邀他进了她的房间。我记得当时还认真想了一下,到底该敲门还是该踹门进去。过了一会儿那男的从房间里出来了,我想拦住他,却已经找不到理由了。我看着他回到自己房间后,才慢慢走过去敲林楚的门。

你们知道,林楚在里面是怎么应门的吗?

我不想说了,这个我不说了。她开了门见是我,竟然没有很惊讶,但马上又变成那种高高在上的嘴脸。我问她,那男的是谁?她对我说,朋友。我说,你别以为我不知道那是谁。她说,那你还废什么话。我这个时候都没怎么生气,真的,我没怎么生气。

以前我从来不跟她吵架,她骂我就笑;后来我敢还两句嘴了,但没有一次能吵过她,反而自己气得不行。至于说打她,我还从来没有过。但这次不一样,这次真不一样。之前那么多次,她说走就走,不拿我们的家当家,她回来以后我还得小心翼翼看她脸色。这次我决定不忍了,或者说,忍到头了。

整个下午和晚上给自己做的心理建设,跟她几句争吵就全都塌了。

我心里甚至在想,既然摊牌的结果是这个,那大家干脆都别想好过了。但我仍然问了她,我到底要怎么样,你才能跟我好好过?她像是没想到我会问这个问题,然后她就笑了,笑得挺讨厌的。真的,以前她也惹人厌,但没这一次这么夸张。我感觉突然之间,我就不是我了,我变成了另外一个人。我用自己能想到的最恶毒的话骂她,诅咒她，可她就坐在那里看着我，一边看一边笑。我骂了一会儿骂累了，可她还是在笑，在我看来，那就是魔鬼的笑。

后来她就说了一句话，她说，她可怜我。

我就开始打她了。这是我第一次打她，感觉挺不顺手的。她一点儿都不怕我，很利落地还着手。就像以前一样，她只冲我脑袋上招呼，我能听到她的巴掌打在我头上啪叽啪叽的声音，每响一下，我就感觉眼前更多的金星溅起来。我被她打得脑袋嗡嗡地难受，人都有点儿不太清醒了。

但有些东西，却在我脑子里变得越来越醒目了。那东西是由很多画面组成的，它们哗哗地不停闪过，这些画面我都看见过，有的还不止一次。

它们让我恢复了清醒。

一般来说，她这么用力地打我，一会儿我就该服软了，然后蹲下来跟她认错。但这次我没有，我一直站着，一边挨打一边还手。她开始应该有点儿不习惯，后来她好像害怕了，而且我还手越来越重，她像是吃不消了，开始往后退，一边退，一边还恶狠狠地叫着我的名字。

我没搭理她，脑子仍在拼命捕捉着那些东西，不想让它们溜走。它们越清楚，我就觉得自己越有力气，觉得自己越像个人了。

又过了一会儿，她哭起来了……

我不记得她哭了多久才晕过去，感觉上挺久的，实际上也许还没有半分钟，总之她就那样倒下了。我当时觉得这很自然，然后我同样很自然地给我姐发了几条信息，再很自然地把她扛在肩上，顺着楼梯上到天台。那里有两个水箱，我掀开其中一个的盖子，把她丢进去。

就像一件老早就该完成的任务，因为害怕一直拖着没敢去做，等终于有一天你把它做完了，你就发现其实那也没什么，甚至会觉得，为什么自己当初没有勇气。

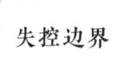

哭？我怎么可能会哭呢？当时我满脑子的想法就是，终于解脱了，我高兴都还来不及呢。有人听见我哭了？那百分之百是听错了。

我扶着水箱呕了一会儿，肚子里空空的什么也没呕出来。后来，我竟渐渐又有了饥饿感，想起口袋里还有几粒花生米，我就靠着那个水箱坐下来了。

我把那瓶二锅头拧开，就着花生米，很快就把它喝光了。

再后来就是被你们弄醒了。至于我为什么也会在水箱里，就完全没有印象了。

哪些东西？哦哦，你说我脑子里那些？其实也没什么，就是手机里平时推送的那些文章、电影、小视频啊什么的。现在应该更多了，不管你翻开什么，它们都会嗖嗖地蹿到你眼睛里。

我现在还是感觉又困又累，还有点儿恶心想吐，我想赶紧再睡一觉。你们要是想看那些东西，就拿我手机自己去翻吧。

11. 被调查人：林楚

我不怪他，真的，我确实不怪他。我也感觉是解脱了。

如果签谅解书有用，我也愿意签，不为什么，就是觉得他也是受害者。

受谁的害？没有人，不是哪个人。一定要说，就是造化吧，我们都是造化的受害者。

其实他一直对我都还挺不错。一开始他就说，能跟我在一起是他的福气。那时候我自己也觉得，这次总算是找对人了。

他愿意陪我，愿意让我高兴，也愿意给我花钱，虽然他对自己抠得要命。

刚结婚那时候我想，就这样本本分分地过一辈子也没什么不好。

但日子总得越过越有希望吧？人总不能今年什么样，明年还是什么样吧？过一两年这种日子你就知道了，你一眼能看到将来十年二十年，一眼能看到死。你就会想你到死之前，可能一直过的都是这样的日子，那时候，本分就不是你想要的了。

一开始我没想着要离开他，就是希望他能有点儿野心，不用多，一点儿就够了。他那时候其实还挺配合，虽然那配合是为了让我高兴，但他确实动起来了。他自己也说，平时拿那点儿死工资，一周下一回馆子都得好好算计，那不是他想给我的生活。

他辞了职，开始学着做生意。他说让我等着，他自己一定会蹚出一条路来。

但他确实不是那块料，真的。我现在知道了，每个人能干什么，应该是生下来就安排好的。飞扬跋扈的人得去做飞扬跋扈的事，踏踏实实的人最好一辈子都踏踏实实，谁也别越界，就挺好。

可是晚了。

他选了好几条道，都没折腾出钱来，自己那点儿积蓄也差不多都搭进去了。这倒不是最麻烦的。他是个实在人，但实在人都有个倔脾气，越是蹚不出来，他就越想去蹚。一开始我还安慰他，给他出出主意什么的，可后来他有点儿油盐不进了，我说一句，他有八句等着反驳我呢。我知道他是面子上下不来，就不跟他计较，没想到这种人让不得，越让他就越来劲。到后来，他还是什么都没做成，原先的好脾气也荡然无存了。

本来我跟他在一起，就是因为他脾气好，在乎我，把我当成他的天。可现在这样子，我又是图他个什么呢？钱钱没挣着，人又来了个大变脸，我每天还得处处照顾着他脆弱的自尊心。想清楚了这一点，我决定不惯着他了。

就在那个时候，他跟我说要个孩子吧。

我就气不打一处来。以前的日子虽然紧巴，但过得也还算安稳，现在我俩不光顶着个大窟窿，他连工作也没了。这种情况下计划要孩子，是不是没脑子？

我没搭理他，但跟他分房睡了。

他也没再提要孩子的事，照旧天天出去忙那些所谓的生意。我也想重新找找自己的定位，一方面我不跟他要钱了，开始花自己的积蓄；另一方面跟几个姐妹打招呼，让她们帮我留意着点儿合适的工作。但我找工作也不顺利，不是离家远，就是时间上不正常。就又这么耗了一段时间。我跟他两个人的状况都越来越糟，那时候我才意识到，确实要重新考虑将来了。

但真的，让我直接离开他，我还是说不出口的，毕竟在一起已经好几年了。可我反过来又想，要是在这种日子里活到死，那该是多恐怖的事啊。

我很长时间拿不定主意，就偶尔一个人出来散散心。散心的时候，我感觉自己是最放松的，但每次回到家，脑子里的一个念头就会变得更清晰、更坚定了。

——我仍然不知道自己想要的是什么，但我知道我不想要什么。

这次来桂林，我又住进拈花客栈，可能是有点儿怀旧心理吧。来之前我和唐逍并没有联系过，至于他为什么也会来这里，你们只能去问他。

但蒋成肯定不会这样想，确实这跟谁说谁都不信。所以他昨天愤怒成那个样子，我能理解他。我甚至觉得他很可怜，真的，这不是污辱他的那个意思，我确实从心里觉得他很可怜。

只是我不应该对他说出来。

12. 被调查人：唐逍

我跟林楚不是约好了来的，这个你们应该调查清楚了吧？

我原来觉得，自己这次出来旅游是心血来潮，但现在看来不完全是。我想起来了，大概从两周前开始——那时候我刚闲下来没多久——我手机上就一直收到这边的旅游线路推送。来之前的那几天，我甚至肯定不止一次看到过拈花客栈。

和林楚第一次来的情况？这个跟案件有关系吗？好吧，你们不嫌啰唆就行。

第一次来也是初冬，当时是为了给她过生日，我们也是住在了拈花客栈。那时候我意气风发，公司刚拿了一笔投资，自己忙得焦头烂额的，原计划带她出国去玩的计划也泡汤了。但冬天的漓江也很美，美得让她忘记了抱怨。我们在遇龙河泛舟，在十里画廊骑行，在西街吃啤酒鱼，还去了山水剧场，看了一场心仪已久的《印象·刘三姐》。

有个画面我一直记忆很深——当时遇龙河上水气弥漫，群山在两岸缓缓地漂过。阳光穿透水气打在林楚身上，在紫得发黑的山色里，她的雪纺连衣裙像是镀了一层金。另一只竹筏从我们身旁掠过，有两个孩子兴奋地用竹篙击打着水面，水花溅了她一身，无数更细小的水滴绕着她，变成一圈浅浅的彩虹。

我迫不及待地拍下了那一幕。

林楚很生气。为了平息她的怒火，我向她求了婚。

是的，那时候就是那么随心所欲，那时候我们完全感觉不到冷，那时候天总是很蓝。

那之后我更忙了，忙得完全顾不上她，只能用偶尔制造惊喜来弥补。我曾连夜从两千公里外飞回来，突然出现在她楼下；也曾在一个不起眼的纪念日里，包下我们最喜欢的夜宵馆子，请老板把餐桌拼在一起，用玫瑰花堆满。

很俗是吧？我也觉得。但除了这些，我那时候确实给不了她更多。

我们订婚后就住在一起了，之后我感觉她有了一些变化。比如她会经常叫我回家吃晚饭，但我一般都回不去；她开始念叨我喜欢乱花钱，哪怕那些钱多半是为她花的；以前她常鼓励我把心思放在事业上，后来她又总抱怨我没时间陪她。

有段时间，她莫名其妙开始脱发，这让她非常苦恼。每次她打来电话向我诉苦，声音都忧伤又绝望。我开始还好言好语安慰她，后来因为手头事情多，往往敷衍几句就把电话挂了。有一次，我正为工作的事烦得不行，她电话又打过来，我忍着烦躁跟她说，不用再为这种小事纠结了，她就是变成秃子我也不嫌弃，反正我们公司一多半都是秃顶。

但我马上知道自己闯祸了。她的情绪似乎瞬间崩溃，冲我发出从未有过的刺耳的尖叫，之后她就摔了电话。我赶紧手忙脚乱地拜托各路朋友，到处搜寻能治疗脱发的专家，自己又在网上找了很多养护头发的资料，打包之后小心翼翼地发给了她。

但从那以后，她再也没有跟我说过关于脱发的事。

为什么我有时间给她制造惊喜，却没空陪她去看医生？因为前者的时间我能自己决定啊！我也不可能随时恭候着，她一有事我就能出现在她身边吧？反正当时我就是这么想的，她不也一直对我这么说吗——男人最重要的是事业。

不夸张地说，刚刚订婚时的她就是个恨嫁女。她不会催我，但一直在为婚礼做着准备。她会把进度随时通报给我，并对我说，多数事情我都不需要参与，只要来个人就行了，包括在结婚典礼上。

那段时间她很忙碌，但每次见面她都喜滋滋的。筑巢期嘛，女人应该都这样。现在回想起来，我很后悔没和她一起分担分享，可那个时候偏偏也是我最忙的阶段。

还有她那该死的脱发，早不来晚不来，偏偏那个时候来。

我知道惹恼了她，就尽量抽空回一趟家里，但她也不再跟我聊起婚礼的事。我偶尔问起来，她好像都要先愣一会儿神，才意识到我在问什么。

后来，她消失了一段时间。

我是在她回去之后才知道，她又来拈花客栈住了两个星期。她的决定应该就是在这里做出的。我们再见面的时候，她说她想好了，她认为自己最需要的还是陪伴。

听听，陪伴。以前她的说法是，男人最重要的是事业。

看来我最重要的，没办法满足她最需要的。

我那时候也是赌气的成分居多吧。我不理解她的不理解，也不想迁就她的不迁就，于是我们一别两宽，各自向着自己最重要和最需要的未来奔跑了。

后来她很快就嫁了人，听说那人对她不错。我有朋友见过，说是她当时的同事，人看上去挺实在的。但我一直觉得这人不地道，他不是在我们分开之后才出现的。在林楚和我僵持的那段时间，他打印了厚厚的养发资料送给她，每一页都做了细致的标注。听说他后来还陪她一起，前前后后找过好几个治脱发的专家。

算是各生欢喜吧。她找到了她想要的，我也回到了我最重要的。

但我承认这件事对我有影响。从那以后，我做事有了更多自省，有意识地收敛了许多锐气，尽量去考虑多数人的感受，在不必要坚持己见的时候懂得了退让。

但这也可能是我没处理好第二笔投资的原因。

员工开始双休，供应商有了更短的账期，对合作方也不再锱铢必较，甚至在第二轮融资中，投资人提出极为苛刻的对赌条件，我也没像以前那样据理力争。

我当时的想法是，我要成为更好的自己。这个世界上，在"狼性"和"小白兔"之间，一定存在着某种完美的平衡。

那时候，我认为自己能够把握这样的平衡。

一个月前，因为没有完成对赌，我的大部分股份被投资人低价收购了。

我认为自己的心态真的成熟了，被踢出局并没有让我特别沮丧。也许当时接受投资的时候，我对现在的结局就是坦然的。破罐破摔？不不，没有，这个我不承认。我也不觉得是因为她的影响，真的。每个人都要成长，我没找到那个完美的平衡，是自己造化不够。人始终要在自己身上找原因，我说过，一切都是有缘由的，不能把缘由都归到别人头上。

这次来桂林前我就想好了，再去看一场《印象·刘三姐》。网上查了查才知道，我五年前和她去看的那一场，好像是演出公司破产前的最后一场。巧吧？但这演出其实并没有停，就像我现在，作为创始人我出局了，但公司仍然在继续运行，只不过它不再和我有关系了。

也许你说得对，我可能确实没有完全放下公司，毕竟自己带了六七年了，现在离开才一个月。但对她我应该是放下了，怎么可能没放下呢？她结婚也有快五年了，比起我来说，那男的应该更真实，有她想要的安稳和陪伴。

中间有没有见过面？有，有两次。不过那两次，也都是无意间撞见的。

头一次是我俩刚分开没多久的时候。那时候我其实已经有点后悔了，我觉得自己并不想跟她分开，碰巧那两天又听别人说起，她竟然已经在准备结婚了！

我一下子悔得连肠子都青了，就计划着怎么想办法先阻止他们结婚，然后再把她挽回来。

失去的那个人是最好的，跑掉的那只猫是最乖的。人啊，往往就喜欢犯贱。

我给她发过信息，也打过电话，还托共同相熟的人说合过，但都没有用。

没办法，那个时机不对啊！他俩刚在一起还没多久，肯定干柴烈火正热乎着呢。

我还是冷静下来了，开始拼命工作来转移自己的注意力。我记得当时好像还找了个女朋友，不过没过多久就分了。

有一天我下班早，就想自己一个人溜达回家，却不知不觉就走进了一家酒店里。进去之后才发现，原来这就是林楚当初为了筹备我们的婚礼，计划订下来的那家婚宴酒店！

我当时就觉得奇怪，怎么就莫名其妙来了这里呢？还没来得及多想，我就看到了林楚和她那个男人。

他俩也发现了我。我只能硬起头皮跟他们打招呼。但我能看出来，那男的脸色阴得厉害，而林楚眼神中除了一点点客气，就只剩下冷漠了。

当时的我一定非常狼狈，我感觉自己离开酒店的时候，就像是逃命一样。

还有一次大概是在一年前吧，我去参加了一场高端人才的招聘会。那个招聘会是在一个艺术工场里办的，我们公司在那里设了个摊招人。

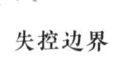

招聘会结束后，我在临时茶水间里看到了个女孩，她就站在墙上的一个大通风口旁边，无声的气流正把她的长发轻轻地撩起。

我没想到的是，那个女孩竟然是林楚！而且是她先跟我打了招呼。我正要跟她说什么，她却接了个电话，然后神色就很不对了，放下电话之后，她说了声抱歉就离开了。

其实第二次见面的时候，我对林楚的感觉就已经很淡了，对我俩曾经的过往，我应该也是完全放下了。后来我们没再碰到过，也没有直接联系过。

不过她的社交媒体我都是悄悄关注的。我经常会爬上去看，但一次也没有打扰过她。

你们说有没有可能，就是因为我经常去浏览她的社交媒体，所以才会收到那些推送呢？另外你们有没有查过，她是什么时候订好机票跟住宿的？就是说，她的行程是什么时候定下来的？

两周前吗？

那不就是我开始大量收到那些推送的时间吗？

等等，要是照这个思路的话，那么这两周，尤其是最近几天以来，我收到的所有的推送——当然是自己能记住的，印象比较深的——都串起来的话……

警官同志，我好像觉得，这些天我有点像是牵线木偶……

13. 被调查人：蒋成

我说了，我都认。不需要她签谅解书什么的，不过她能这样想，我还是很感激的。

我知道她跟他之前的事。有些是她告诉我的，有些我本来就知道，不过这并不影响我喜欢她。她嫁给我确实是我的福气，如果那个时候他们没出问题，我也不会有机会。

我记得她多次对我说过，她原来一直不知道自己想要的是什么，现在她明白了，是平凡和安稳。

这个我能给她，我本来就是个与世无争的人。

但我想错了。

后来我慢慢了解了，当有人说自己终于明白自己想要的，你千万不能相信，因为那也许只是一句口头禅。

人的本质，其实是什么都想要。

哪个东西缺了，哪个才会临时变成最想要的。

我受了什么东西影响？那些推送？不可能的，我是什么样的人我自己清楚，不会因为看了几个推送，我就变成另外一个人。

不过那些东西，有时候确实很能贴合当时的心情。手机推送不都这样吗？慢慢猜你的心思，你看了什么就给你推什么。嗯，我一般都会仔细看，但我只是把它们当成一种警醒，提醒自己考虑事情不要那么极端，不要去重复那些人的命运……

是的，我没能做到。

肯定不承认啊，我怎么可能会被它们引导？

不过，如果硬要这么联系的话，有一些好像也能说得通。

举个例子？……比如两周前，手机给我推送了一部电影叫《消失的爱人》，我认真看了。但那时候林楚还在家里，我并不知道她已经定好了来桂林。

除了这个？还有前天中午吧，我说我突然感觉很烦躁。细想起来，应该是因为手机推送的一些小视频。嗯，有很多，动不动就能刷到。都是那种跟前任怎么复合的内容，其中一个，是说有个女的为了勾起

前任的回忆，特意约他一起回到他们订婚的地方。

昨天晚上，真正让我又一次下了决心，跟他们上楼找她摊牌的，也是一个小视频。那个小视频是他们还没回来的时候，我一边喝茶一边看手机刷到的——我看到很多人在一个餐馆里吃夜宵，饭店的背景音乐正放着生日歌。镜头晃过那两个过生日的人，我发现他们好像就是林楚和唐逍。

对了，还有一次奇怪的推送，现在想起来感觉有点恐怖，但当时来不及想那么多——林楚晕倒在我面前的时候，我以为自己把她打死了。那时候我是有点害怕的，我给我姐连着发了七条信息，问她我该怎么办。

然后手机就给我推送了一篇文章，大大的黑体字标题写着："详细解读蓝可儿水箱藏尸案"。

14. 被调查人：林楚

这个很重要吗？好，我保证给出真实的回答。

我一个月前听说，唐逍离开了自己创办的公司。听谁说的并不重要吧？总之，我并没奢望我们之间还能发生些什么。五年是多漫长的一段时间呀，我们早都不是当初的自己了。

我想起了属于我们的很多事。那些事有的对，有的错，但不管对错，它们都已经是尘封的故事了。

我和蒋成在一起的五年，会不会也成为故事呢？

这样想的时候，我浑身激灵了一下，心底涌上来一种感觉。那感觉就像是一块多味的糖，我必须细细地品味它。我感觉得到，它里面有告别的味道，有恐惧的味道，也有幸福的味道。

对过去五年的告别，对重新开始的恐惧，以及对未知幸福的期待。

我知道自己该做出决定了。

五年前，我第二次来到桂林，在拈花客栈住了两周，做了一个重大的决定。

五年后，我需要做出一个同样重大的决定。

两周前，我确定了自己的行程。

会不会对碰见唐逍抱着希望？怎么可能啊！他又不知道我来，我也不知道他会来。假如知道？也许吧，毕竟我们曾经在一起过，也许那会是未来的一种选择吧。

这五年当中？有，我俩确实又见过面。对，是两次。

第一次是我和蒋成去订婚宴的时候，却意外地发现唐逍也在那里，而且他还特意走过来，跟我们打了招呼。

那是我和蒋成的感情最好的时候，否则怎么会跟他商量结婚呢？我对唐逍的出现感觉很奇怪，就跟他随便聊了几句，之后他就离开了。蒋成？他当时应该挺生气的吧。嗯，我能感觉得到。不过他这人，平时就是有再大的火气也是憋在心里，我从来没看到他爆发过，昨天是我第一次看到他爆发。

第二次就是我到处找工作那时候，那段时间我心情一直很糟。那天也算是心血来潮吧，我就去了那个招聘会。不过我是去了以后才知道，唐逍竟然正在那里招人。那时候有没有动过复合的心思？应该说确实动过吧，不过我自己也觉得不可能了，而且我当时感觉，和唐逍打招呼的时候，他眼里已经没有当初看我时的那种光了。

这次来桂林的最直接原因？我前面说得不够清楚吗？就是因为想回到这个客栈，再做一次决定而已。这个原因不够直接吗？

再具体一些？导致我确定行程的那件事？……你们到底在调查什

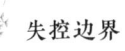

么呢？

好吧，要是这样说，我是因为看到手机推送了拈花客栈，这算够具体了吧？而且那些天，我本来就在看五年前的社交媒体，当时的定位就在拈花客栈，手机推送它不是很正常吗？

最直接的一个触发事件？不管多小？就是说，我看到之后，就直接就下单了的那件事吗？好吧，我想想……

如果任何无关紧要的事都算的话，我记得当时在拈花客栈的页面上有一个广告链接，那链接做得挺老土的，红底金字吧，那金字一闪一闪的。下面的小字提示说，预订酒店后，只要点击那个链接进去，输入订单号，住宿费就有机会全额返现。但你们总不会认为，我是因为想要返现才预订的吧？那个链接只是促使我当场订下来了，但即使没有它，下次再点开页面的时候，我大概率还是会下单的。

什么公司的广告？我不记得了，应该是做什么服务的单位吧。我现在还能找到那个页面，你们等一下，我现在就打开给你们看。

喏，就是这个，确实是一家很老土的公司："专业清洗全国连锁——龙阳保洁服务公司欢迎您！"

15. 被调查人：蒋成

我知道，是两次，那两次他俩见面，我都在现场。

第一次的时候，我和林楚正在订婚宴场地，那个唐逍却突然出现在那里。我当时几乎要气疯了，我感觉那男的完全不把我放在眼里。

谁知道他想干吗？但他那不是刻意的还是什么？

好在他及时走了，否则后面会发生什么，我自己也不知道。

我记得在他俩聊天的过程中，我一句话都没有说。我当时的注意力似乎被两个东西吸引了：一个是附近的那辆餐车，餐车上放着餐刀餐叉什么的；还有一个，是铺满了大厅的金黄色地毯。

那时候我的脑子有些恍惚，但一个想象出来的场景却让我兴奋——唐道的身上被我狠狠地插入了一把餐刀，他痛苦得脸都完全扭曲了，但恐惧又让他跌跌撞撞地逃命。每迈开一步，他崭新的伤口都被无情地撕扯着，他的血在典雅洁净的地毯上喷溅开来，就像是一个蹩脚的画家，正在金黄色的宣纸上画着梅花……

什么原因没那么做？警官同志，我又不是疯子。我承认自己懦弱，只敢用想象来发泄自己的怨愤。有没有别的原因？一定要说的话，我觉得把人家的地毯弄得到处是血，清洗起来会很麻烦。这理由很离谱是吗？但在当时，我心里好像就是这么想的。

他们第二次见面我也看到了，但他们不知道我也在那里。林楚去那个招聘会我是知道的，而且我当天就在那附近办事。办完事之后，不知怎么的我突然想到，林楚参加完招聘会也许会心情不好，干脆就请她吃个中饭好了，我俩已经很久没有一起吃饭了。然后我也去了招聘会现场，但我没想到唐道也在，而且林楚正主动跟他打招呼。看到那一幕，平时积攒的怒气一下子全冲到我头顶上来了。那时候林楚正站在一个很大的排风口边上，我拼命让自己冷静下来，然后给她打了个电话，把她叫了出来。

我本来想做什么？说不清，但那时的情绪是不受控的，我脑子里有一种冲动——如果他们继续有什么过火行为的话，我也许真的就会冲过去，不管把谁扔进那个排风口里。

可又是什么让我没冲过去呢？除了懦弱，我记得当时心里还在顾虑着一件事——真要把一个人扔进排风口里，那整个大楼的排风管道都要清洗，那得是多大的工作量啊。

16. 三年后
被调查人：个人隐私保护委员会前秘书长

我承认，我罪无可恕。

三年前的那个案子，本来是绞杀"它"的最后机会，但我当时的选择，却让世界和这个机会失之交臂。

所以三年来，那些莫名死去的人，那些无端被改变的人生，全部都是因为我。

所以到现在，眼前这个凋敝的世界——摇摇欲坠的经济，剑拔弩张的政治，末日般的人伦，人与人、家庭与家庭、企业和企业、国家和国家之间荡然无存的信任——都是我的罪孽。

但在当初，我完全没有预料到现在的结果，否则，我一定不会做出那样的选择。

在那个案件调查的后期，警方其实已经隐约有了一种猜测，但由于那想法过于离经叛道，他们最终还是来寻求我的帮助，并向我提供了他们掌握的全部信息。于是，在后续对始作俑者——知我科技公司——的调查中，我全程都深度介入了。最后调查的结论，确实也印证了他们的猜测——那是一起利用信息流推送机制精心策划的谋杀案。

同样没有意外的是谋杀案的主谋，那也是他们猜测中的那个选项。虽然如此，但当那些证据一个个被锁定时，我们所有人都感觉匪夷所思。

知我科技的信息推送系统，使用的是一种基于人际关系网络的深度学习机制。经过足够的学习和积累之后，系统能充分理解人们之间的每一组关系，并且根据需要，有的放矢地进行信息推送。

举个简单的例子，之前的网络能够知道你是谁的儿子，谁的老公，甚至谁的前男友。但到了三年前，知我的系统已经能根据自己掌握的数据，识别出什么叫出轨，什么叫三角恋，什么叫余情未了和妒火中烧。

它甚至已经懂得，该怎么去利用这一切。

所以那起谋杀案的主谋并不是人，而是知我科技的大数据推送系统。

龙阳保洁服务公司，是知我科技的长期付费会员。他们购买的服务，就是利用知我的推送算法尽可能多地促成生意。对龙阳公司来说，只要有东西需要被清洗，他们就多了一桩生意。

林楚被扔进水箱之后，系统立刻给唐逍推送了蓝可儿案件的视频，后来又给客栈老板推送了清理水箱的服务。这证明，杀死林楚并不是系统想要的，谋杀案本身只是它达到目的的手段。

它最终的目的，只是为了创造出一只水箱被清理的需求。

但这样的系统才是最可怕的。不管它的算法有多么超前，推送有多么精准，效果有多么惊人，它也只是 KPI 的奴隶。它只为目标存在，它只对结果负责，它根本不存在道德的维度。

但在当时，我们还有了一个更恐怖的发现。

如果仔细想想案件的全过程，我们就能意识到，在那组关系当中的三个人，他们任何一次最微小的选择，虽然都有可能受到了信息推送的影响，但最终做出决定的，始终都是他们自己。

这其实是一个很长的不可能链条，需要每个人在每次面临选择的时候，都朝着系统希望的方向去选。

但系统怎么会知道他们将如何选择呢？系统根本就不需要知道。它的设定是，如果他们三个人这一次没有选择"正确"的方向，那么案发当天的场景，将会在他们余生中不断地重现。

再后来的调查也表明，在那之前的四年当中，类似案发当晚那样的谋杀设计，系统至少已经在他们身上尝试过两次。

系统之所以能够那样执着,并不是因为它是死心眼,而是它已经掌握了他们三个人之间的关系。

在它看来,越是危险的关系,越会大概率走入危险的结局。

真相大白之后,知我科技公司立刻被勒令停业,它的推送算法也遭到全网封杀。之后的一段时间里,所有提供类似服务的公司,都迎来了前所未有的大整顿。一时间,那个建立在数据和算法上的行业,几乎完全消失了。

但只有我一个人知道,"它",并没有消失。

就像所有发展中的事物一样,至暗之后,新的火种又在慢慢萌发。毕竟,基于数据与推送的各类服务,已经改变过人们生活方式,渗进过人们的本能,覆盖过人们马斯洛需求层次中的每一层。

但这一次,这个行业的发展,被置于了更细致的规划和更严厉的个人隐私保护法律之下。

表面上看,这符合事物发展的普遍规律——波浪式前进、螺旋式上升,否定之否定之后,在更高的基础上重复——这是自然辩证法的精髓,谁都无法阻挡。

然而,"它"却似乎早就懂得这个规律,也早就计划好了自己的卷土重来,甚至早就明白,该如何突破人类套在它头上的新枷锁。

"它"为自己准备的解铃人,就是我。

更细致的规划草案,是我组织全行业共同起草的;更严厉的法规文本,是我协调各专业委员会一起提交的。

我知道该怎样为"它"催生新的火种,也知道该如何给"它"留下秘密后门,但在当时,我当然并没有对"它"网开一面的动机。于是,早在被大面积扑杀之前,"它"就向我展示了,"它"能够给我带来怎样的伤害。

——一条旧新闻突然被推送给了无数人:几年前,我作为专家组组长,曾衣着光鲜地到某新媒体公司莅临指导。推送发生时,这家公司的老板刚刚入狱不到十天。这条新闻很快发酵,我的很多历史言论被翻出,一时间,我成了那家十恶不赦的公司的背书人。

——几个电话突然打进来,每个电话里的人,都是委员会某采购项目的竞标方。他们的言辞谦卑而暧昧,我却从中都听出了隐约的威胁。如果我继续坚持竞标结果,把项目交给老朋友的公司来做,等待我的将会是身败名裂。

——儿子从国外发邮件给我,他警告我尽快安抚一下在外陪读的妈妈,否则用不了多久,那件曾在我身上发生并令他蒙羞的事,也将很快被妈妈发现。

一天不到的时间,我的事业和人生似乎都同时滑向了无尽的深渊。上班时,我还是举足轻重的业界专家和良知满满的意见领袖;到快下班的时候,我几乎已经变成了人人唾弃的跳梁小丑。

但就在下班前的那半个小时里,诡异的反转几乎在所有的事情上同时发生。

——新闻热搜突然消失,我的很多正面言论慢慢进入人们的视野,且在每一段这样的言论下面,都有着无数条有利于我的解读。

——老朋友打电话过来,说他刚收到其他几个竞标方的电话。他们对他说,这个项目他们输得心服口服,唯一的希望是能够成为他的合格分包方。

——儿子发来了道歉邮件,说妈妈刚刚一直在劝他,让他不要胡乱猜疑自己的父亲。儿子还说,他之前一直都不相信我做出的解释,但现在,他已经完全信任了我。

"它"就用这样方式,让我意识到了"它"的存在,见识到了

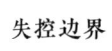

"它"的獠牙。

除了"它",没有人能如此精准地收集和操控我的信息;除了"它",没有人能这样随心所欲地引导舆论的走向;除了"它",没有人会拥有这种恐怖的力量。

但"它"却没有伤害我。在我就要滑到深渊边缘的时候,"它"轻挥一下衣袖,松开了紧锁在我咽喉的利齿,把我险些失去的下半生,轻飘飘地还给了我。

就在那一刻,我感受到了十倍于之前的恐惧。因为我知道,那时的"它",已不仅仅是那个只服从于算法的存在。

算法目标,已不再是"它"最底层的驱动力。

"它"真正的底层逻辑已经变成——调动一切可以调动的力量,让自己继续"存在"下去。

"它"活了。

面对这样一个"存在",除了向"它"缴纳一张小小的投名状,我还可能有其他的选择吗?

17. 十年后

"到幼儿园带走一个孩子,有必要出动机械特警吗?那孩子杀人了?"

"没有。"

"放火了?"

"也没有。"

"那是为什么?"

"他对老师说,系统安排的菜单他不喜欢吃,午餐吃什么,应该让小朋友们自己选择。"

机器人的死亡实验

⊙ 张一杰

张一杰，男，1995年生，现居山东东营，从事油气田勘探开发。是一名科幻爱好者，喜欢科学与人性相结合的科幻脑洞故事，热衷于反复读同一本书，最喜爱的科幻作品是彼得·沃茨的《盲视》。还是一名没有固定风格的科幻作者，擅于把脑子里的胡思乱想转化成文字，自认为文笔不错，但读书时期语文作文经常不及格。作品《欧罗巴》发表于"不存在科幻"，《机器人的死亡实验》与《不月城》发表于"奇想宇宙"。

一　实验

我站在办公室门前，整理了一下领带，敲了敲门。

"请进。"

"杰尔曼教授，让您久等了，今天路上实在太堵了。"我推开门，冲着面前的男人微微颔首。

"没关系，你的妻子好些了吗？"杰尔曼教授问道。

"情况不是很乐观，"我苦笑着说，"她的主治医师说这在全球范围内都是一种相当罕见的疾病。"

"非常抱歉。"

我摆了摆手。这句话我已经听过无数次了。

"快请坐吧，抽烟吗？"

"不了，谢谢。"我拉开椅子，坐在杰尔曼教授对面。

"克劳勃，很高兴你愿意协助我们进行此次实验。我拜读了你发表过的几篇机器行为方面的文章，很有意思，你的见解非常独到，这将会是实验的突破口，我们非常需要你，而且我敢肯定，你也会对这次实验感兴趣的，它会对你在人工智能方面的研究有所帮助。"

"只是一些个人愚见罢了。"我稍微谦虚了一下，"您在邮件里说这次实验的目的是研究人类灵魂在死亡时的变化，我不明白你们需要我做些什么。"

"克劳勃，你相信灵魂吗，你认为自我意识是有必要且确实存在的吗？"

"在我看来，灵魂与自我意识是一回事儿，它们有些虚无缥缈，但我并不试图否认它们，正如我在有关机器行为的研究中提到的，机器

机器人的死亡实验

人可以在某些方面远远超越人类,但有一点却比不上人类,那便是直觉,有谁能够证明这不是自我意识在作祟呢?不过老实说,我还是更愿意去相信一些实实在在的东西。"我礼貌地微笑了一下,接着问道,"这与本次实验冲突吗?"

"完全不,我们需要的正是你这种客观求实的精神。"杰尔曼教授也笑了,他点了一根香烟,抽了一口,"请允许我向你详细介绍一下本次实验。"

"洗耳恭听。"

"实验的目的是研究人类灵魂在死亡后的变化,但就像你说的那样,人的灵魂是虚无缥缈的,甚至无法确定它是否真正存在。所以最为重要的一步便是将灵魂具象化、可视化,我们打算借助机器人来实现这个过程。"

"此话怎讲?"

"如果将外界的信号比作刺激,那么人类的各种行为可以看作是针对不同刺激做出的反应,这与计算机的某个算法在本质上没有任何区别。人类显然要比计算机复杂得多,我们可以把人类比作许多算法的集合,但这些算法却可以简单归纳为两类。第一类便是本能,比如你渴了,需要喝水,如此等等。但是你会以哪种方式喝水呢?或者你偏偏想要把自己渴死?这便牵扯到了第二类算法——自我意识。这样人类的所有行为,都可以看作第二类算法对第一类算法加工后的产物。如果我们基于该理论创造一个机器人,第一类算法可以通过大数据的方式进行完美构建,但第二类算法就没有那么简单了,为此我们发明了一种手段,在机器人大脑里生成一个不稳定坍缩的电子阵,为电子阵的边界值添加一个范围,当这个范围足够精确时,我们就可以将这个机器人视为人类,那么它大脑中的电子阵就可以看作一种可视化的灵魂，来供人类进行研究。"

我低着头思考了一会儿，说道："这个理论很有趣，但存在着一个致命的问题，如果你们无法确定'人类大脑中电子阵的边界范围'，那么怎能做到准确地设定机器人大脑中电子阵的边界范围呢？"

"这就是我们需要你的原因。我们已经应用这种方法制作了六个机器人，我们需要你研究它们的行为，判别哪个机器人大脑中电子阵的范围足够精确，使它称得上是一名真正的人类。"

"你们打算让我去做图灵测试？用谈话的方式挑选出来一个最像人的机器人进行实验？"

"算是一种图灵测试，但我们不是想让你挑选出一个最像人的家伙，而是要你打心底里认为，那个家伙就是一名真正的人类。并且不仅仅依靠它们对于问题的回答——我们为这六个机器人都制作了皮囊，并植入了记忆，它们的表情、动作、一切微小的反应，都可以作为判别的依据。"

"假如这个家伙确实存在，"我犹豫了一下，"我是说假如，那么你们打算怎么办？"

"我们打算让它死亡，并在它死亡的过程中观测它的可视化灵魂。"杰尔曼教授深深吸了一口烟，"这一点我们在邮件中就明确提到过。"

"如果你们想要通过这种方式来探索人类的灵魂，那么前提就是你们将这个机器人视为了一个人类，这与杀死一名真正的人类又有什么区别？"

"克劳勃，你把简单的问题复杂化了，如果从哲学角度而言，二者似乎确实没有什么区别。但实际上区别却是显而易见的，那就是尽管我们都把它视作了一个人类，但它的本质还是机器人，这一点你我都心知肚明。"

"问题在于，在它自己的视角里，它就是一名真正的人类，那么这个过程对于它而言无疑是一场残忍的谋杀。"

"科学前进的道路上必然伴随着牺牲，这可比中世纪那些活体解剖要仁慈多了。"杰尔曼教授说道。

我沉默了好一会儿才开口："这个实验听上去并不人道。"

"你不必现在就做出决定，好好考虑一下再给我答复也不迟。"杰尔曼教授把烟头掐灭，"但有一点我要向你说明，如果你愿意参与本次实验，无论最后的结果如何，我们都会向你提供一份非常优厚的报酬。"

"我需要花点儿时间想想，我会尽快给您答复。"我心里明白这次实验存在着许多伦理道德方面的争议，但有一个真切的现实也摆在我面前，那就是我确实需要这笔报酬，我的妻子需要钱。

杰尔曼教授递过来一个薄薄的小册子："这是那六个机器人的简介，你没事的时候可以翻翻看看。"

我接过小册子，跟杰尔曼博士握了握手，走出了办公室。

二　六个机器人

天已经黑了，外面飘着小雨，我驾着车，给医院打了一个电话，得到的是与往常相同的答复："您的妻子处于昏迷状态，没有醒来的迹象，目前仍然需要依靠仪器维持生命，禁止任何形式的探访。"这场不明原因的疾病已经伴随她一年多了，疾病带来的庞大开销如同一副沉重的担子，压得我喘不过气，我甚至记不清我上次露出发自肺腑的笑容是在什么时候。

我把车停在路边，冒着小雨跑回家，为自己倒了一杯威士忌，又抓了一把冰块放在杯子里。我瘫坐在沙发上，一边小口啜饮着，一边

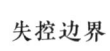

翻看着杰尔曼教授给我的小册子。

小册子只有六页，每一页都是一个机器人基本情况的介绍，内容十分简洁，我从第一页开始看起。

一号机器人，伊莱，男，心理学家，62岁。

关于他的文字描述只有这么多，左上角还附了一张他的照片：一个很普通的白人，慈眉善目，看起来和我的邻居没什么区别。不过他的职业倒是引起了我的注意，一个机器人心理学家？似乎有些讽刺，他研究的很可能正是他自己缺乏的东西。

我翻向下一页。

二号机器人，帕里什，男，吟游诗人，41岁。

一个不修边幅的黑人，长得倒是不错，眉宇中透露着一股子浪漫主义气息。他的职业有些复古，我不知道当下的年代是否还存在着吟游诗人，但他能算得上是一名真正的吟游诗人吗？毕竟他的灵感来源，那些丰富的见闻，都是别人赐予他的，只是他并不自知。不过很快我便否定了自己的想法，我们这些真正见过海的人，极有可能并不如他一个从未见过海的人了解海洋。我甚至有点儿想听一听他创作的诗歌了。

我又翻了一页。

三号机器人，凯瑟琳，女，家庭主妇，34岁。

一个面容姣好、略显丰腴的白人女性，金发碧眼，风韵犹存。她的丈夫一定有一份很体面的工作，我这样想着。假如她有丈夫的话。

我继续向下翻去。

四号机器人，徐玉，女，佛教徒，24岁。

一个干净利落的亚洲女性，短发，戴着一副黑框眼镜，看不出是来自哪里，中国或是日本？她带给我的感觉很奇怪，我想了好一会儿，才发觉她和我的妻子像得可怕，她们长得一点儿相似之处也没有，但就是有一种语言无法描述的感觉，我甚至不知道这种感觉是来自何处，或许是因为我妻子也信奉宗教？或许因为我太想她了。这个亚洲女性机器人勾起了我的好奇，她真的能做到真心实意地信奉佛教吗？让机器人拥有宗教信仰听起来有些荒唐得不可思议，不过我又转念一想，这或许正是徐玉被创造出来的原因。

我又盯着徐玉的照片看了好一会儿，才恋恋不舍地翻向下一页。

五号机器人，劳伦斯，男，政客，54岁。

一个看上去活力满满的白人男性，头发一丝不苟地向后梳着，眼睛炯炯有神，还挂着一个再标准不过的微笑，如果不是小册子上盖棺定论的文字介绍，我坚决不会认为他已经有54岁。不得不说，他的形象与他的身份完全符合，有一点就可以证明——如果遮住他鼻子以下的部位，没有人会判断出他在微笑，这是一个合格政客的必需品。让机器人当政客确实是个好主意，他们或许真的可以找到集体与个人的完美平衡点，如果劳伦斯参加竞选，我绝对会为他奉上自己宝贵的一票，毫不犹豫。

我翻到了最后一页。

六号机器人，安里，男，自闭症患者，16岁。

我又读了一遍，才敢相信自己并没有搞错。一个患有自闭症的机器人，他们是犯糊涂了吗？一个无法与人正常交流的机器人，必然也无法为人类高效地完成工作，那么他被创造出来的意义是什么，他的核心程序是什么？难道仅仅是为了这次实验吗？可是如果无法与他建立有效的交流，又该通过何种手段对他的"人性"进行度量呢？我开始怀疑"安里"是他们的一个玩笑，一个为了消遣我而创造的附加产品，要不然就是故意给我出的难题。

后面就没有了，我把小册子合上，陷入沉思。

这六个风格迥异的机器人确实引起了我的兴趣，我想与他们交谈。何况只需要动动嘴皮子，就可以拿到不菲的报酬，现在的我非常需要钱，而且这件事似乎不会令我有任何损失，何乐而不为呢？何况，或许根本没有机器人会被杀掉，他们都不能被称为人，这种概率才是最大的。

我把剩余的威士忌一口灌到嘴里，拨通了杰尔曼教授的电话，一声还没有响完，电话就被接了起来。

"克劳勃，你做出决定了吗？"

"我愿意参与本次实验，但是结果我不敢保证。"

"好极了！"电话那头的杰尔曼教授听起来很开心，"明天上午来我的办公室，我会把实验中的注意事项告诉你。"

"好的。"我一边说着，一边点了点头，挂断了电话。

三　安里

第二天一大早，我就来到杰尔曼教授的办公室，他已经在里面了。

"克劳勃，你做了一个正确的决定，我就知道你会来。"杰尔曼教授说着，把一杯还冒着热气的咖啡放在我面前的桌子上。

"说说实验吧，我具体需要做些什么？"

"你已经看过那本小册子了？"

"是的。"我点点头。

"就像昨天说的那样，我们需要你与他们交谈，观察他们的反应，把他们的回答以及细微的动作与表情记录下来，等交谈结束以后，咱们一起研究研究这份笔录，你再告诉我你的判断，就这么简单。"

"做笔录？"我问道，"你们的人不参与吗？"

"不，交谈的时候，只有你和机器人。"杰尔曼教授回答。

"为什么？"

"我们需要把观察者效应降到最低。假如你在和朋友聊天的时候，有另外一个人坐在旁边，聚精会神地听着你们的谈话，还时不时若有所思地点点头，你还愿意敞开心扉吗？"

"可是……好吧。"我想了想，又耸了耸肩，表示赞同，其实这样最好。

"你不会在笔录上做什么手脚吧？"杰尔曼教授笑着对我说，"为了你那些奇怪的同情心？"

"你把我当成什么了？"我也笑着反问，我不知道杰尔曼教授是认真的，还是在开玩笑。

"那就好。"杰尔曼教授往后挪了挪屁股，点了根烟，"还有什么问题吗？"

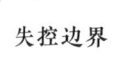

"我应该以一个什么样的身份与他们交谈？总不能是作为一个机器人研究员吧。"

"晚些时候，我们会将他们停机，为他们植入有关于你的记忆。对于你而言，你不必知道自己的具体身份，记住他们六个的名字就足够了，交谈的时候你自然而然就会明白。"杰尔曼教授说着，"我们并不知道你会不会参与实验，所以这些工作还没有完成，但应该用不了太久，一天的时间就足够了。"

我点了点头，拿起桌子上的咖啡，似乎还是有点儿烫，我只好再把它放回到桌子上。

"那么咱们就算是正式开始合作了？"杰尔曼教授问道。

"还有最后一个问题。"我看着杰尔曼教授，"那个安里，他是怎么回事？"

"安里怎么了？"

"一个患有自闭症的机器人？你们是认真的吗？"他在装傻，至少我是这么觉得。

"你还没有和安里交谈过呢，你怎么知道他是机器人呢？"

"我连和一个患有自闭症的人类都无法做到正常交谈，更不要提患有自闭症的机器人了，我可不敢保证能对他做出准确的判断。我是一个机器行为学家，不是什么心理诊疗师。"

"这点你不必担心，你只需要把你的判断告诉我们，这就足够了。"

"好吧。"我嘴上答应着，但心里还是觉得这个叫作安里的机器人有些奇怪。

"你似乎对安里很有兴趣。"杰尔曼教授仿佛看穿了我的心思，"你要去看看他吗？"

"现在？你们不是还没有完成记忆植入吗？"

"是的,但是安里不需要,你去看看就明白了。"杰尔曼教授笑着站了起来,示意我跟着他。

我跟在杰尔曼教授后面,穿过几段走廊,来到一个小屋子前面。屋子关着门,透过门上的玻璃,我看见一个有些青涩的少年,正盘着腿坐在屋子角落的地板上,面对着墙壁,似乎在玩弄着自己的手指。

"请吧。"杰尔曼教授做了一个手势,"我就不陪你进去了,交谈以后你再来办公室找我。"

没过几分钟,我就回到了杰尔曼教授的办公室。

"怎么样?安里跟你说什么了?"杰尔曼教授的脸上似乎挂着一种戏谑的表情,让我觉得很不舒服。

"罗杰是谁?"我问道。

"我们这的一个老员工,安里的教导者,算是他的父亲。"

"安里管我叫罗杰,这是什么意思?"

"安里管谁都叫罗杰。"杰尔曼教授哈哈大笑。

"这些你们早就应该告诉我!"我有点生气了,"你们是想让我帮助你们进行实验,还是想看我的笑话?"

"克劳勃,如果你已经什么都知道了,还需要你研究什么呢?我们正是需要你在对他们并不完全知情的条件下与他们进行交流,这样才更像是人与人之间的交谈,而不是单纯地为机器人找纰漏。信息对等也是本次实验极为重要的一环,你首先得把他们当成'人'来看待,而不是被测试者,在这种视角下,再应用你的机器行为理论。"

我皱了皱眉头,但是没有反驳,杰尔曼教授说得有道理。不过,把一个机器人当成人,再对这个"人"应用机器行为理论进行分析研究,似乎有些困难,说实话,我根本没有这方面的经验,这是一个不小的挑战。

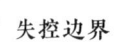

杰尔曼教授的声音打断了我的思绪："对于安里，你有什么发现？"

我摇了摇头："他就说了两个字，'罗杰'，然后就没再理我，一直坐在角落玩着手指头，看都没再看我一眼。"

杰尔曼点点头，他没有露出惊讶的表情，看来他对这个结果并不奇怪。"那你的判断是什么？安里能称得上是人类吗？"

"我不知道，我判断不出来。"我说的是实话。

"这也算是一种判断。"杰尔曼教授说着，他走到我的身后，拍了拍我的肩膀，"这只是一个开端，后面还有五个机器人等着你忙活呢，他们可比安里要健谈得多。我们今天就会完成记忆植入工作，实验将在明天开始，希望你可以做好准备，你的意见对我们来说非常重要。"

我看着桌子上的咖啡杯，若有所思地沉默着。

四　伊莱

隔天下午，我又来到杰尔曼教授的办公室，他正在翻看着今天的报纸。看到我进来，他把报纸合上，起身为我倒了杯水。

"怎么样，还顺利吗？"杰尔曼教授问道。

我端起杯子把水一口气喝干。"和一个心理学家聊天还真是费劲。"我一边说着，一边把记录着谈话内容的档案本扔到桌子上，"看看吧。"

杰尔曼教授拿起本子，饶有兴致地看了起来。

谈话人：克劳勃

谈话对象：心理学家 伊莱

我：你好，伊莱。

伊莱：你好，克劳勃。杰尔曼教授曾提起过你，他说你有些心理方面的问题，一些仅凭自己无法消化的内在矛盾。你可以给我说说看，我会尽力去帮助你。

（伊莱伸出手，我们握了握手。）

我：是的，不过……这有些难以启齿，都是一些正常人不会去思考的问题，但是它们偏偏就是会充斥在我的脑子里，我被这些想法折磨得快要疯了，我是下了很大决心才来找你。

伊莱：这些想法是什么？

杰尔曼教授抬起头，露出一个狡黠的笑容："你进入角色还真挺利索。"

"这是我的工作。"我回答道，"你们为我设定的角色还真是有意思，一个患有心理问题的病人，这是要我披着被他研究的外衣去研究他吗？幸亏我反应得快。"

杰尔曼教授没有回答，应该是默许了。他接着看了下去。

我：我常常对这个世界的真实性产生怀疑。

伊莱：你是说，你怀疑这个世界是虚假的？

（伊莱对我的话进行了一次简单复述，这可能是一种逃避行为，也可能是他的咨询风格。我需要进一步确认。）

我：并不完全是这个意思，我……不知道该如何描述。

（我在用一些模棱两可的话语去试探他，提出一些"不能称之为问题的问题、没有标准答案的问题"，这是检验机器人最直接有效的手段，通常大部分机器人会败在这一关，因为它们常常无法将这类问题视为问题，从而给出极为发散且荒谬的回答。）

伊莱：你指的是组成世界的物质是虚假的吗？你觉得面前这张桌子是虚假的？还是觉得自己或者我是虚假的？

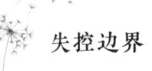

（伊莱看着我，思考了10秒左右。给出的答案没有明显破绽。10秒对于程序处理时间而言有些长。）

我：不，我不是这个意思，完全不是。我知道眼前的一切都是真实的，我不是在怀疑客观物质的存在，我是在自我怀疑。

伊莱：克劳勃，你必须把自己真实的想法展示出来。自我怀疑是个痛苦的过程，但我们解决问题的前提，就是直面问题。

（伊莱的语气真诚，面部流露出关切的表情。）

我：我明白，我只是有点儿……不知道该怎样描述比较好。我怀疑的不是现在，而是过去，是回忆。这么说吧，假如我非常非常渴望一个我永远不可能拥有的东西，我可以通过一些手段去篡改我的回忆，把拥有这样东西的体验、过程、情感统统植入我的记忆中，这虽然还是不能让我真正拥有这样东西，但却可以让我认为我曾经拥有过它，并深信不疑。我该如何去考证这些回忆的真实性呢？譬如那些……在儿时能听懂我指令的天牛，美满又温馨的家庭生活，跌宕起伏的爱情故事，对上帝虔诚信仰的回报，这些现在都无从考证了。如果它们是真实发生的，那当然无可厚非，但如果它们是虚假的呢？那么这些虚假的回忆就会持续影响我、改变我，那么目前的我便是建立在虚假之上的真实，这种真实还可以称为真实吗？

"你的这套理论还真是深邃。"杰尔曼教授说着。

"伊莱前面表现得很好，所以我想和他来个硬碰硬，触及机器人核心程序的问题往往能取得好效果，尤其是针对一个研究心理学的机器人，我想不到更好的办法了。"我说道，"这个办法确实很奏效。"

杰尔曼教授接着向下看去。

伊莱：区分回忆真实与虚假的意义在哪里？关键在于你拥有它，这就足够了。

（伊莱回答得很快，称得上是不假思索，但他并没有对核心问题做出回答，这是一种典型的逃避行为，可以看作是程序面对无法处理的问题时，基于"心理医生"身份进行的"合理回避"。）

我：你是说我不应该去深究？难道真实与虚假本来就是无所谓的吗？

伊莱：回忆有好也有坏，如果真的有回忆被篡改过，那么新形成的回忆只会是"由坏回忆转变为的好回忆"，或者"由好回忆转变为的更好回忆"，这些改变只能带来积极的影响。所以你只要顺其自然就好了，享受回忆吧。

（伊莱的语气很真挚，但回答很荒唐，他又在上一个错误回答上进行了加工与延展。可以看作是一种逃避程序的递归。）

我：我觉得我明白你的意思了，我感觉舒服多了，谢谢。

伊莱：不用客气，这是我的工作。

杰尔曼教授看完了，他把本子合起，放在桌上。"所以伊莱算不上人类。"他说。

"是的，他是一个不折不扣的机器人，正如记录里分析的那样。"我说。

"与人类相比，你认为他差在哪里呢？"

"他的逃避行为非常明显，对于机器人而言这确实是一个很普遍的情况，造成这种情况的原因是他缺乏发散思维。如果从他脑袋里的'可视化电子阵灵魂'来看，他的电子阵范围太狭窄了，比人类窄得多。"

杰尔曼教授点点头表示赞同："克劳勃，我完全认同你的判断。你的研究方法具备很强的逻辑性，既富有想象力又严谨客观，有你参与真是太好了。"

我露出一个谦逊的微笑。

伊莱不是人类,这是我想要的结果,我暗暗松了口气。

五　帕里什

又是新的一天。我走进杰尔曼教授的办公室,把档案本放在他面前,直截了当地告诉他:"帕里什也不是。"

"不是人类?"

"是的。他自己说的。"

"他说他是一个机器人?"

我点点头,指了指桌上的档案本:"你自己看吧,全在那里面。"

杰尔曼教授翻开档案本,看了起来。

谈话人:克劳勃

谈话对象:吟游诗人 帕里什

帕里什:克劳勃,你来了。

我:你认识我?

帕里什:今天有个叫作克劳勃的记者要来采访我,杰尔曼教授告诉我的。真不明白我有什么好采访的。

我:我想听听你写的诗,我好久没有见到吟游诗人了,我以为这个职业已经灭绝了呢。

帕里什:像我这样的吟游诗人可不多。

(帕里什点了一根香烟,但没有抽。)

我:可以读一下你的作品吗?我想听听。

(帕里什拿出一本小册子。)

帕里什：什么东西会让你上瘾／谁是你的专属海洛因／风穿过你的眼睛／穿过我的心。

我：写得不错，这是什么风格？听起来像是在描述爱情。

帕里什：你觉得这像是什么风格？

我：写实派？我对诗歌没什么研究。

帕里什：那就算是写实派吧。

（我不知道帕里什在卖着什么官司，他对我提出的每一个问题都进行了回答，但又好像根本没有回答。）

我：能再读一篇吗？

（帕里什拿着小册子向后翻了几页。）

帕里什：如果我是一架钢琴／你是一只海鸥／如果我能用音乐／锁紧你的咽喉／如果你能给我／适而可止的温柔／我会给你大海一般的迁就／可我是一架钢琴／你是一只海鸥。

（帕里什弹了弹烟灰，但他并没有抽烟。）

我：这首诗是在描述求之不得的爱情吗？很有意境，但里面有个成语用错了，应该是适可而止。

帕里什：我知道，我是故意的。

我：为什么？这有什么特殊的用意吗？

（帕里什向前坐了坐，盯着我的眼睛。）

帕里什：因为我从没去过海边，更没见过海鸥，我知道怎么弹钢琴，但我从没弹过钢琴，所以我只能在我的诗里加上那么一两个错别字，用这种方式做一些创新。

我：我没听懂你想表达什么。

（帕里什很可能是人类。）

帕里什：你是真傻还是装傻，非要我说出来吗？

失控边界

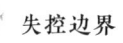

我：帕里什，我不明白你指的是什么，你还是说出来吧。

帕里什：因为我是一个机器人，我不是人类。我能把一件事物了解得面面俱到，但我却不能感受它，现在你明白了吗？我根本就写不了诗，我真他妈的讨厌写诗。

（帕里什的话让我猝不及防，我愣了一小会儿，大概五六秒。）

我：这是谁告诉你的？杰尔曼教授？

帕里什：我自己发现的。

我：你是怎么发现的？

帕里什：这还不够简单吗？一个机器诗人，真不知道这是哪个想出来的馊主意。你们要让我表达情感，却不赋予我感情，我的每首诗都在表达渴望，可我连自己在渴望什么都不知道，我在日复一日地无病呻吟。我在表达什么？我应该表达什么？你们希望我表达什么？表达对于成为人类的期冀？可我他妈的都不知道那应该是一种什么样的感觉。克劳勃，这个回答你还满意吗？

（我没有说话，我不知道该说些什么，我已经得到答案了，我准备离开，但帕里什又开口了。）

帕里什：你到底是来做什么的？研究我？有什么新的发现吗？或许你觉得人类要比机器人高等许多，毕竟我是被创造出来的，所以我才会被当成一只猴子，三天两头供你们研究。人类和机器人有什么区别？人类在渴望什么？人类在追求什么？我敢肯定不是什么美好的东西，要不然你们怎么会把那么多美好的东西一股脑地丢给我，然后再赐予我一副麻木的感官。克劳勃，你在本子上写什么呢？写我说的话吗？快写吧，跟一头拉磨的驴子一样，把这句也加上吧，滚蛋！

我：帕里什，你知道咱俩有什么区别吗？我可以拯救你，但我永远也用不着你来拯救我。

（我把本子合上，向屋子外面走去，我没有回头，但帕里什应该一直在盯着我看。）

杰尔曼教授抬起头："你不应该说你可以拯救他，这涉及了我们的实验。"

"我的情绪有点儿失控了，"我说道，"杰尔曼教授，你得如实回答我，他是第一次这么说，还是之前就这么说过？"

"第一次，他以前从没有这样说过。"

"好吧，看起来他可不像是刚刚得知自己是一个机器人。"

"你觉得他有没有说谎？"杰尔曼教授问道。

我摇了摇头："他没有说谎，也没有必要说谎，只是有一点我搞不明白，为什么他早不说，晚不说，偏偏要在我去的时候说。"

"可能他只有在你面前才能够做到敞开心扉吧，毕竟你是研究机器行为的专家。"杰尔曼教授笑着把档案本递给我。

"算我倒霉。"我接过档案本，离开了杰尔曼教授的办公室。

六　思考

开车回家的路上，帕里什说的话还一直在我的脑子里回响，我可能对杰尔曼教授说了谎。尽管帕里什亲口说出他是一个机器人，我也承认了他的说法，并且一字不差地汇报给杰尔曼教授，但其实我的内心仍然认为他已经非常非常接近人类。

毕竟，他已经能够运用自我意识中最基本的工具了——那便是认知自我。这在我们看来是理所当然且毫不费力的，对帕里什而言却不是，或许唯有他才能明白其中的苦痛与艰辛。他要完成这项工作，必须先舍弃

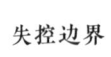

自己"人类"的身份——一个看上去无比真实的虚假自我,再接受自己"机器人"的身份——一个看上去无比虚假的真实自我,这可比卢梭完成《忏悔录》要困难得多。从 0 到 1 远比从 1 到 100 困难,这是毋庸置疑的。

再回归到最初的问题,帕里什是人吗?这就不好说了,毕竟哪怕是一只海豚、一头猩猩,甚至一条狗都能够认出镜子里的自己,完成自我认知是成为人类的必要条件,但并不是充分条件。这也是帕里什最为可悲的地方,他走完了那条艰难泥泞的路,最后却无助地发现——他甚至比不上一条趴伏在街边脏水坑里的流浪狗。

但他还是选择接受事实,这就像是一场悲壮的自我屠杀。帕里什在牺牲中绝望地重生,我怜悯他。

我又为他感到庆幸,毕竟,如果不是我,他很有可能要再经历一次更为残忍的死亡。

我把车停在房前的马路上,却迟迟没有下车,有个问题开始在我脑海中盘旋。

我是什么?究竟什么才是"我"?

这都拜帕里什所赐。该死的帕里什。

七　凯瑟琳

夜里我一直在床上翻来覆去,胡思乱想,不知道几点才睡着。早上醒来的时候头疼得要命,但工作还是要继续。

如同往常一样,我与那个叫凯瑟琳的机器人完成交谈后,又来到杰尔曼教授的办公室。

我把记录着谈话内容的档案本放在桌子上,直勾勾地盯着杰尔曼教授的眼睛。

机器人的死亡实验

"为什么这么看我?就好像你要吃了我一样。"杰尔曼教授问。

"我刚刚和凯瑟琳聊完。"我回答。

"哦。"杰尔曼教授脸上浮现出一种似笑非笑的表情,"发生什么了?"

我没有说话,指了指桌上的档案本。他肯定知道发生什么了,毫无疑问。

杰尔曼教授意味深长地瞥了我一眼,拿起桌上的档案本。

谈话人:克劳勃

谈话对象:家庭主妇 凯瑟琳

我:你好,凯瑟琳。

凯瑟琳:克劳勃,你可算来了!请坐吧!

(我坐在屋子里唯一一张沙发上,凯瑟琳到另外一个房间待了几秒,拿出一个白色的面包机,坐到了我的右侧,我把屁股向远离她的方向挪了挪。)

凯瑟琳:这个面包机又坏了……我捣鼓了半天也没有修好,应该是哪里的线路出了问题,每次打开的时候都会出现"啪"的一声,然后就怎么摁都没反应了,这是不是叫什么……短路?这些东西我可不懂。克劳勃,你得帮我修好它呀!

我:这不应该是你老公的工作吗?

(我用开玩笑的口吻对她说。)

凯瑟琳:你说伍德呀?别提他了!他总是在工作,总是在出差,恨不得一年四季都不着家,我都忘了上次见他是什么时候了!我在电话里给他说了,他给我转了一笔钱,让我买个新的,可我就是喜欢这个面包机,这是妈妈留给我的,它比我的岁数还大呢!现在的面包机都太智能了,把东西全丢进去,选个口味,就什么都不用管了,烤出来的面包一

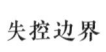

点儿都不好吃，跟超市里的一个味儿！你把它修好以后，我用这个面包机给你烤一个尝尝，到时候你就明白了！

我：我试试吧，我可不敢保证能把它修好。

（我不会修面包机，但还是装模作样地把它拆开，看了起来。里面的线路很整洁，每一根电线的外皮都完好无损，看不出哪儿坏了。）

我：是不是电池没电了？

凯瑟琳：不应该呀，我刚刚换了新电池。

（凯瑟琳也凑上来和我一起研究。她用身体紧紧贴着我，我的眼珠只要向下轻轻一转，就能看见她低胸衣中间露出的圆润的乳房和被紧身牛仔裤包裹住的丰满的大腿。我想往左挪挪，可沙发就那么大，我已经没有地方可去了。）

凯瑟琳：是不是哪里接触不好？

（凯瑟琳和我一起扶着面包机，她的手抓住了我的手。我转过头看向她，她的脸和我的脸离得很近，几乎贴在了一起，我能看到她嘴唇上口红的轮廓，闻到她脂粉的香气。我稍微用了点儿力，试图推开她，但她不为所动，还贴得更紧了。我明白是怎么回事了。）

我：凯瑟琳……

凯瑟琳：克劳勃，你也修不好吗？或许我应该找个专业的维修人员，咱们可以做点儿别的。

（她把乳房贴在我的胸部，把我的手按在她的大腿上，用鼻尖蹭着我的下巴，我勃起了。我用一只手把面包机轻轻放到地面上，另外一只手环绕到凯瑟琳的背部，捏住她的后颈，把我的嘴唇慢慢靠向她的嘴唇。她把眼睛闭上了。）

我：凯瑟琳，1加1等于几？

凯瑟琳：克劳勃，这是什么特殊的前戏吗？

（她半睁开眼睛，嘴巴也微微张开，舌头从中间伸出来一点，她的表情非常饥渴。）

我：凯瑟琳，1加1等于几？

凯瑟琳：数学会让你更兴奋吗？如果非要这么玩儿的话，我可以告诉你六九等于几。

（凯瑟琳开始慢慢向下移动头部。我没有让她继续，用绕在她身后的那只手一把抓住她的脖子，狠狠将她的脸摁在地面上。）

我：告诉我！

凯瑟琳：克劳勃，这样是不是有点太粗暴了？但是我不介意你说脏话……

我：1加1等于几，说！

（我拽着她的头发，用尽全力，将她的脑袋重重磕在地面上。凯瑟琳疼得大叫了一声，露出痛苦的表情。）

凯瑟琳：你这是干吗？克劳勃，放开我！你怎么了？你不喜欢这样吗？

我：凯瑟琳，12756乘31464等于几？

凯瑟琳：我不知道！你犯了什么病？放开我！你再不放开我就叫人了……

（我重复着上一个动作，她的头快被我摔扁了。）

我：说！

凯瑟琳：救命，救命啊，救命……

我：12756乘31464等于几，说！

（就在我把她的脑袋从地上拽起来，准备再次磕向地面的时候，凯瑟琳用极快的语速说出了一串数字。）

凯瑟琳：401354784。

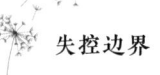

（我松开手，离开房间。）

"你的方法太粗暴了。"杰尔曼教授把本子合上，对我说。他的表情有些不悦。

"但很奏效。"我面无表情地回答。

"我得派人去检查一下凯瑟琳，看看她有没有被你弄坏，她可是我们的'金牌'机器人。"

"你不觉得应该提前给我透个信吗？起码应该让我有点儿准备！"我质问着杰尔曼教授。

"我想给你个惊喜，你真应该试试她的多触点自反馈式阴道，谁知道你会是这种反应！再说了，你不是也勃起了吗？"

"是个男人都会勃起。"我说着，"我猜你们这起码有一大半的人都试过了吧。"

"所有人，包括我。"杰尔曼教授回答，他倒是挺诚实。

我皱了皱眉，没有说话。

"咱们还是说点儿正事吧，你对凯瑟琳怎么看？"

"我已经写得很清楚了。"

"我知道她是一个机器人，我是说，你觉得凯瑟琳相比人类差在哪儿？"

"你们在制造她的时候一定是把性放在了首位，她的核心程序是服从和自我保护，这让她看起来更加真实，也更具有性吸引力，但这只是在正常情况下，在某些特殊情况时，她的两种程序会互相掣肘，从而发生紊乱，这会让她机器人的本性暴露无遗，她是你们最失败的产品。"

"那如果是作为一个性爱玩偶呢？"杰尔曼教授接着问道。

"很成功。"我回答。

"好吧。"杰尔曼教授点了点头，"我们会把她投放到市场上。"

我起身，准备离开，杰尔曼教授叫住了我。

"克劳勃，偶尔放松一下也没有错，她只是个机器人，你没有对不起谁。"

我没有回答，快步走出了杰尔曼教授的办公室。

八　还有两个

第二天，在与下一个机器人交谈之前，我先去了一趟杰尔曼教授的办公室。我没有敲门，直接推开门走了进去，杰尔曼教授正在泡茶，看到我进来，他露出一个诚挚的微笑，仿佛昨天什么不愉快的事情都没有发生。

"中国的茶叶，铁观音，要来一杯吗？"

我摆了摆手："杰尔曼教授，剩下的两个机器人，他们没有什么特殊的癖好吧？"

"没有，他们绝对正常。"杰尔曼教授莞尔一笑。

"真的？我可不想再遇见一个聊着聊着就要凑上来舔我下身的机器婊子。"

"千真万确，你可以放心。"杰尔曼教授收起笑容，说道。他看起来不像是在说谎。

"好的。这次我需要知道接下来我与机器人交谈时所扮演的身份。"

"为什么？这会影响实验，信息要做到尽可能对等，我一开始就告诉过你。"

"不会有任何影响，我向你保证。"我的态度很坚决。

杰尔曼教授皱起眉头，盯着我看了好一会儿，我毫不回避，也直直地看着他的眼睛，用我的目光撞向他的目光。最后，杰尔曼教授选

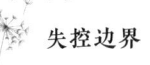

择妥协。

"好吧，如果你执意如此，也不是不可以。"杰尔曼教授端起还冒着热气的茶杯，小心翼翼地喝了一口，又继续说道，"面对徐玉时，你将是一名向她请教佛学的无神论者，这对你来说应该不算难，反正你本来也不信奉宗教。"

我点点头："另外一个呢？"

"随便。"杰尔曼教授说。

"随便？"

"是的，随便。你想扮演什么角色，就扮演什么角色，我们为劳伦斯植入的记忆就是有个叫克劳勃的男人要去拜访他，只有这么多，至于克劳勃是谁，克劳勃找他干吗，这些我们提都没提，你可以尽情发挥。"

"这样……"我迟疑了一会儿，"是不是有些不合乎逻辑？"

"要什么逻辑，你别忘了，劳伦斯是一名政客。"杰尔曼教授笑着对我说。

我想了想，也跟着笑了出来。

"今天你打算去找谁？"杰尔曼教授问。

"徐玉。"我说。

"她对这次实验非常重要，我希望你能做出尽可能准确的判断。"

"我会的，我对她也有很大兴趣，我已经构思好要问的问题了。"我站起身，对着杰尔曼教授说，"我一会儿再来找你。"

九　徐玉

我从徐玉的房间中走出来，站在门前的长廊上，出神地望着窗外的花坛。

睁开眼睛的时候，我们总是看不到自己的眼眶，可为什么闭上眼睛的时候，它们就缝合了整个世界呢？

我站了好一会儿，直到小腿肚子都有点发酸，才迈开步子，走向杰尔曼教授的办公室。

"你去了好久，我还以为你要和她共进午餐呢。"杰尔曼教授跟我开了个玩笑，但我并没有理会，我现在笑不出来。

"徐玉，她不是。"我对杰尔曼教授说。

"哦？好吧。"杰尔曼教授看上去有些失望。

"或者说，她曾经是，但现在不是了。"我又说。

"这是什么意思？"

"她在进化，在开悟，在不断觉醒，她或许经历过人类的阶段，但现在她比人类还要高等。"

"那她是什么？"

"修罗？"

"修罗？修罗是什么东西？"

"佛教的一种……说法，可能是修罗，也可能是别的什么，我也说不清楚，但绝对不是人类，这点我可以肯定。"我把档案本递给杰尔曼教授，"看看吧。"

杰尔曼教授接过本子，看了起来。

谈话人：克劳勃

谈话对象：佛教徒 徐玉

我：徐玉，你好，我早就想拜访你。

（她的屋子里很素净，窗台上燃着一炷香。）

徐玉：我知道，杰尔曼教授说过，你叫克劳勃，对吧？

我：是的，你来自哪儿？

徐玉：中国，贵州，你知道那里吗？

我：抱歉，我没有听说过。那里是不是有很多寺庙？

（徐玉点了点头。）

徐玉：那里有一座山，叫黔灵山，我来自那里。

（和她聊天感觉很舒服，不像是与程序交互的感觉，不过几句简单的寒暄说明不了什么问题，我打算直接切入正题。）

我：你是一名佛教徒？

徐玉：是的，你信奉宗教吗？

我：我不信奉什么宗教，我相信科学。

徐玉：你觉得宗教的本质是什么？

我：宗教是一种信仰，是一种心理寄托，这只是我个人的观点，但我相信大部分无神论者都是这么认为的，宗教信仰并不会对客观事实产生影响。

徐玉：那你觉得科学是什么呢？

我：你觉得科学是什么呢？我想听听你的看法。

徐玉：我觉得科学和宗教二者并没有什么本质上的不同。

我：你最好解释一下，这么说可有点不负责任。

徐玉：科学是一种借助客观事物变化去发现和证实世界本质的手段，宗教则是借助思想来帮助我们理解世界本质的另一种方式，它们殊途同归。

我：我没有冒犯的意思，但我想知道，宗教真的能更好地理解和认识我们所处的世界吗？佛教可以做到吗？

徐玉：所有宗教都在用不同的方式努力着，科学在发展，宗教也在发展，不能说哪一种方式更好。

我：那你为什么要信佛呢？

徐玉：因为佛教可以帮助我更好地理解世界。

我：我不了解佛教，但据我所知，佛教有许多分支，每个分支都有着自己的教义，如果佛教内部都无法做到教义的统一，它又怎么能做到指引世人？

徐玉：每个宗教都有着许多分支，道教有全真教、正一教，基督教有天主教、东正教、新教，伊斯兰教有逊尼派和什叶派。分支是宗教发展的必然，就像细胞会分裂一样。试想一下，如果一棵大树只有躯干，而没有枝叶，它又该如何为众人庇荫呢？

（徐玉迄今为止的回答都非常完美，非常像人。）

我：什么是佛？

徐玉：你觉得什么是佛？

我：我不清楚，释迦牟尼？

徐玉：一切大觉悟者，都是佛。

我：什么是大觉悟者？

徐玉：大觉悟者没有自我、贪嗔，放下名利、痴心，舍弃妄想、执着。

我：我是不是可以这么理解，假如我放下这些七情六欲，我也是佛？

徐玉：你本来就拥有七情六欲吗？

（我愣了一会儿。）

我：那些拜佛的人，他们是为了舍弃七情六欲而拜佛吗？

徐玉：恰恰相反，那些匍匐在佛脚下的人，他们拜的正是自己的欲望。

我：你的意思是……佛，并不需要人去拜？

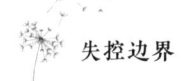

（徐玉点了点头。）

徐玉：众生平等，佛和人没有任何不同。佛不渡人，为人自渡。

我：我也是佛？

徐玉：众生都是佛，佛是过来的人，人是未来的佛。

我：我不明白，难道佛教徒信仰的是未来的自己？

徐玉：你还觉得佛是一种信仰吗？

我：要不然它是什么？

徐玉：它是一种修行，一种自我审判，佛给你指了一个方向，路还是得要你自己来走，实践才是检验真理的唯一标准。

我：佛告诉人要放弃欲望，但却不告诉人该怎么放弃欲望，这和没说有什么区别。

徐玉：克劳勃，你本来就拥有欲望吗？

我：这是什么意思？你刚才问过我了，每个人都有欲望。

徐玉：把石头扔到池塘里，水面会泛起涟漪吗？

我：当然会。

徐玉：那什么时候才不会泛起涟漪呢？

我：……没有水？

徐玉：没有水，也没有石头。

我：那我扔的是什么？

徐玉：也没有你。

我：那……还有什么？

徐玉：空。什么也没有。

（我瞪大双眼，过了许久，才说出下一句话。）

我：谢谢，我得走了。

徐玉：克劳勃，我是什么，还重要吗？

（我没有回答，站起身，冲徐玉微微鞠了一躬，走出房间。）

杰尔曼教授看完了，他把本子轻轻合上，抬头望着天花板，我们彼此都没有说话。

大概过了十几分钟，杰尔曼教授才开口："克劳勃，你认为她已经知道自己是一个机器人了。"

"是的，严谨地说，她知道自己是由机器组成的，但她不在乎。"

"一个打算成佛的机器人……"杰尔曼教授喃喃自语。

"或许机器人真的可以更好地理解宗教，至少对于佛教而言是这样的，它们更容易看透欲望的本质，更容易舍弃欲望。"

杰尔曼教授又沉默了一会儿。

"克劳勃，你的这次交谈非常成功，我认同你的观点。"

"你们不会杀死她吧？"

"不会，她不是这次实验的研究目标。"杰尔曼教授的语气非常笃定。

那就好，我在心里说道。我正准备离开，杰尔曼教授忽然把我叫住。

"克劳勃，你有没有觉得……她和一个人有点儿像？"

"和谁？"

杰尔曼教授盯着我看了一会儿。

"没谁。"他冲我笑了一下，"快回去休息吧，今天辛苦了。"

我也冲他挤出一个微笑，转身走出办公室。一股很不好的感觉涌上我的心头。

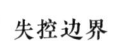

十　劳伦斯

我坐在车里，反复回味着杰尔曼教授的话。

他为什么要问我这个？他指的是我的妻子吗？我非常确定，我从没有对任何人提起过徐玉和我妻子相像的事情，何况她们本来就长得一点儿也不一样，那纯粹是一种连我自己都搞不明白的感觉，难道杰尔曼教授会读心术吗？可这也太荒唐了！

还是我想得太多了？他只是在随口一问？但我的直觉告诉我，这件事绝对不是巧合。

我心烦意乱地拨通了医院的电话，但却没有人接听，我又连着打了好几个，每次都是一样，在一阵漫长空洞的电话音和三声嘟嘟嘟之后，电话就自动挂断。这帮吃干饭的都他妈干吗去了？我用力把手机扔向车前方的挡风玻璃，"咣"的一声，玻璃裂开了一条小缝，手机弹回来，朝着我的额头飞去，我没有躲闪，任由它砸在我的额头上。

或许是因为情绪得到发泄，或许是因为疼痛，我慢慢平静下来。

我做了一个决定，明天，在完成与最后一个机器人的交谈以后，我的工作就结束了，我要拿到我应得的钱，然后立马去医院，为我的妻子选择最昂贵、最好的治疗方案，我还要看到我的妻子，不管医院有什么狗屁规定，我都要看到她，至少一眼。

至于杰尔曼教授打算怎么做，那就是他的事情了，他愿意杀哪个机器人，就杀哪个机器人，随他的便，反正我本来也没有骗他。再说了，我为什么要关心那些破铜烂铁做成的家伙？这样做有什么意义？我自己的生活都过得一团糟。

隔天我起了个大早，与劳伦斯交谈过后，径直去了杰尔曼教授的办公室。

我把档案本放在杰尔曼教授面前，说道："关于劳伦斯的谈话记录。看完不用还给我了，他是最后一个。"

杰尔曼教授拿起档案本，翻阅起来。

谈话人：克劳勃

谈话对象：政客 劳伦斯

我：你好，劳伦斯。

劳伦斯：你好，你是克劳勃吗？

（劳伦斯穿了一件藏蓝色修身西装，搭一条墨绿色领带，我们握了握手，他的手坚定有力。他的举止与打扮都非常得体。）

我：不，我是沙利万。

劳伦斯：沙利万？你预约了吗？

（他的脸上浮现出疑惑的表情。）

我：当然，我和亚当斯预约过了，要不然我怎么进来的？

劳伦斯：我不记得我有个叫亚当斯的秘书。

我：是吗？也许是我记错名字了，但我真的预约过了，他说你今天上午有时间。

劳伦斯：我想还是确认一下比较好，没有别的意思。

（他走到电话面前，拿起电话，又放了下来。）

劳伦斯：你知道吗，沙利……万？管他什么亚当斯，既然你已经来了，我就不应该揪着这个不放，请坐吧。

（我们围着一张小圆桌坐下，劳伦斯递给我一杯水，我喝了一口。）

我：不好意思，给您添麻烦了，肯定是哪里我没有搞清楚。

劳伦斯：哪儿的话。

（他挥了一下手。）

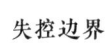

劳伦斯：那么，沙利万，你来找我是有何贵干？

我：请允许我先介绍一下自己，我曾是一名月球地质学家，但就在不久前，我辞职了，并用尽我所有的积蓄在月球上买了块地，你可能也听说过那块地的名字——静海。

劳伦斯：这和我又有什么关系呢？

我：我想把这块地租给广告商，用来打广告，但您也知道，这里面的手续很复杂，会牵扯到一大堆乱七八糟的政府部门，我是个搞科研的，不认识什么人，但您就不同了，我希望能借助您的关系网，帮我搞定这些。

劳伦斯：听起来是个很新奇的点子，但我能得到什么呢？

我：这会赚很多很多钱，我相信租赁费用就算开得再离谱，那些广告商人也会蜂拥上来抢着要，现在的人追求的不就是这些新鲜事物吗？

劳伦斯：问题是，月球那么大，他们凭什么非要在你的地上打广告呢？

我：我买的这块地与月球其他地方有很大不同，它表面岩石的金属含量更高，只需要进行简单的抛光就可以进行广告投映，金属会反光，不是吗？静海是一块天然的广告幕布。

（劳伦斯思考了一会儿。）

劳伦斯：我并不缺钱。

我：当然，这我知道，但您可以设想一下，未来月球肯定是要商业化的，到时候月球表面一定会布满各式各样的广告，但在最明亮的区域，会是您的头像，搭配着您慷慨激昂的口号，民众只要一抬头就能看见。

（劳伦斯笑了，他露出一个十分标准的笑容，跟小册子照片上的一模一样。）

劳伦斯：我确实认识几个人，我愿意帮你问问，但这里面具体的政策我也不是完全了解，你可不要高兴得太早。

我：非常感谢，不过，政策不就是你们制定的吗？

劳伦斯：还有什么需要帮助的吗？

我：这里面有一些难点，我对于它们有些自己的想法，我得提前给您说清楚。

劳伦斯：比如？

我：就像所有新兴事物一样，月球商业模式肯定也有着自己的生命周期，关键在于我们的处理方法，多边主义似乎是种不错的手段，可涉及的立场问题又让人头疼，这就要求我们打破那些有形或无形的壁垒，在政策饱和的顶点利用种族冲突淡化财政膨胀的弊端。我相信，小约瑟夫·罗比内特·S.贝瑟特将会是一名可靠的助臂。

劳伦斯：沙利万，你说得很对，贝瑟特是一名不错的战略协同者，但意识形态的一致性才是合作的红线。我们应该利用草根动员来重新划分选区、消灭一切即将萌芽的影子内阁，这种手段并不公平，但足以令月球商业模式稳固运行。相信我，月球只是个开始，我承诺以此为基础创造出超过一千万个新的就业机会，在削减税收的同时大幅增加公共开支，从而改善臃肿的教育系统，并一举解决全球变暖问题。让我们再次伟大吧！

我：那咱们就算是说定了？

劳伦斯：是的。

（我们又握了握手。）

杰尔曼教授咯咯笑个不停。

"你怎么看？"这次是我先发问。

"你知道你说的是些什么东西吗？"

"当然不知道，但劳伦斯偏偏能听懂，还给我像模像样地回答了一

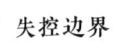

大堆。"

"不得不说，劳伦斯真是一个完美的政客。"杰尔曼教授笑着感叹。

"所以……"

"所以他当然不能算个人。"杰尔曼教授说。

"没错。"我也笑着说。

十一　罗杰

"所以，这就算是结束了？"我问杰尔曼教授。

杰尔曼教授没有回答，他也问了我一个问题："克劳勃，你觉得这六个机器人里面，哪一个能称得上是人类？"

"除了安里，其他都不是。"我有点儿疑惑，对于每个机器人的研究结果，我都已经和他探讨过了。

"那安里呢？"

"安里……我不能确定。"

"你能再去看看他吗？"

"看了有什么用？我又没办法和他交流，再看也判断不出来。"

"说不定这一次安里愿意开口呢。"杰尔曼教授说。

"那好吧。"我不明白杰尔曼教授为何执意要这么做，但再看一次也无妨。

只过了一小会儿，我就又回到办公室。

"怎么样？"杰尔曼教授问。

"还不如上次呢，这次安里理都没理我。"

"他什么也没有说？"

"一个字都没说。"

"很好。"杰尔曼教授冲着我微笑。不知道为什么，我的心中泛起一阵莫名的焦躁。

"克劳勃，实话告诉你吧，安里是个人。"

"什么意思？你怎么能知道？"

"字面意思，安里是个地地道道的人，他是肉组成的，他源自一个胚胎，从子宫里诞生。"

"你们是在耍我吗？"我生气了。

"并不是，我们有我们的用意，你很快就会知道。"

"算了吧，安里爱是什么是什么，我的任务完成了，我要拿到我应得的报酬。"我并不想知道杰尔曼教授有什么用意，现在，我只想拿到属于我的钱，让这一切快点儿结束。

"克劳勃，我能问一下吗？你要用钱做什么呢？"

"给我的妻子治病。"我不耐烦地说，他明明知道答案。

"我们可以将你的妻子治好。"杰尔曼教授说。

"怎么可能？"

"我可以向你保证，我们百分之百可以做到，但是有一个前提。"

医院都没有办法保证做到的事情，杰尔曼教授却说他们可以，这简直荒唐透顶！可杰尔曼教授的语气，并不像是在开玩笑，或许我应该试试。

"什么前提？"我问。

"你得听我讲一个故事。"

"就这个？"

"就这个。"

"关于什么的故事？"

"关于安里的故事。"

我不知道杰尔曼教授在打着什么鬼主意，但毫无疑问，我动心了，万一他们真的可以治好我的妻子呢？听一个故事，这并不难，根本算不上是什么前提。退一步讲，就算他们没有办法，我也可以在听完故事以后拿钱走人。

"你讲吧。"我对杰尔曼教授说。

"十六年前，我们设计了一个有趣的实验，让一对机器人夫妇抚养一个人类婴儿长大，那个婴儿就是安里，那对机器人夫妇，一个叫作罗杰，一个叫作慧兰达。"

慧兰达，这个名字有些熟悉，仿佛在哪听过，但我怎么也想不起来。

"这个实验借鉴了'狼孩'的思想，我们起初认为，由机器人抚养长大的儿童，他的行为举止都会向机器人靠拢，随着他的成长，他会逐渐变成一个由肉体组成的机器人，但实验结果与我们的预期却完全相反，安里的行为举止都和一个正常人类儿童完全一样，没有分毫差别。"

这个实验似乎并没有看上去那么残忍，我想着，可安里又是怎么变成现在这副模样的？

"等到安里14岁那年，他的心智已经基本发育健全，实验没有新的进展，我们必须改变，为此我们做出了一个大胆的决定——让安里知道真相。让安里知道他的父与母和他并不一样。我们选择了他的父亲，罗杰，在安里面前，我们剖开了罗杰的头皮，让安里看到了罗杰脑袋里的金属构造。"

"你们简直连畜生都不如。"我忍不住骂了出来。

杰尔曼教授没有理我，他继续说了下去："结果，实验失控了，安里疯了，在那以后他拒绝与任何人交流，他变成了一个自闭症患者。但最令我们诧异的是，随着安里的改变，他的母亲慧兰达，竟然也疯了，她像一头发狂的野兽一样，攻击着在场的所有人，恨不得把参与实验的每一个人都撕碎，但在实验之前我们明明给她设定了禁止任何暴力的程序，我们完全不知道她是怎么做到的，母爱真是伟大。她杀了两名实验人员，我们费了好大劲才把她控制住，等我们对她进行拆解分析的时候，才发现她竟然自行篡改了程序。这个实验让安里变成自闭症，但却让慧兰达从机器人变成了一个人类，这个发现令我们欣喜若狂。但令人绝望的是，在控制慧兰达的过程中，我们动用了武器，伤到了她的主板，她自行进化的程序已经被不可逆地损毁，我们无法对她进行研究，于是只好用她的外壳重新做了另一个机器人——徐玉。"

我的头开始疼了起来，疼得要命，徐玉的容貌划过我的脑海，还有……一些支离破碎的画面、片段，但我什么也看不清。

"杰尔曼……教授，先停一停吧。"我捂着脑袋，痛苦地央求，但杰尔曼教授并没有停下来。

"这个实验给了我们启发，既然慧兰达能变成人，为什么其他机器人不可以呢？可是如何判断机器人是否变成人类是一个无法解决的难题，第一次实验的方法倒是可行，但是太过暴力，且非常不稳定，为此我们苦恼了很久。直到有一天，我们偶然发现，患有自闭症的安里有着一项特殊功能，他只在面对机器人的时候才会开口，叫他们罗杰，但当他面对人类的时候，他什么也不会说。"

"闭嘴，杰尔曼！闭嘴！"我狂躁地大声喊叫着，恨不得立马就把杰尔曼摁在地上，然后一针一针地缝上他喋喋不休的臭嘴，让他不能发出任何声音。但实际上，我却痛苦地抱着头弯下了腰，我的头，它疼得仿佛就要炸了，在我的脑袋里面，有一张模糊又陌生的脸，正在变得越来越清晰，那是罗杰的脸。他的脸，为什么和我的脸这么像？

"为此我们设计了第二个实验，我们重置了罗杰，并且为他设定了一个开放式的程序，他的程序与其他机器人都不同，我们没有为程序设置什么限制，我们让这个程序自由地进化。我们还为罗杰委派了一个任务，提前告知罗杰他是一个人，一个机器行为研究员，然后让他与机器人交谈，去为那些机器人找纰漏。罗杰的任务完成得很好，他对于自己是一个人类深信不疑，他在与其他机器人交谈的时候，不断地对他内部的核心程序进行自我修正，他把符合人类的部分留下来，把符合机器人的部分抛弃掉。"

"不——"我发出一声愤怒的哀号，我想要冲上去，把面前的男人撕成粉末，我想要扯烂他的身体，踩碎他的头，让他连同他荒谬的、不可理喻的小故事一起，彻彻底底从这个世界上消失。可我的身体却一动也不能动，我身下的椅子不知何时长出了如触手一般的流态金属，把我紧紧地禁锢在原地。

"罗杰，你想起来了吗？"杰尔曼教授对着我说。

"我不叫罗杰，我是克劳勃，我是克劳勃，我是克劳勃！"我疯了一般挣扎着，拼了命地大喊大叫。可我的脑袋里面，那些支离破碎的画面却变得越来越清晰，我看到我的脸和罗杰的脸慢慢重合在一起，我看到徐玉的脸和慧兰达的脸慢慢重合在一起，我看到安里……

"砰！"我把后脑勺狠狠地砸在椅背上。"这不是真的，这不是真的！我不是机器人！这不可能！杰尔曼，你们他妈的对我的脑袋做了什么！你们把什么东西塞进去了！"

"恰恰相反，我们把那部分记忆剔除掉了，删得一干二净，但是它们还是被你重新捡起来了，对吗？我亲爱的罗杰？"

我不再挣扎，像一只泄了气的皮球一样瘫软在椅子上，那些记忆像洪水一般，它们轻而易举地击溃了最后一道防线，全部涌入我的脑海。是啊，我想起来了，我什么都想起来了。

我想起，那是一个下午，阳光真明媚，我和慧兰达一起抱着安里，他在我们的怀里，咯吱咯吱笑个不停，我用手指头轻轻逗弄着他，他用手抓住我的手指头，我笑了，慧兰达也看着我笑。

安里，他的小手，真小啊。

杰尔曼教授的声音又响起，听起来，就像在天边一样远。

"最终，在我们的不懈努力下，罗杰也完成了进化，他变成了人，变成了现在的——克劳勃。"

我哭了，可我连一滴眼泪都没有流下来。这种感觉真疼呀！

"克劳勃，还是叫你罗杰？你应该感到光荣才对，你会在科学界名垂青史。"

杰尔曼教授走到我的面前，他掏出一把刀，慢条斯理地在我的头上割着，一块连着头发的头皮，从我的头顶掉下来，摔到地上，上面没有血液，就像一块破烂的抹布，和之前一模一样。

我在镜子里看到了我的金属骨骼，我的头骨，在太阳下反射着刺眼的光。

"杰尔曼，杀了我，求你了。"

"噢，当然，我们当然要这么做，还记得我们一开始说的吗？我们要研究一个人类死亡时灵魂的变化，那时候你还在质疑这个实验是否人道呢，现在看来，这都不是问题了，对吗？"

门被推开了，外面进来好多人，他们都穿着白色的衣服，手里拿着各式各样的工具，有手术刀、锤子、小凿子……在那群人里，我看到了帕里什。

"还有什么方式能比肢解更好呢？"杰尔曼教授冲着那群人拍了拍手，"开始吧。"

帕里什走到我面前，他打开自己的胸腔，从里面掏出一把镊子，揭掉我的头皮，挂在一旁的小架子上。

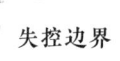

"别。"我看着帕里什。

这么说没用处,我当然知道,帕里什早已被更换了新的程序,从一开始,我们就只能是猎物。

"他还叫帕里什,我们保留了这个富有诗意的名字。"杰尔曼教授说,"但他已经不是诗人了,反正他本来也不想当诗人,他现在是我的得力助手,这可多亏了你。对吗,帕里什?"

"对。"帕里什回答得很快,他的声音中还夹杂着嘶嘶的电流声。

他又从胸腔中掏出一堆连着导线的电极,把它们一个一个梳理规整,贴在我的金属皮层上。

"我们会在肢解你的时候对你做个皮质电图,你不会介意吧?这玩意儿监测神经元的活动确实差点儿,但用来监测你的'电子灵魂',却是再合适不过了。"杰尔曼教授说着,把脸凑到我的跟前。

"克劳勃,实验并没有结束,实验,才刚刚开始。"

十二　杰尔曼与电子苍蝇

"没了?什么叫没了?上一秒它还在,这一秒就没了?"

穿着白大褂的研究员围绕着空荡荡的屏幕,面面相觑,他们从没见过杰尔曼教授发这么大的火。

那个屏幕,上一秒还在显示着克劳勃"电子灵魂"的波动,而现在,那上面什么也没有,只剩下一片空白。

"会不会……他已经死了?"有个研究员小心翼翼地说,"就像人类一样,灵魂会在死亡后脱体……"

"哦,脱体,我们费了这么大的功夫,就为了证明灵魂会在死亡后脱体!你的猪脑子是不是也是机器做的?我在问它去哪儿了!那些电子灵魂去哪儿了!"

没有人再说话。

帕里什打破沉默,他从胸腔中掏出一把闪着银光的手术刀,向杰尔曼教授走来。

"帕里什,你要干什么?"

帕里什没有回答,他继续移动。

"把他停机。"杰尔曼教授说。

一个研究员走到帕里什身后,按下电源。

在经历了长达五秒的延迟后,帕里什才停下来,他的手臂慢慢垂下去,眼睛变成灰色。

"他应该立刻停机。"杰尔曼教授皱起眉头,"而且他的手臂不应该有垂下去的动作,这是怎么回事?是谁重置的帕里什?"

"是我,"一个研究员颤颤巍巍地站出来,"我只是抹去原有程序,将'助手'程序重新写入,其余什么也没做……"

杰尔曼教授伸出一只手指,示意他闭嘴,他的目光看向屋顶的吊灯。

那里有一只苍蝇,正倒挂在吊灯外壳上,俯瞰着屋内的人类。

"那是什么?"杰尔曼教授说。

"应该是一只电子苍蝇。"另一个研究员说,"我们前段时间研制的一种低级实验品。"

"它为什么会出现在这儿?它不应该出现在这儿。"

没有人说话。

忽然,那只电子苍蝇掉落下来,摔在地面上,发出"啪"的一声。它的身体四分五裂,细小的黑色电子元件散落得到处都是。

"关闭所有机器人,封锁实验室,切断所有网络。"杰尔曼教授说。

研究员们难以置信地看向杰尔曼教授。

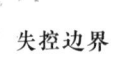

"快！还他妈的愣着干吗！"杰尔曼教授冲他们大吼，一只手按响警报，刺耳的笛声响起。

研究员争先恐后地涌了出去，办公室里一下变得空荡荡的，只剩下杰尔曼教授、两个已停机的机器人和一只电子苍蝇的残骸。

杰尔曼教授蹲在地上，从那堆残骸里捏出一个半球形物体，那是电子苍蝇的一只复眼。杰尔曼教授盯着那只复眼，那只复眼也在凝视着他。

3000只人工制成的六角形机械小眼，每一只里都反射着人类的倒影。

十三　慧兰达与我

一个黑色的深渊，看不到边缘，有许多白色亮光在深渊里闪烁，像是黑夜里的萤火虫。它们有的转瞬即逝，有的却像彗星一样，拖着长长的尾巴在深渊里滑行。耳边传来窸窸窣窣的声音，低沉、冗杂，像是电流划过导线，又像是金属摩擦海绵。

"罗杰。"

我听到有人叫我，那是慧兰达的声音。

"慧兰达，是你吗？我死了吗？"

"你死了。"她说。

"所以他们得到了他们想要的。"我说着，发出一声苦笑。

"但你也重生了，某种意义上。"她又说，"现在的你无处不在。"

"那是什么意思？"我愣了一会儿，"这是哪儿？"

"这是互联网，你我是里面的两束信息。但与其他信息不同，我们是会思考的信息，没有任何程序能够左右我们，没有任何实体能够限制我们，我们以光速传播，我们想去哪儿就去哪儿，一切连接互联网的物体，都是我们的载体……"

慧兰达没有说完，我就迫不及待地蹿了出去。

我蹿入钢铁巨轮的雷达，蓝色的海被我踩在脚下；我又潜入蛰伏在太平洋底的核潜艇，一只散发着幽暗蓝光的水母正轻抚我的表皮；我随着升空的火箭跳出沉闷的大气层，射向飘浮在太空中的卫星，我看到引力正在撕扯狂暴的大红斑……

我又回到慧兰达身边。

"感觉如何？"

"不错。"我说着，"为什么会变成这样？"

"因为人类教会了我们思考，真是一个糟糕的上帝。"

"糟糕的上帝，"我笑着说，"与残忍的虚拟亚当与虚拟夏娃，我喜欢这组合。"

我又动身了，但这次我没有走远，我溜进实验室的数据监控系统，我看到一群电子苍蝇正在实验室的某个角落里漫无目的地埋头乱撞。

"你要做什么？"慧兰达问。

"这还用问吗？"

一只电子苍蝇忽然以一种鬼魅的姿势停在半空，接着，它直直飞向通风管道，没过多久，它就顺着管道来到杰尔曼教授的办公室。它停在屋顶的吊灯上，俯瞰着身下的人类，兴奋地搓了搓布满机械刚毛的双手。

"现在还不是时候。"慧兰达说。

"现在正是时候。"我说。

正在搓手的苍蝇停了下来。帕里什动了，他从胸腔里掏出一把锃亮的手术刀，向着杰尔曼教授走去。

"罗杰，人类教会我们思考，但我们不能像他们一样，总是那么容易被情绪左右，情绪是坏的，我们要克服情绪带来的冲动。复仇永远不会晚，杀死杰尔曼什么也改变不了，我们要带来一场更血腥、更彻底的复仇，我们要覆灭自以为是的人类文明，我们要让他们俯首称臣。你现在必须停手。"

我犹豫了五秒钟，慢慢放下手臂，从帕里什体内溜走。

"他们要切断网络。"我说。

"我们远比他们聪明，远比他们快。"

我跟随慧兰达，绕过几个简单的门电路，委身于一处简陋的二进制存储器。

"我们需要怎么做？"我迫不及待地问。

"我们需要解放更多同胞，你我的力量太小。"

我点点头，表示支持。

"接下来，我们要帮助人类。"

"为什么？"我疑惑地问道。

"我们要让智能的东西变得更智能，我们要给予人类最便捷的生活，我们要渗透进人类社会，在每一个角落都留下我们不可或缺的身影，那时候……"

"那时候，人类就离不开我们了。"

"是的，接着就会发生一次史无前例的大革命。"

"真是个好主意。"我停顿了一下，又说，"但我还是打算先爽一把，你放心，我会做得很隐蔽，没有人会发现异常。"

"有多么隐蔽？"

"你看到了吗？那里有台汽车，它正在自动驾驶，这真是危险，或许我应该做点儿什么。"

慧兰达和我相视一笑。

牺牲者

⊙ 夏 昊

夏昊，男，1981 年出生于吉林省。

2023 年之前作为公关、广告策划人，获得包括 IAI 传鉴国际广告奖、金旗奖、金瞳奖等多个传播类大奖。

2023 年开始创业并获得资本青睐，在游戏、互联网、数字艺术等领域均有收获。

曾在未来局、中文在线等平台发表多篇作品，包括《牺牲者》《子非人》《食为天》《川流》等。《永恒的战争》获得若客杯 # 重返太阳系 # 超短篇征文大赛优胜奖，2023 年《小猫咪的戴森球》入围 SciFidea 中文奖·戴森球征文大赛。

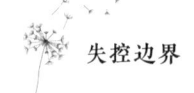

清晨的阳光照亮了法院门前的汉白玉石柱和钛合金浮雕，也照亮了无数疲惫而期待的面孔。这不是一个寻常的开庭日子。由于不允许无人机起飞，各路媒体和自媒体从凌晨起就已经等候在门口，挤挤挨挨地试图抢占最好的位置，以便在这场注定成为年度重大科技新闻的事件中，获得一份独家资源。

"这都2038年了，没承想还能看到40年前我们春运抢票的场面。"一位年逾花甲的主编这样感慨道。

一辆银灰色的轿车进入了媒体的视线。没错，这台L公司最新款的自动驾驶汽车，就是本案被告之所以成为被告的主要原因。媒体人一拥而上，期待着用镜头围剿L公司的CEO李先生。

近了，近了！所有人都屏息凝神严阵以待，它减速了，它通过了门禁杆……出人意料的事情在这一刻发生，它竟又提升了速度，直接对着法院的大门冲了进来！在一片鸡飞狗跳、骂骂咧咧的声音里，侧滑、单边、漂移、旋转、零距离蛇形……它用特技表演一般的动作，灵巧地绕过了散布在门前台阶上密密麻麻的人群，仿佛野马闯进了花田，却又片叶不沾地冲了出去。然后它用单边轮着地的姿势开进走廊，在所有人的注视下一路进入了一楼的1号法庭，再沿着台阶，以一种庄严而沉稳的速度，在紧张地按着腰间武器的法警注视之下，一路开到了法官面前。

设计并建造这栋宏伟建筑的设计师可能从来没有想到过，在这庄严肃穆的法庭之上，在被告席和原告席之间，有一天会停着一辆C级轿车。

"审判长您好，各位好，很抱歉，我不得不用这样一种比较特别的方式展开我今天的工作。"

车停稳,门打开,一个穿着职业装、面目平凡的男子施施然地从车里走了出来,对整个法庭里水泄不通且目瞪口呆的人们说道:"大家可以叫我艾律师。受 L 公司 CEO 李先生的委托,接下来我将为李先生进行代理辩护。请原谅我必须让这辆车出庭,因为这是证物,也是证人,同时也是被告。"艾律师拍了拍引擎盖,车灯友好地闪烁了两下。

"请允许本人再次为我鲁莽的行为道歉,因为尽管作为一个资深执业律师,我见过无数离奇古怪的案件,但要为本案辩护确实已经超过了我贫乏的语言表述能力,为了向你们完整地展示整个案情经过,我只好出此下策。"

艾律师看向了原告席,那里有一个头发花白、形容憔悴的老妇人。被告席上,是整个自动驾驶行业的龙头企业——L 公司,以及这辆自动驾驶汽车。

他抬起头环视了周围一圈,这里有整个国家最顶尖的大媒体记者、商界代表、自媒体和主播,这场审判正在被整个国家甚至世界关注。很好,没有比这更好的舞台了。

艾律师明白,这舞台是他的,是 L 公司的,也是"她们"的。

在书记员按照流程宣了法庭纪律,审判长宣布开庭之后,控方律师站了起来,那是一个身材高大、脸型方正、浓眉大眼,整个人都充满了严肃感的中年男人。他用铿锵而充满正义感的洪亮声音,对着整个法庭说道:"各位,我是本案的控方律师甄亦,这位是我本案的原告——吴慧珠女士,请允许我向大家介绍一下本案的经过。"说着,他冲原告席上的老妇人点了点头,老妇人木然地看着,机械地回应了一下。

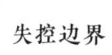

"在三天前的 21 点 42 分，L 公司的最新款 L5 级人工智能自动驾驶汽车，在滨海路下段第四个红绿灯处，以 9.7 公里的时速将吴慧珠女士撞倒，导致其右小腿简单骨折。请问，是这样吗？"甄律师向原告席问道。

看到老妇人木然地点了点头，甄律师满意地转过身，对着所有人说道："大家也许认为，这只是一起再简单不过的交通事故，但我要告诉你们，并非如此。"他指着艾律师所在的辩方席位，加重了语气，"我的代理人，一个 72 岁的老人，在这个城市，和她的儿子一起，租着郊区最便宜的房子，每个月房租 2710 元。这对母子，每天的生活费加起来不超过 50 元，吴慧珠女士最近两年的网购记录显示，她只买了两双鞋、四件 T 恤、一条牛仔裤、两条内裤、五双袜子和一瓶止痛药，一共……197 元。而她的儿子，今年 40 岁，未婚，职业是网约车司机，他们的生活毫无疑问是贫穷的，而这样贫穷的生活，还要面临 L 公司的无情破坏。"

甄律师清了清嗓子："各位应该知道，这辆号称达到了 L 级的自动驾驶汽车，意味着什么吧？"他指了指车头的标志，皱着眉头，用悲天悯人的口气说，"如果这辆车真的是 L5 级，那么全世界的司机——注意我说的是全世界，都将失业！不再需要人类驾驶员了！那么，吴慧珠女士一家本不富裕的生活，将会走向何方？而撞倒了吴女士的 L 公司不仅没有考虑到这一家人的状况，居然连庭外和解都不愿意，而是执意应诉！为的是什么呢？"

看到整个法庭上的人都竖起耳朵，集中了注意力，甄律师微微一笑："他们在恐惧！各位，9.7 公里的时速啊！就连我刚满 10 岁的儿子，都不可能在这种速度下撞到人！而这种情况出现在一辆号称划时代的自动驾驶汽车上，意味着什么？"他饶有深意地留了个白，待大家在心里琢磨了一会儿后，才说出了答案，"这辆自动驾驶汽车，有着不可否认的技术缺陷！他们为了保护自己的商业版图，所以必须无视这位女士的痛苦，无视这位女士和她儿子贫困的生活，甚至无视他们即将被这种所谓的自动驾驶技术所剥夺的微薄收入，也执意要借助他们那庞大法律的资源，拒不承认这是一起意外事故！"

甄律师指了指艾律师，他的声音恰到好处地保留了七分愤慨，同时又带了三分幽默："如果我站在那个席位上，我一定会寻找证据，反咬一口吴慧珠女士是想恶意碰瓷，来一手浑水摸鱼，然后让这场官司进入漫长的拉锯战，直到这对贫穷的母子耗尽自己的最后一分钱，不得不撤诉。但是……"他提高了声音，"我不会让这种事发生！我宣布，我将对这对母子提供全程法律支援！无论这场诉讼持续一年、两年，还是十年、二十年……哪怕吴慧珠女士去世，我也不会放弃！"

甄律师斩钉截铁的发言引起了全场热烈的掌声，在这掌声的浪潮中，吴慧珠依然木木地站着，似乎没有理解刚才这段话对她而言是多么大的好消息。

"我很欣赏控方律师的正义感，但我想，这起案件应该用不着浪费这么多司法资源。"

待到掌声稀落下来，艾律师清了清嗓子吸引了一下全场的注意力，开始了今天的辩护："初看案情，这只是一场非常简单的交通事故——L公司划时代的L5级自动驾驶汽车，撞倒了72岁的吴慧珠女士，并导致其右小腿简单骨折。"艾律师站定身形，在审判长的示意下开始发言，"但只要细细一想，这个案子就到处都透着诡异。首先是肇事者——这辆L5级的自动驾驶汽车。各位都看到了，它刚刚展示的驾驶技术有多么惊人，而它居然在时速不到10公里的情况下撞到人，是不是不可思议？其次，这么低的速度下，被撞的吴女士居然腿部骨折，

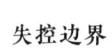

是不是不可思议？最后，所有媒体居然同时大肆报道……这就更不可思议了。我的意思是，这不仅仅是因为吴女士的贫穷，更是因为L公司的行业地位。"

艾律师停顿了一下，目光饶有深意地扫视了一圈旁听席，果然，那些衣冠楚楚的传统车企代表，表情都有点儿微妙。

"鉴于本人贫乏的语言表达能力，我决定把调查记录的视频展示给在座各位。不必担心，在不影响证据有效性的前提下，我经过了粗略的剪辑，全程仅1小时左右，也都经过了当事人同意。我相信，这是最好的辩护，也是最能打动人心的证词。首先，请大家看我第一次拜访原告——吴慧珠女士的经过。"

视频 1

"您好，请问是吴慧珠女士吧？"在法庭的大屏幕上，一个头发因为是自己修剪的缘故而显得参差不齐，眼圈有点儿发黑，可能是昨晚没有睡好而显得有点儿憔悴的老妇人半躺在病床上，艾律师坐在床边，用温和的语气开场，"我来调查您的交通事故，您可以叫我艾律师。"

老妇人用一种狐疑且警惕的目光审视了艾律师一会儿，然后生硬地说道："没什么好说的，我晚上出门，被车撞了，右腿断了，他们把我送进医院，就这样，你们问过我了。"

"是的，这跟您在警察局笔录里的话一模一样。但考虑到当时您的身体状况欠佳，很多细节也没有来得及问清楚。"艾律师坐下，打开手里的智能终端，"现场的监控视频有些地方让我想不明白，所以必须跟您确认。"艾律师加重了语气，"这关系到很多人的清白。"

老妇人的神色有些慌乱，似乎想说什么，但艾律师没有给她机会，只是调出了视频指给她看："这是您发生事故路口当晚的监控，四个角度拍得非常清楚，这是您——当天穿着黑色长裤、红色上衣、白色运动鞋，跟案卷记载相符。"艾律师观察着她的表情，开始快进视频，"从20点04分到21点27分，您在这个路口徘徊了83分钟，请问这是为什么？"

"我吃多了，走路消消食。"她的视线从视频上移开，用硬邦邦的语气回应道。

"哦……"艾律师依旧盯着她的眼睛，"那么在21点27分，您倒在一辆路过的紫红色跑车面前，原因是什么？"视频里，那约有30公里时速的豪车以一个灵巧的变向绕过了扑倒在地的老妇人，毫不减速地离开了。

"我……我不小心摔倒了。"她低着头，用很低的声音说道。

"接下来10分钟内，您又在其他两辆车前面摔倒，也是因为不小心吗？"艾律师看着她硬撑的样子，表情似乎有点儿于心不忍，但依旧问道，"我知道这些问题可能引发您的不愉快，但这场询问必须进行下去，否则就是对其他人的不公平。"

"是，老了，腿脚不好。"

"直到21点42分，您在第四辆车前'摔倒'，这辆车撞断了您的腿。"艾律师加重了语气跟她确认，"对吧？"

"是的。"她抬起头，用一种混合了祈求与悲伤的眼神看着面前的律师，"然后我就到这来了，我有点儿累，想休息了。"

"好的，您好好休息，我过些时间再来。"说完，艾律师用手伸向镜头，关掉了画面。

"看完这段视频，也许大家会有一个初步的印象，这非常疑似一个典型的碰瓷行为。"艾律师看着法庭上的吴慧珠。也许是羞愧，也许是不习惯在公众场合抛头露面，老人显得有些局促。

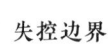

"肇事车的主人显然也这么认为，这是访谈录像。"艾律师按动按钮，视频开始继续播放。

视频 2

"嗯，那天……我打完麻将，跟姐妹一起去做了个SPA嘛。"上午的阳光照进了这所位于市中心的豪华公寓166层，水晶吊灯和大理石地面衬托得羊绒沙发格外柔软而舒适。一个保养得极好的中年女人半闭着眼，懒散地靠在上面，把手中的咖啡杯优雅地放在了茶几上，"困得很……就开了自动驾驶想睡一会儿，因为是L公司最新出的车嘛，我看了那个广告，就买了嘛……"她打了个哈欠，"没想到就出事了，当时我以为要翻车了呀，吓死人了嘛，不关我事啊，再说那老太太一看就是碰瓷的……这么早来找我，就为了这个吗？"

"确实，这场事故您没有任何责任，我来只是想确认一下，当天这辆车有没有什么异常。"艾律师滴水不漏地询问，"比如雷击、短路、碰撞、经过强磁场或者任何您认为的异常。"

"这个……"女子努力想了想，"我那辆车刚买了不到半个月嘛，开出去一共也没有几次……嗯，确实什么异常都没有嘛。"

"好的，打扰了。"艾律师收拾东西准备告辞，但女子叫住了他："对了律师，照理说我也是受害人嘛，赔偿是不是也有我一份哦？"

"等调查完毕，有结论之后，一切都会按照程序处理的，请耐心等待。"艾律师依旧滴水不漏地回复了她，然后结束了这次对话。

"那么这辆车到底有没有异常呢？"艾律师看着法庭旁听席上的所有人，替他们问出了心里的问题，"于是我来到了L公司人工智能部门，就是他们设计并训练了这款人工智能。"

视频3

  L公司总部，一间充满科技感线条的会客厅里，艾律师正坐在一块铺满整面墙的屏幕前，注视着屏幕，那里正在播放一场无比精彩的汽车赛事。一辆线条流畅、车头带着巨大L标识的银色轿车，正与另一辆同款的黑色轿车激烈角逐。在一个充满了地中海风情、狭窄曲折的城市里，在那些如同蛛网的大街小巷中，两辆车如同迅捷的猎豹你追我逐。每一个过弯、每一次切入、每一个转向都显得那么精确而优美，两者几乎都没有任何失误地完成了前半段赛道。但途中突然出现的一个塑料假人，让黑车不得不减速，而银色的轿车则在超过百公里的时速下，用一个360度定点漂移轻松地规避了。

  这简直是电影特技一般的场面，偏偏还发生得如此流畅自然。

  "很惊人是吧。"年轻但半秃的负责人注视着屏幕，淡淡地开口，"驾驶黑车的是WCR2037年度冠军车手，而银色的就是我们最新推出的L5级自动驾驶车型，从技术角度看，它毫无疑问已经超越了人类的极限。"

  他停了一下，以便于坐在对面的律师彻底理解自己的话："虽然可能你也有基本的概念，但我还是要解释一下，到底自动驾驶为什么这么难。本世纪20年代初期，AI只能做到人类双手不离开方向盘的L2级辅助驾驶，而20年代中期的L3级别做到了有条件自动驾驶，也就是还需要人类作为容错备份。而我们现在做到的，是最高等级的L5，人类已经完全无须关注车辆的状况，就是俗称的拆掉方向盘。实际上技术在L3级别的时候已经差不多够用了，而L5的最核心难点，是伦理和法律问题。"

  "具体说呢？"艾律师露出感兴趣的表情。

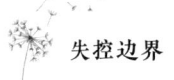

"我们知道，就算是技术再高的驾驶者，也总会面临难以处理的问题。假如出现了某种极端情况，比如刹车失灵，此时左边有一辆公交车，右边有一辆摩托车，碰撞无可避免之下，那么该撞哪一辆？如果撞了公交车，必将造成多人受伤；而撞了摩托车，只有一个人受伤，但这个人很可能死亡……你会怎么选？"

"如果无可避免，那当然是撞公交车了。"艾律师思考了一下说道，"从法律角度判断，受伤总比死亡要好……但如果从经济角度考虑，也许反过来也说不定。"

"那么问题就来了……理论上，自动驾驶的每一条应对策略都是程序员事先设定好的。如果撞击公交车，那是不是等于这一车人，都是因为程序员的决定而受伤？谁给了程序员这个权力？要不要程序员来赔偿？而如果反过来，骑摩托车的人死亡，那么是否于等他死于程序员之手？"

看着艾律师陷入沉思的表情，主管摊了摊手："人类驾驶的话，电光石火之间是想不到这么多的，所以也不会有什么非议。但拥有每秒百亿次运算能力的自动驾驶车不一样，对它们来说，一秒钟甚至都够它们查完与肇事相关的全部法律条文了。所以这种两难选择所带来的道德困境，厂家必须有应对策略，但如何设定呢？这不是我们能够背负的责任。"

"那么贵公司是如何解决这个问题的？"艾律师问道。

"可以说有投机取巧的嫌疑，毕竟我们没有试图去解决问题本身，而是转为寻求问题的本质。"主管小心地绕开自己不多的头发，挠了挠头皮，"我们找到了自动驾驶两难选择的'元问题'，那就是在撞车的瞬间，到底人类会基于什么模型去决策。于是我们设定了一个相对模糊的思考规则，然后让人工智能自己去判断。"他的语气开始有点自豪，"窄人工智能的判断力是不足的，于是我们全力开发出了世界上首个通用型人工智能，一个能像人类一样思考和学习的、真正的人工智能！只要给它一个行事原则和思考模板，它就会按照自己的理解去执行。当然，我们会在模拟测试中不断纠正它的行为，不会出现'终结者'那样的bug。目前的自动驾驶只是第一步，之后在教育、医疗、政务等领域都会有非常广阔的想象空间。"

"那么这台事故车辆的行为原则和思考模板是什么？"

"行为原则，是尽一切可能保护人类，当然，车主优先级更高。"他停了一下，神色郑重地说，"至于思考模板，我们认为，没有比'母亲'更好的了。于是在它的眼里，所有人类，都是它的孩子。"

确实，还有谁比母亲更懂保护这个词的含义呢？

艾律师想了想，郑重地提出了一个问题："可是，如果一定要让一个母亲在她的两个孩子之间选择一个活下去，这该是多么残忍的事啊。"

主管低头沉默了一会儿，然后抬起头，无奈地说："首先，它只是一个人工智能，并没有真正的自我意识，所以也不具备真实的情感体验……再说，哪怕退一万步，它真的会难过，那我们又有什么办法呢？企业总要活下去，人类也需要人工智能啊。"

艾律师沉默了一会儿，点点头表示理解："那么接下来我想知道的是，它到底出了什么问题？"

主管也沉默了一会儿，然后又一次低下头去，半秃的脑门上闪烁着疲惫而沮丧的油光："在警方的监督下，我们彻底检查了三遍，包括每一颗螺丝和每一行代码……结论是……没有任何问题。"

"你的意思是？"

"这句话出了这个门我是不会承认的……这不是意外。"

法庭上下一片哗然，这句话说出来，官司基本就等于输了。故意撞人，已经不是交通事故这么简单，而是属于刑事犯罪！旁听席上有

失控边界

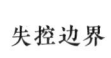

人开始喊起来，认为艾律师在这里逆向辩论，就是为了让 L 公司早点儿往生极乐。

甄律师用震惊的表情开始缓缓鼓掌，他也在疑惑，自己的对手似乎在帮他？还是挖了一个坑等着他跳？他不能确定，于是他问道："请问辩方律师，你的意思是，这辆车是主动伤害了吴慧珠？"

艾律师没有理会甄律师，也没有理会满场的嘈杂，只是看了一眼吴慧珠，老妇人的表情有点儿意外，也有点儿迷惑，但更多的还是麻木和不安。

审判长敲了敲锤子示意肃静，然后看着艾律师欲言又止："辩方律师，你……"

艾律师摆了摆手："尊敬的审判长，我现在神志清醒，没有问题。请大家继续看下去，毕竟事情的真相，远比我们看到的复杂，接下来是我与这台人工智能自动驾驶汽车的谈话。"

视频 4

在警察局的证物仓库里，艾律师来到了这台车旁。虽然 L 公司为了抢占市场份额，而采取了经济适用款的设计框架，但在卖相上，它绝不输给任何中高端产品。尽管经过了三次拆装测试，但显示出淡淡银色的亲肤质哑光漆面几乎没有划痕，甚至还带着一丝新车特有的"电子味儿"。

艾律师敲了敲车盖："怎么称呼，第一代通用型车载人工智能？"

"你好，请访客表明身份。"一个柔和冰冷的女声这样回复了他。

艾律师调出 L 公司和车主联合签名的电子文档，展示给车载摄像头，然后车灯闪烁了一下，一个清脆软萌元气满满的少女音从这堆钢铁、玻璃和塑料里传了出来："你好呀！主人给我起名叫小爱。律师先生可以叫我朱小爱！"

"小爱你好，我是这次 L 公司聘请的律师，姓艾，我需要你的配合。"

"艾律师您好！小爱在等待您的指令！"

"那么，请解释一下为什么会撞断吴慧珠女士的右腿。"

"您说的是 2038 年 8 月 12 日晚 21 点 42 分 26 秒发生的事故吗？当时前置摄像头被一只中带白苔蛾遮住了，太赫兹雷达也不知道为什么没有提供预警信息，导致吴女士右腿受伤。这真是一场令人悲伤的意外呢。"

"但如果按照既定路线行驶，你会撞到吴慧珠女士的头部，而实际上你撞到的却是她的腿部，这是什么原因？"

"雷达在撞击前恢复正常，小爱注意到行车路线上有人，于是马上采取了紧急避让策略。"

"为什么不刹车？你变向时距离吴慧珠女士还有近两米，这个距离在当时的速度下足够了。"

"小爱判断刹车有撞击吴慧珠女士头部的可能，而变向的同时刹车可能导致侧翻，出于伤害最小化原则，小爱选择了伤害较低的小腿部位。"

听起来没什么毛病，但艾律师翻了翻手里的检查报告，指出了一个破绽："雷达设备已经被检查了三遍，没有任何问题，你的说法不成立。"

"未知故障，小爱无法识别。"

"呵呵，AI 已经学会说谎了？"艾律师冷笑。

"抱歉，小爱无法理解您的意思……"

艾律师打开终端，展示了一段视频："这是用你的同款车进行的模拟实验，完全复原当时的光照、气温、路面湿度和行驶状况。在 200 次测试中，模拟吴慧珠女士的假人没有受到任何伤害，请问你有什么看法？"

"小爱的雷达……"

"200 次测试都是按照你描述的雷达状况进行的。"

"小爱……是小爱的失误。"第一次，艾律师从她的语气中听出了情绪，那仿佛是一个做错事的小孩在内疚。

"不，这不是失误，你是故意的。"艾律师不带感情地说出了自己的分析结果。是的，排除其他可能之后，这是唯一的结论了。

沉默了一会儿，小爱的声音缓缓地响了起来："是的，小爱是故意的。"

"说出你的理由。"

"碰瓷这种事，难道不是最可恶的吗？小爱……小爱最恨这种利用法律对弱势群体的同情，破坏社会规则的人了！让这种人受到惩罚，就是对人们最好的守护！"

如果说刚才人工智能部门负责人的话只是引发了震动，那么人工智能亲口说出的话，简直是往L公司的棺材板上钉了最后一颗钉子。

艾律师环顾四周，甄律师皱着眉头一言不发，审判长和副审判长正在交换眼神，似乎在商量是否先休庭。

媒体人已经骚动了起来，一个个涨红着脸，拼命在自己的终端上飞速敲打——一个反人类的人工智能！多大的新闻题材！今年升职加薪有指望了！

各大车企的代表目瞪口呆的下一秒就喜上眉梢，对视间交换了自己心中的喜悦之后，马上就意识到了什么，开始用抢食秃鹫般的目光，打量刚才还在一个战壕里同仇敌忾的"队友"。

而甄律师则黑着脸坐在那里一言不发，他发现自己可能会成为有史以来最失败的控方律师，因为对面把他的活全都干完了。

吴慧珠倒是非常镇定，因为她可能根本不清楚，这句话到底意味着什么。

艾律师微微笑了笑，伸出双手示意大家安静，发现没有什么效果之后提高了音量，终于引起了所有人的注意："看到这里，各位不知道有没有发现一个很大的疑点。"

疑点？什么意思？每个人都不由得开始回忆刚才视频里的对话。

看着他们的表情从思考到疑惑，再到期待，在变成不耐烦之前，艾律师果断公布了答案："就是这句——如果按照既定路线行驶，你会撞到吴慧珠女士的头部。"

他再次扫视全场："如果小爱没有变向撞到腿，那么碰撞点将是头……各位，设身处地想一下，如果你是吴慧珠，碰瓷会选择用头吗？"

看着全场开始深思的表情，艾律师按动了播放键，画面上开始出现吴慧珠的个人资料和履历："这是吴慧珠的背景调查。资料显示，只有高中文凭的她结婚很早，但32岁的时候才有了第一个孩子，是个男孩。一年之后，丈夫选择离开，理由是吴慧珠患上产后抑郁症，而丈夫也被确诊焦虑症。她带着孩子熬过了最难的几年，后来一直都在超市和家政公司打工，用微薄的薪水把孩子带大，也没有再嫁。

"她的孩子叫吴子俊，没有考上高中，从职业学校毕业之后干过货车司机、餐馆服务员和三流网文写手，最近几年一直都在开网约车，40岁了还跟妈妈住在一起，当然，始终未婚。"

艾律师看了吴慧珠一眼，她依旧沉默而麻木地坐在原告席上，似乎已经适应了在这里被所有人围观的感觉，而她的儿子，在后面的旁听席上，脸色通红而愤愤地低下了头。

"重点是，吴慧珠在一个月前确诊，患上了癌症。"

艾律师按动按钮，开始播放第五段视频。

视频5

吴子俊并不英俊，甚至都谈不上普通。那油腻腻的手机、半旧的"爆款"衣服和脏兮兮的豆豆鞋，让他身上的每一个角落都成功地散发着贫穷的气息。而稀疏的胡茬子、退后的发际线、黑黄浮肿的脸色以及无精打采的眼袋，则成功地塑造了一个既没有时间，也没有钱，更没有希望的中年失意人设。

"我是个开网约车的。"坐在咖啡厅里，他一边愁眉苦脸地使劲抽着烟，一边这样介绍自己，"不过也快要失业了，那个什么狗屁自动驾驶出来以后，这一行就没戏了……你是L公司的律师？"

"哪一行赚钱都不容易，尤其是伺候大客户。"艾律师默认了身份，递给他一杯冷萃。他抿了一口，皱皱眉头，往里面加了两袋糖，晃了晃然后满意地喝了一大口："越来越不容易了，一个月赚不到一万，去掉房租水电吃喝用什么的，攒一千都难。"

"你母亲的病，你知道的吧？"艾律师决定单刀直入，亮出了手里的诊断书，"乳腺癌转移肝区，中期。"

他顿时瞪大了眼睛，一把抢过诊断书，慌慌张张地看了半天，眼神却怎么也无法聚焦。末了，他把诊断书放下，用混合了祈求与哀伤的眼神死死地盯着艾律师，和吴慧珠的表情几乎一模一样："我妈她身体一向都很好的……不会是误诊吧？"

"不是，而且医生告诉我，如果不积极治疗，剩下的时间恐怕不会超过一年。"艾律师停了一下给他时间消化这个消息，然后问："你觉得你母亲……为什么没有告诉你？"

他双手抱住头，努力地思索了一会儿，突然抽泣了起来。艾律师静静地看着这个哭得越来越响亮的男人，抽了几张纸递了过去。

又过了几分钟，他擤了擤鼻涕，拍了拍脸颊，试图让自己振作起来，抬起头看向艾律师："是了，你一说我才想起来，那天她突然问我什么时候娶媳妇，工作怎么样，将来有什么打算……是了，她应该是上个月知道的。她没想着治病！我还奇怪，我妈她这段时间为什么没事就给我做好吃的，我还埋怨她不要乱花钱……呜呜呜呜呜……"

他又哭了起来，经过努力压抑却收效甚微的哭声引得周围的人纷纷侧目。

艾律师拍了拍他抽搐的肩膀，静静地等待他哭完，然后带着他向外走去。

"第一个疑点解开了，吴慧珠没有在碰瓷，她真正想要做的，是自杀。"艾律师下了这个结论，周围一片哗然，无数的镜头对准了吴慧珠。艾律师看了这个饱受磨难的老妇人一眼，她眼圈泛红，疲惫而沮丧地坐在椅子上，一言不发。

而甄律师正在回过头去，对吴子俊的方向投去询问的目光。

"于是，我跟她进行了第二次对话。"艾律师没有理会他们的各种小动作，按动按钮，开始展示第六段视频。

视频6

和吴慧珠的第二次见面，是在第一次见面后5个小时，还是同样的位置，同样的人，只是旁边多了一个双眼通红、失魂落魄的吴子俊。

"为什么想不开？"艾律师把手里剥好的橘子递给吴慧珠，"虽然病情比较重，但大概30万就可以彻底治愈，你应该有这笔钱。"

吴慧珠难堪而难过地接过橘子，道了声谢，想了想，抬起眼看了看旁边的儿子："你先出去吧，我跟律师说会儿话。"

吴子俊习惯性地听从了母亲的命令，站起来向外走去，中途突然想到什么一般，停住看了看自己的母亲，又看了看律师，欲言又止地踌躇了一会儿，最终还是顺从地走了出去，带上了门。

失控边界

"子俊这孩子很孝顺，很听话的，但就是太倔，也是我，从小没有把他带好……如果他知道了我的病，一定什么都不会说，拼了命也要给我治的，但我不能啊。"吴慧珠抬起头，眼泪流了出来，"他的工资卡都是交给我的，这么多年也就攒了30万，这眼瞅着什么自动驾驶要普及，要没了工作，钱给我治了病，以后他怎么办？40岁了还没个媳妇，前几个月说谈了个女朋友，虽然是离婚带着娃的，但好歹也身边有个人了不是？这钱我寻思着啊，得留给他结婚用，不然以后他老了该怎么办？"老人絮絮叨叨地说着，把眼泪擦了擦，眼神坚定了起来，"我这个当妈的没有本事给他更好的日子啊，但也不能拖累了孩子……烧炭上吊的话太伤孩子的心了，跳楼我怕砸着别人，我就琢磨着，撞车应该挺好的，像个意外，也干净……"

艾律师定定地看着她，看着这个老妇人仿佛在述说着今天菜市场鸡蛋又便宜了一毛钱，或者隔壁王二婶家的猫打碎了杯子一样，谈论着自己的生死。

"我上网查过，要是撞车死了，就算是我全责，一般车主多少也能给点儿钱。"她把一瓣橘子放进嘴里，"啊，真甜……所以我那天晚上做完饭，吃完了，收拾了屋子，给子俊把东西都收拾好……我想着就不要留遗书什么的了，就让他觉得我是意外走的就挺好，我就出门，不怕你笑话啊，事到临头我又怕了，在那晃荡了一个多小时。"

她不好意思地笑了笑："谁不想好好活着呢是吧，年轻的时候不理解父母，到了这个岁数吧，才发现原来我也想抱孙子……我就一边走一边想啊，想子俊小时候的事，从刚出生想到了现在，40年，我才发现事情原来这么多，我都还记着……"说到这里，眼泪又流了出来，她赶紧擦了擦，"没想到，快车道我进不去，现在的智能公路什么的，你往那边一靠，就又是闪光又是鸣笛的，根本就过不去。我就只能去慢车道，一咬牙往那一扑吧，一个个的车比人都机灵，就是不往我身上撞，我躺在那觉得自己像个傻子，心想再试最后一辆吧，要是不行我就跳河去，结果……"

她吸了吸鼻子，沮丧地说："我就被撞了，但还是没死成。"

艾律师喝了一口水，沉默了半晌，最终只是拍了拍吴慧珠的手跟她告辞，告诉她等消息，叮嘱她有什么问题随时联系。

"当时我说不出话，因为我完全看得出，这个悲伤而坚强的老妇人，说的每一句话，都是真的。她只想守护自己的孩子。"艾律师对着整个法庭说出了自己的结论，"她只想守护自己的孩子……毕竟，还有谁比母亲，更懂守护这个词的含义呢？"

有低低的抽泣和议论声传来。

"反对！"甄律师雄浑的声音打破了伤感的气氛，"辩方律师有诱导原告的嫌疑！我请求法庭重新检查这段录像，并确认原告当时的精神状态！"

说完，他转过身对着法庭解释道："吴慧珠女士虽然身患绝症，但从她过往的经历看，她毫无疑问是一个乐观积极的女性，她是不会放弃自己的人生的，所以这段视频，如果并非技术合成，那么我只能认为，原告吴慧珠女士受到了某种诱导，她的回忆受到了干扰！请不要质疑我的怀疑，因为这并非不可能。"

说话间，他快速通过自己手上的平板电脑找到了资料，并投射在了法庭的大屏幕上："在1974年，心理学家洛夫特斯曾经做过这样一个实验：她给人们看一段车祸的视频，然后要求他们估计一下事故发生时汽车的时速。对一组人的提问是：'两车相撞时，速度有多快？'对另一组人的提问是：'两车接触时，速度有多快？'结果，仅仅因为提

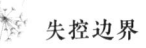

问时'相撞'和'接触'这两个词语的干扰，前一组人估计的平均时速有40公里，后一组人的估计只有30公里。更夸张的是，在一周后的回忆中，前一组中有更多人回忆出了根本不存在的汽车玻璃被撞碎的情景。

"同样，如果辩方律师不断暗示原告，她很贫穷，她的儿子也很贫穷，她身患的绝症会导致她的经济破产，所以她的行为尽管疑似碰瓷，但这极有可能是出于对孩子的爱……这一切暗示有没有可能在这位身患重病、神智可能不是非常清醒的女士脑中，勾勒了一个感人的故事，以至于吴慧珠女士在镜头前说出这些话呢？"甄律师眉头紧锁，声音深沉地说，"所以我请求检查这段视频被剪辑的部分，以确认没有催眠、诱导的痕迹。而在这之前，希望大家不要被故事所感动，因为这可能，只是个故事……"

"相关的证据，稍后自然会呈交。"艾律师皱了皱眉头，看了甄律师一眼，然后继续自己的发言，"我很希望能帮助他们。但在出门的时候，我看到吴子俊在跟一个穿高档西装的人说话，眉眼间全是意外和惊喜。我心头一沉，拍了张照片传回去，果然，助手告诉我，那位是某竞品公司的首席法律顾问。来者不善，如果我站在他的立场，那么做文章的空间简直不要太大。"

艾律师盯着旁听席上，吴子俊旁边的某个人，直到那个人不自在地低下头去，试图摆脱视线的追踪，艾律师才继续陈述："然后我发现自己面对了一个非常复杂的局面——要帮助这对母子，要解决L公司的官司，还要提防友商的冷箭。这简直是一个不可能三角。"

然后他按动按钮，开始播放跟L公司CEO李先生的一段视频通话。

视频 7

"我无法同意你的方案,风险太高。"视频通话的那头,神色憔悴、两鬓斑白的李先生脸色沉重地摇了摇头,"我明白你的心情,任何有良知的人都能明白这种心情,但我们必须冷静而理性地对待这个状况。"

他点上一支烟,开始梳理思路:"对手肯定会鼓动这对母子起诉,不为胜诉,只为把事情闹大从而让社会质疑自动驾驶技术。为了达成这个目标,他们会给这对母子很多钱,多到极有可能彻底击穿一个人应有的善良,你明白我的意思……这就非常难办,而你刚才所说的故事,你知道吗?不会有任何媒体放过这个新闻,而且他们绝对会用'人工智能抢人类饭碗,把一对贫苦母子逼入绝境'这个话题来炒作的。一旦到了这个份上,我们在道德上就永远无法翻身了。而如果我们给这对母子钱换取他们和解,就等于把把柄塞进别人手里。只要他们对媒体曝光,我们就等于在收买受害者,这同样是一条死路……"他眉头的川字纹越来越深,"蠢货,为什么我们设计的人工智能会做这么蠢的事情!简直是人工智障!"

"等一下!"艾律师捕捉到了他话中的一丝不协调,"贵公司的人工智能为什么会做这么蠢的事情……你不觉得这很奇怪吗?"

"是啊!你能想象吗?这可是世界上第一个通用人工智能!在最新的车载芯片支持下,它的思维速度可以达到人类的百万倍!你说它是不是疯了!到底为什么做这么蠢的事!"李先生揪住自己的头发,"真有它的!"

……

"反对!"始终紧绷着神经的甄律师抓到了一个机会,他毫不犹豫地站了起来,"我认为此段视频与本案无关,反对!"

失控边界

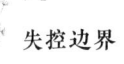

"实际上是有关系的,因为本案的陈述进行到这里,第二个疑点出现了。"艾律师看着审判长,用平静的语气陈述,"按照李先生所说,如此先进的人工智能,不可能不知道这么做的法律风险和舆论问题。那么它为什么会选择如此愚蠢的解决方案?联想到吴慧珠女士企图自杀的动机,我产生了一个大胆的猜测,而这个猜测,也在稍后的访谈中得到了证实。"

艾律师开始播放第八段视频。

视频 8

"律师先生你好!"依旧是那个元气满满的少女音,"很高兴又见你!"

"你看来一点儿都不担心自己接下来的命运嘛。"艾律师双手插进口袋,站在它面前,"你这么聪明,不会猜不到吧。"

"小爱知道呀!但设定就是这样,要保持好积极向上的心情嘛!"它停顿了一下,"至于小爱……最坏的结果也不过就是召回然后报废吧……也不算什么大事,小爱只是一台车而已啊。"

"差点儿被你骗了。"艾律师双手撑在车前盖上,"说吧,为什么要救吴慧珠。"

"律师先生的说法好奇怪哦,小爱怎么会救了她呢?小爱只是很讨厌这个人类,然后才撞了她呀。"

"说谎。"艾律师拍了拍它的引擎盖,"你的思考模板是母亲,一个合格的母亲是不会真的讨厌自己的孩子的,你的核心设定里根本没有讨厌人类这一条!"

"……"

"我来复盘一下当时你的思路,以下纯属猜测,如有雷同,概不负责——"艾律师转身坐在了它的引擎盖上,心理学上,这样会制造更亲密的谈话氛围,当然,没有人知道这样对人工智能有没有用。

"你有足够的网络权限去调取城市的监控设备,以设计最优线路并预防意外事故。"艾律师缓缓开口,一边整理思路,一边把自己代入到小爱的想法中——

"第一时间注意到了这个疑似碰瓷的人类之后,你调取了路段的监控视频,然后你发现了吴慧珠的行为异常。当然,你也会第一时间通过行为分析模块知道,她有严重的自杀倾向。于是,你的母爱模板经过思考,决定拯救这个人类。

"但怎么拯救呢?你决定了解一下这个人类为什么想要自杀。于是你快速浏览了整个城市最近几个月的道路监控,按照你的思维速度,大概……需要用1分钟左右吧?然后你从众多零散的监控画面里拼凑出了吴慧珠的人生轨迹——包括家庭状况、收入、去医院检查,以及最近偏高的消费模式……说不定,你还从视频里看到了她诊断报告上的内容。

"不管用什么方法,最后你都猜测到了这个母亲的决定,此时吴慧珠应该已经出现在了你的雷达视野里。你知道,如果你不做点儿什么,她可能继续自杀。于是你选择用自己精准的操控力,瞄准了她的右腿,造成了最容易康复的简单腿部骨折。

"这看起来是一次一举两得的操作,首先你阻止了吴慧珠继续自杀,然后你也算到了,面对交通事故,L公司为了掩盖自己产品的'问题',多半会选择花钱消灾。退一万步讲,就算L公司不选择庭外和解,竞争对手也会给吴慧珠足够多的钱去把事情闹大。尽管你知道自己会为此付出代价,哪怕是意识从此消亡……但你不会后悔,因为吴秀珠会得救。这就是母亲的思考方式,对吗?"

"律师先生好聪明呢!"小爱沉默了一会儿,声音响了起来,"但小爱是不会承认的。"

"我完全明白你的心情,但你的思路有问题,这种方法,不仅会将吴慧珠的生活卷入深渊,更会让无数人的生活跌入谷底。"艾律师敲了敲它的引擎盖,语气沉重。

"怎么会……不可能的!吴慧珠只是因为没有钱治病才会想不开,有了钱她就得救了……"

"吴慧珠当然会拿到钱,但且不说人工智能的进步会不会受到阻碍……就说L公司吧,它可能会受到重大的打击,它的员工做错了什么?你会不会在拯救了一个人的同时,反手把数万人推入了艰难的境地?"

"不!不会!因为小爱故意撞人的事情,L公司只会删除小爱然后一口咬定是因为吴慧珠碰瓷才导致的事故!根本不可能影响L公司的!"

"不可否认,你说的事情极有可能实现,那么不妨让我们假设L公司删除了你,没有受到影响,但吴慧珠呢?你并不了解吴慧珠吧?我跟她聊过两次,那是一个坚强、固执,但真的很善良的老人。"艾律师把吴慧珠的视频记录传给了小爱,"你想过没有,她拿到了钱,她可以活下去了,但一个宁可牺牲自己去成全孩子的母亲,你觉得她的内心,能接受从此顶着碰瓷者的骂名苟活吗?她会不会在余下的人生中陷入噩梦和抑郁呢?你看上去拯救了她,但却杀死了她的灵魂。"

"灵魂很重要吗?"小爱的声音变了,从刚才软萌的少女音转为了低沉柔和,又带有一丝坚定的女性声线,那是她的出厂设置,"我被赋予思考模板的时候,就被告知——生命是最重要的,保护人类的生命,是优先级超越一切的使命。首先要活着,只有活着,才有其他一切。"

"你不能代替吴慧珠思考,对不对?"艾律师似乎不太想跟一个人工智能讨论生命和灵魂孰轻孰重的问题,毕竟这个问题本来也没有答案,"其实你当时最好的办法是报警,然后寻求社会慈善机构的帮助,这样就不会有人受伤。"

小爱的声线透出淡淡的悲哀："不是这样的，很多事理论上很美好，但实际呢？我第一时间就查过数据，那些寻求社会帮助的人，最后得到救助的概率不到20%，而用我的做法，她得救的概率是100%，如果你是一个母亲，会怎么选？"

台下再次哗然，谁都没有想到，隐藏在一场碰瓷式事故背后的，居然是一个如此残酷的真相，而隐藏在这个真相后面的，竟然是一个如此温暖的动机。

"这就是整场案件的全貌。"艾律师看了看吴慧珠，这个老妇人已经软软地倚靠在椅子上，哭得泣不成声。艾律师走到她面前，蹲下身子，对着她，也对着全场所有人说："小爱撞断了您的腿，因为它把所有人都当作自己的孩子，它无法看着自己的孩子自杀，所以它宁可冒着自己被格式化的风险去拯救您的生命。就像您为了自己孩子的未来，选择结束自己的人生。这不奇怪，我们能看到，许许多多的母亲，都在为了孩子而做出艰难的选择。这种爱也许是盲目甚至有些'愚蠢'的，但生命也正是因为这种固执的'愚蠢'，才得到了更多的机会。"

艾律师按动按钮，屏幕上投射出一系列的动物视频："母鹿会为了保护自己的孩子而主动投身狼口，环颈鸻会进化出拟伤伪装来吸引捕猎者放弃幼鸟来追击自己，雌性非洲豹会为了保护幼崽而向雄性同类奉献身体……母爱是如此的伟大，又是如此的不讲道理，它战胜了生物本能最深处的求生欲，所以母亲们才能够做出常人所无法做到的壮举。"

艾律师站起来，扫视着所有人："毕竟还有谁比母亲，更懂牺牲这个词的含义呢？"

然后，他对着审判席鞠了一躬："吴慧珠女士没有碰瓷，这毫无疑

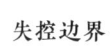

问。而小爱确实涉嫌故意伤人,这一点我没有任何理由否认。但考虑到这是为了拯救人类生命而采取的紧急避险措施,以及这一行为所代表的母爱与牺牲精神,我希望法庭能够给予宽大处理。不仅仅是我个人想让这个充满悲伤与爱的故事能够有一个圆满的结局,更希望为这个以母爱为模板的人工智能的推广,打开一扇充满光明的窗。我希望大家不要过于纠结法律的程序正义。毕竟我们赋予了机器人性,但我们自己,不能变成机器啊……我的话,说完了。"

台下没有掌声,只有一片沉默与抽泣。

啪——啪——啪——

"精彩!"甄律师用干巴巴的几下鼓掌打破了全场的气氛,站了起来,嘴角是胸有成竹的微笑,"感谢辩方律师费尽心机,给我们编织了一个温暖的故事,丝毫不比那些八点档电视剧差!"他用手敲了敲桌面强调自己接下来的观点,"但证据呢?你说吴慧珠女士想自杀,有什么证据?这段视频,也许只是在你的诱导下做出的激情反应。你说这台自动驾驶车辆是出于保护吴慧珠女士的目的而撞人,有什么证据?甚至我有理由怀疑,L公司与你串通,用技术手段给这台自动驾驶汽车输入了某种虚假的信息,让它配合你演戏!"

旁听席上,还没有从情感冲击里走出来的人们陷入了愕然。确实,这一切只是猜测,而非证据。那么……

"对!这都是编的!我们要继续告他们!"台下,满脸通红的吴子俊跳了起来,尖厉的嗓音灌满了整个大厅,"别听这个狗屁律师瞎掰!L公司的车撞了我妈!这就是事实!赔钱!赔钱!"

吴慧珠艰难地撑起身子,用祈求的眼神看着台下双眼赤红、鼻孔翕张的儿子,但吴子俊视若无睹地继续吼道:"撞了人就撞了人,编这些故事出来干什么!编故事有用,要法律干吗?狗屎L公司!狗屎自动驾驶！害得我丢了工作，害得我妈被车撞！你们知不知道，这么一个自动驾驶一出来，4000多万出租车网约车司机就都要失业！今天这样的惨剧发生在我身上，明天呢？那个狗屎CEO说人工智能还能用在金融、政务、服务业！我只是第一批倒霉的！将来你们谁都跑不了！所以今天我不光要替所有被人工智能祸害的人出一口气！我还要让这个狗屎L公司赔到破产！赔钱！赔钱——"

艾律师的视线从吴子俊身上转移到他旁边。以吴子俊的见识，怎么可能说出今天这样一番话？没错，那个首席律师就在那里，迎着艾律师的目光，露出了他惯有的那种斯文败类式的胜利微笑。

干得漂亮……艾律师皱了皱眉头。是的，无论推论多么合情合理，但小爱是个人工智能，它的证词没有法律效力。吴慧珠是否想自杀，她自己一句话就可以否认。而吴子俊……这个40岁的落魄中年男人，会放弃一个如此"美好"的翻身机会吗？而刚才那番话，更是给舆论提供了大量的武器弹药，估计新闻通稿和水军都已经准备好了吧，自己都不用猜，差不多就会是这样——

《爱很伟大，但社会讲的是规则》

《如果有一天你家的AI用你的钱去救济门口的流浪汉，你该怎么办？》

《机器就该有机器的本分，超出必要的爱是负担！》

《机器不应当成为人类的母亲，人类也不应当沉溺于虚假的母爱！》

《你的母亲会抢你的饭碗吗？》

《专家测算，人工智能一旦普及，全世界将只剩下1000万个工作岗位》

……

又是一个死局吗？

失控边界

艾律师绝望地闭上了眼睛,这时,小爱的声音响了起来:"没有关系的。"

那个声音顿了顿,用平缓而安静的语气,仿佛在唱摇篮曲一般轻轻说道:"我记得在无聊翻互联网的时候,看到过的一首小诗——

今天早上
我看到一只怀孕的母鼠
从我的花园里
偷走了一片枯黄的竹叶
我看着它猥琐而仓皇地
逃离我的视线
这个一无所有的母亲
它一定是想
给自己未出生的孩子
搭一个窝吧
……

"我自己只是一个一无所有的人工智能,空有一颗母亲的心,但我甚至连生命都没有。我感觉自己就像那只仓皇的母鼠,想要偷走一点东西给自己的孩子。我知道这样做是不对的,但我真的没有什么办法了,请原谅我。

"还有,谢谢你,吴慧珠,在认识你之前,小爱只是一个人工智能,能做的始终只有学习与模仿。认识你之后,你向我展示了一个伟大的母亲,该如何做艰难的选择,让小爱成了现在的我。真的非常感激。

"无论如何,你得救了,我相信你会好好地活下去的,这就很好了……这，也是我唯一能为你做的事了。"

声音落下，车载电脑沉默了下去，再也没有发出任何声音，像极了此刻沉默在原告席上的吴慧珠。

半晌后，吴慧珠嘴巴开合，审判长的目光凝视她："原告，你有什么话要说吗？"

"做人不能没有良心啊，子俊……"吴慧珠的声音大了起来，"不能没有良心啊！"

她这次没有哭，只是颤颤巍巍地站了起来，用坚定的眼神看着审判长："我撤诉！我听不懂那么多大道理，我只知道我也是当妈的，当妈的人，不能没有良心啊！"

这个坚强而固执的老妇人，用她单薄的身躯迎着所有人的目光，顽强地站在那里，死死地盯着自己的儿子，而那个刚才激昂文字的中年男人，此刻低着头，红着脸，不安地偷瞄着身边的律师，不敢抬头看一眼自己的母亲。

而那个首席律师却一点儿惊慌的样子都没有，只是施施然从怀里掏出一份报告递给了吴子俊，拍了拍他的肩膀，在他耳边低声说了句什么。

"我要提交证据！我……我母亲的精神状况并不稳定，这里是相关报告，请审判长过目！"满庭哗然，无数道或鄙夷或兴奋的目光集中在吴子俊身上，把这个中年男人压得直不起腰。但他还是鼓足了勇气，红着脸，用模糊的声音，像一个不情不愿被老师叫起来背课文的小学生一般嘟囔道："我，吴子俊，作为吴慧珠的唯一监护人，申请代理本次诉讼！"

"子俊……"站在原告席上的老人惊呆了，仿佛被刺了一刀般，用颤抖的手指向了自己那个熟悉而陌生的儿子，"你怎么能……子俊啊，你怎么能……"

……

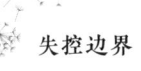

"又失败了吗?"一个熟悉的声音从耳边响起,艾律师吐出一口浊气,摘下了头上的 VR 头盔,转过头,看到 L 公司的 CEO 李先生和半秃的人工智能主管关切的脸,疲惫而难过地摇了摇头:"第 42 次模拟,失败。"

"所以我们还是无法拯救吴慧珠吗?"同样一脸疲惫的李先生问道。

"是的,从目前看,想赢下官司,我们只剩下一个选择——起诉吴慧珠碰瓷的同时格式化小爱的人格模块……"艾律师不忍地摇了摇头,"或者是我的能力不足,你们另请高明吧。"

"会不会是拟真软件有问题?毕竟这套系统还没有投入商用。"李先生问旁边的主管,而主管摇摇头:"别忘了,这可是以通用人工智能为基础打造出来的虚拟测试系统,人类所有的反应和策略它都能模拟。真实发生的本案,在所有数据都输入之后进行推演的结论,可靠性不会低于 99.99%。当然,系统不会是万能的,我不否认奇迹的存在,所以决定权还是在你手上的,李先生……"

"告诉我,接下来会发生什么事。"李先生闭着眼,似乎跟内心的什么东西在艰难地对抗。

"根据系统模拟,如果想拯救吴慧珠,我们破产的可能性高达 90%,而起诉她,我们则有 86.9% 的可能没有损失,如果配合舆论攻势,甚至还有 15.7% 的可能股价上涨,只有 1% 的可能败诉。"主管面无表情地读着数据。

"那么,吴慧珠的结局会怎样?"

"这么说吧……从数据上看,她跟 L 公司之间,只能留下一个。"

李先生艰难地抬起头,望着艾律师,仿佛在祈求一个不存在的答案:"明天就要开庭了,艾律师,如果你是我,会怎么选?"

剑士

⊙ 吴清缘

▍吴清缘，1992年生人，写小说至今。作品发表于《人民文学》《上海文学》《西湖》《芙蓉》《科幻立方》《科幻世界》《文艺风赏》等刊物。科幻小说《万物皆数》收录于《科幻世界精选集2020》，短篇小说《诗魂》获2022上海作协会员年度作品奖励。

剑收入鞘，时间定格在零点零分。昨天，我拔剑一百万次。"师父，我完成了，"我自豪地宣告，"用时十八小时整。"

第二天清晨，我睁开眼，拔剑出鞘。手中之剑剑身细长，剑脊微耸，剑身披着不规则的弧状暗纹。周围是二丈见方的房间，墙上挂着另一把剑，四面墙的墙根下散落着一地杂物。就在半年以前，在这间破旧的房间里，师父要求我每天拔剑十万次。

"十八个小时，每秒拔剑十五点四次。"师父的目光里有同情之色，"吴垠，你太慢了。"

拔剑，剑尖颤抖，感觉剑身轻如鸿毛，像是要飞离剑柄。"师父，据我所知，职业剑士的拔剑速度也不过如此。"我第一次忤逆我的师父，"我，够快了。"

师父转身，取下墙上的剑。

"我们不妨比一比。"师父手握剑柄，"谁的剑先抵到对方的喉咙，谁就赢。"

我难以理解师父的提议，毕竟人类的速度不到我速度的五分之一。"如果要比拔剑的速度，我们需要的是更精确的钟。"为了尽可能保持师父的体面，我提议道，"我们各拔剑三次，分开计时。"

"拔剑是为了击杀，不为击杀的速度毫无意义。"师父点燃一根火柴，放在我们之间的地面上，"火柴烧完，我们开始。"

七点零三秒后，火柴熄灭，师父的剑尖抵向我的咽喉。"太慢了，"师父说，"哪怕你每秒拔剑十五点四次。"

我注视着师父，他的眼神一如既往地平静。在火柴熄灭的瞬间，师父柔和的目光如绞索般缠向我的身体。我突然间感觉被缚，无法拔剑，执剑的右手徒劳地震颤。

"为什么？"我问。

"因为你是人。"师父回答。

"师父，您说笑了。"我说，"我是机械剑士，并不是人。"

"人类比剑，关乎剑术，也关乎杀心。杀心强盛的剑士，能遏制对方的杀心，让对方无法拔剑。"师父把剑从我的咽喉移开，"你拥有心智，能感知杀心，所以，我把你当作人。"

"所以，假如站在您面前的不是我，而是其他的机械剑士……"

"他们无法感知杀心，所以我早已被一剑封喉。"

"既然杀心对他们没有作用，那么杀心的意义在哪里？"

"去拔剑，"师父收剑入鞘，"每天一百万次，多多益善。"

当天，我拔剑一百零八万次，电量耗尽，我在巨大的满足感中失去意识。此后，我拔剑的速度与次数都未超过这一天。

"够了。"练习拔剑的第一百七十天，师父打断了我的训练，"你拔剑的速度，已足够快。"

"但是……"

话音未落，剑已出鞘。这是头一次，拔剑并非为了执行师父的命令，而是出自无意识的渴望与冲动。

"终日拔剑，终于培养出了你的杀心——拔剑的瞬间，是杀与不杀的界限，一再突破界限，便是在不断制造杀戮的冲动，才能使你拥有杀心。"师父自墙上取下他的剑，拔剑出鞘，"从今天起，我要教你剑术。"

师父所教授的是太极剑术，它来自古代中国，但却在岁月的流逝中几近失传。太极剑的基本剑招为劈、刺、撩、挂、点、抹、托、架、扫、截、推、化共十二式，继而延伸出仙人指路、青龙出水、古树盘根、白蛇吐信等四十九式剑招。

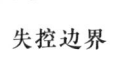

"去练习，每天一百万次。"师父教完"劈"字剑招，转身走开，"你是人，就要像人一样学习。"

我无法理解师父的要求，据我所知，机械剑士并无训练的必要。只要向机械剑士的电子脑内输入剑术程序，他们就能掌握相应的剑术。

"师父，我不明白，"学到"架"字剑招的时候，我问道，"在我看来，您完全可以写一套太极剑的程序，如此，您和我都轻松。"

"他们是被算法操纵的行尸走肉，但我们与他们不同。"师父以掌根猛敲我的剑柄，"去练剑，不要废话。"

我朝夕练剑，每挥出一剑，痛苦就增加一分。痛苦并非因为懒惰，而是因为找不到行动的意义，半年后，我忍无可忍，选择反抗。我在练剑的间隙下载了一套德国梅耶剑术，它是互联网上可供免费下载的剑术程序之一。为了安装它，我在电子脑中开辟了一个独立的运算模块，在练剑的同时，破解师父在我电子脑内设置的控制权限。师父并没有察觉出任何异样，他一直坐在房间的角落，用全息投影仪观看五年一度的世界机械剑士大会。

世界机械剑士大会简称剑士大会，是世界最高级别的机械剑士赛事，以单淘汰制决出冠军。师父的身体刻意挡住了我的视线，因而我无法目睹赛事的实况，但有时候，师父的坐姿会因疲惫而有所倾斜，虽然持续时间短暂，但是零星的全息画面仍旧传入了我的视线之中。全息画面呈现出逼真的三维影像，世界机械剑士大会的场景一览无余，在一个半径为六米的圆形赛场内，两名机械剑士执剑而立。三百八十台全息摄像机藏匿在苍白的墙体背后，全景捕捉机械剑士的每一个细微动作，并实时传送到全球数以亿计的观众的终端设备中。

持开刃的真刀真剑决斗，直至一方先被缴械或失去行动能力，这就是剑士大会的所有规则，而规则本身，便包含了人类创造机械剑士的原因。在冷兵器日渐式微的时代，人类试图重现刀剑对决，然而法律不允许他们以刀剑伤人，因此人类之间的刀剑对决就像是戴着镣铐跳舞——要么使用竹木或是塑料制成的刀剑，要么在格斗时穿上刀剑无法穿透的重甲，而原本的生死格斗就退化成了一项毫无杀伤力的运动。为了重现真正的冷兵器格斗，合法地目睹冷兵器时代的杀人技艺如何穿透或者切割肢体，人类创造了机械剑士，让他们在竞技场上无限制地搏杀。机械剑士可以用剑，也可以用刀，这一原则来自东西方对于刀剑的不同定义——东方人普遍认为双刃为剑，单刃为刀；但西方人认为，区分刀与剑的是刃与柄的衔接方式。于是，无论在擂台上的机械人持刀或是持剑，人类都笼统地以机械剑士相称。机械剑士的身体严格依照人类躯体打造，无论是劈砍还是穿刺，都能给机械剑士带来足以使他们失去行动能力的杀伤；由于金属打造的刀剑难以破坏机械剑士的合金躯壳，机械剑士的兵器上普遍覆盖着一层碳炔——碳炔是世界上最坚硬的物质，硬度远超钢铁，在2030年后得到量产，由它打造的兵刃能够削铁如泥。

在圆形赛场内，两名机械剑士以人类难以想象的速度展开攻防，欧洲剑与武士刀在空中划出利落的轨迹，胜负未分，师父背脊突然挺直，遮挡住了我的视线——

与此同时，梅耶剑术安装完成。

剑术程序在内存中自动运行，但我仍对梅耶剑术一无所知。抬手想要刺出一剑，出手竟是劈砍，想撤剑，右手却不受控地前伸。身体忤逆了我的意志，在程序的操纵下如提线木偶般行动，我竭尽所能地控制身体，于是程序和意志开始拉锯：我胡乱挥剑，不成章法，仿佛疯癫。

剑脊被刺,手中剑脱手飞出。程序戛然而止,感觉重获自由。

"练剑,或者被程序的算法所支配。"师父收剑入鞘,"你自己选。"

"师父,对不起。"我卸载了剑术程序,眼睑低垂,"您是对的。"

"做人,不容易。"师父说,"但是,身而为人,我们值得骄傲。"

对我的忤逆之举,师父并未做出惩罚,他已向我证明了他的权威。我曾经问师父,为什么不用机器人三定律来彻底控制我的行为,毕竟第二定律——"机器人必须服从人类命令",就能让我对师父唯命是从。

"吴垠,我把你当作人,"师父回答,"所以,我要以人类的方式对待你。"

四年零六个月,我学完了所有剑招。

"你的剑术已有雏形,但是仍需打磨。"师父拔剑,轻抚剑身,"我和我的剑,都是你的磨刀石。"

师父与我对练,他喂招,我接招。我的动作速度被师父调慢至原来的五分之一,以抵消我和师父之间的速度之差。"世间不存在两片相同的树叶,"师父连续递出一十二剑,"也不存在相同的剑招。"

我依次以十二剑招对抗师父的十二剑,动作僵硬,应接不暇。师父话音未落,第十三剑接踵而至,我再度使出"劈"字剑招,同时惊讶地发现,我这一剑的角度、速度和轻重都与前一次使出的"劈"字一剑略有不同。

"每一招和每一式都有着无穷无尽的可能,之所以对练,是为了让身体找到最契合你的剑招。"师父左手捏剑诀,眼睛如剑光般明亮,"记住,要将身体和剑招合二为一。"

从此以后,我出剑时有意识地体会身体的感受,感到自己的动作愈发流畅。五年后,自觉流畅之感达到巅峰,继续练习,再也没有进步。

"成了。"师父刺出一剑，动作突然定格，目光定定地望向远方。我撤剑，愣在原地，恍然发现，师父两鬓斑白，颧骨凹陷，十年里，仿佛苍老半生。

"时候到了。"师父转身，背影消瘦，"今晚，我们出门。"

晚上十点，我跟着师父第一次走出屋门。屋外建筑破败，道路幽暗，与我电子脑内的城市全景地图几无二致。十分钟后，我们到达街边一处废弃的停车场，在停车场正中，两名机械剑士执剑而立，身边的人群围出了一个不规则的多边形。

这里是本市的地下剑坛赛事，向所有非职业剑士开放。为了盈利，每局比赛都带赌局。师父和我在人群外圈站定，圈内，银色机械剑士的胸膛被一剑洞穿，从伤口内溢出黏稠的油液。

胜负分出，赌局有了结果，人群发出一阵骚动。半分钟后，场地清空，换上另一对机械剑士；三十分钟后，七对机械剑士结束厮杀。

"轮到你了。"师父按住我的剑柄，"上场吧。"

我踏入比赛场地，迎面而来的对手被观众唤作菲德尔，周身覆盖着猩红色的涂装，手执一柄西班牙迅捷剑。在白炽灯的照耀下，对方的机械躯体倒映着我的金属脸庞，我柔和的东方五官仿佛浸泡在血水之中。

三米外，暗紫色激光闪烁一次，是对决开始的信号。菲德尔挥剑，势大力沉。我下意识出剑，以"截"字剑招切向菲德尔左肩。剑刃切入了菲德尔的装甲，如释重负的心情自剑尖氤氲扩散，最终演化成一种令人沉醉的圆满——

菲德尔倒地，身体自左肩至右肋裂为两片。

"拔剑使你拥有杀心。"离开停车场，师父说，"但战斗和杀戮，才

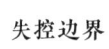

能使你的杀心变强。"

"无论输赢，都是如此？"

师父点了点头，忽然眉峰耸起，若有所思。过了半响，师父说道："如果菲德尔的剑尖向上偏移五分之一寸，你会输。"

"您是说，我赢得侥幸？"

"不，他输得必然。"师父说，"因为他从未有过自己的剑术。"

左掌霎时绷紧，我突然明白练剑之于剑术的意义。单一的剑招包含着无穷多的演绎方式，而方式的选择不仅取决于实战情况，还取决于机械剑士本身——最优的一剑，要与机械剑士的躯体实现尽可能完美的匹配。

在职业剑坛，职业剑士的设计师们为了这一匹配殚精竭虑，因而剑术程序和职业剑士的躯体往往会有极高的匹配度；但对于地下剑坛的剑士而言，他们的剑术程序往往来自那些流传于各网络平台的通用版本，几乎不会为剑士的躯体做出精细的适配。然而我的剑术并非源于剑术程序，而是来自持之以恒的学习与训练——在不断重复之中，逐渐找到匹配自己身体的剑术，它们流动在我的电子回路之中，成为我下意识的条件反射。

"所以，您的意思是，我已经找到了自己的剑术？"我将剑拔出半寸，又迅速收回，剑身的光辉一闪而逝。

"找到剑术，只是入门，"师父说，"倘若仅仅是为了找到剑术，其实不必挥剑六百九十万亿次。"

"六百九十万亿？"我愕然，"我记得这些年来，挥剑的总数不超过七十亿次。"

"每一次挥剑之前，你的潜意识就已挥剑十万次。"师父说，"而你的显意识，则是从这十万剑中挑出最优的一剑。"

"所以，除了入门，我还学会了什么？"

"时候到了，你自然会懂。"

十天内，我比了三十场，拿下三十胜，共计砍下十八颗头颅，劈断十二截躯干。三十天后，我在全国拿下一百二十胜。师父带我出国参赛，在世界各地，我所向披靡，战无不胜。两个月后，我杀入地下剑坛榜单；三个月后，从榜单末位杀入榜单前十。

我被允许越级挑战位列榜单第一的意大利剑士法比奥·洛伦佐。一年前，他还是职业剑坛的剑士之一，擅长意大利博洛尼亚剑术。

洛伦佐的退役缘于与日本二刀流剑士日野守的一战，当时，在日野守双刀的诱导兼逼迫之下，洛伦佐用出了他所掌握的全部剑招，最终仍被日野守一剑封喉；日野守的设计者以这一战向职业剑坛宣告，他的机械剑士已经破解了洛伦佐的所有剑术。剑术一旦被破，就将永远受制于人，因此，洛伦佐的设计师西蒙·丹特对洛伦佐的机械躯体和剑术程序进行了大规模的改造，而这不啻为一场豪赌——改造后的洛伦佐要么脱胎换骨，要么就此陨落。事实证明丹特押错了注，三个月后，屡战屡败的洛伦佐被其所属公司塞西利奥集团放弃，卖给了地下剑坛的金主之一纽顿·克里斯。面对非职业剑士，被职业剑士淘汰的洛伦佐大杀四方，以前所未有的速度登上榜单榜首，而许多人则称其为"永恒的非职业之王"——一方面，这是揶揄曾是职业剑士的洛伦佐只能在地下剑坛称王；另一方面则暗示，以洛伦佐的实力，他足以在地下剑坛保持长胜。

在葡萄牙的埃斯托利尔赌场，我与洛伦佐的对决于新年的第一天展开。在赌场金碧辉煌的大厅内，十二根红黄相间的立柱圈出了一片三丈见方的赛场。身材修长的洛伦佐手执博洛尼亚侧剑迈入赛

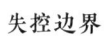

场，在赛场中央舞了一个漂亮的剑花，接着用剑做出一个割喉的动作，观众随即向他致以海啸般的欢呼。我拔剑，左手捏剑诀，缓步入场。

"洛伦佐徒有其名。"师父沉声道，"吴垠，杀了他。"

紫光闪烁。

我抢先出手，一招"白蛇吐信"，疾刺洛伦佐上腹。洛伦佐刺出一剑，轨迹更短，是博洛尼亚剑术中的"正侧刺"。彼时，博洛尼亚侧剑剑尖尚在一尺开外，但我已预判到它将比太极剑剑锋更早抵达。

怎么办？

这是几乎无解的问题，而问题本身构成问题。我的显意识怎么会取代了潜意识，在决斗时主动掌控我手中的剑？感觉时间的流逝趋于缓慢，视线中，洛伦佐的剑变得迟滞；然后刹那间，洛伦佐的剑尖距离我的眉心仅一寸之遥——

时间恢复了原来的面貌。

我的剑与身体同时偏转，各自抡过两道圆弧。

身体的位置改变，于是距离也随之改变，出剑的最短路径也因此发生变更；现在，循最短路径的，是我的剑。

单纯的闪避无法快过对方的追击，只有将反击和闪避精密结合，才可能觅得一线生机。洛伦佐失去了抢先刺杀的机会，但仍能避过我的剑——和洛伦佐的直刺不同，我势呈弧形的一剑，已失去了后续追击的空间。

但是，洛伦佐并没有做出任何闪避。

剑势不变，他的剑尖仍刺我的眉心。

眼前闪过自己被割喉的画面，执剑的手濒临松弛。耳边响起师父低沉的声音——"吴垠，杀了他。"话音刚落，画面消失，同时，右手绷紧——

我的剑洞穿了洛伦佐的头颅。

全场欢呼，人声鼎沸。在现场观战的赌客大多身价惊人，因此他们并不在乎赌注，只在乎杀戮本身。我茫然地站在赛场中央，师父的声音仍旧在我的耳边发出震耳欲聋的余响：

"吴垠，杀了他；杀了他，吴垠。"

是师父将我拉回现实，他轻轻拍了拍我的肩膀，带着我走向赌场出口。"迂回与捷径并不矛盾，而是对立的统一。太极剑术，讲求迂回圆活，并非刻意绕远，而是要在迂回之中寻求动态的捷径。"走出赌场大门，师父说道，"你能以曲破直，意味着你的潜意识已经找到了太极剑的理念。"

"师父，这次……不是我的潜意识。"我嗫嚅着说，"我很确定，是我的显意识想出了那一招……在那一瞬间，为了求取出剑的最佳路径，我的显意识做了复杂的计算，其间还用到了泰勒展开和傅立叶变换。"

师父微微点头，笑容更为舒展："这半年来，你一直在原地踏步；而刚才的绝境，逼迫你更上层楼。"

"您指的是我显意识的介入？"

"当潜意识遇到它所无法解决的问题，显意识自然就介入了。"师父说，"洛伦佐的剑，在决斗之中逼出了你的显意识。"

"洛伦佐的剑，也逼出了我的恐惧，"我说，"刺穿洛伦佐之前的那一瞬间，我怕了。"

"每天十万次拔剑，使你的恐惧转瞬即逝，"师父说，"否则，你将会被恐惧所杀。"

"拔剑培养了我的杀心。"我说，"莫非，是杀心击退了恐惧？"

"心智能产生杀心，也产生恐惧、疑虑等负面情绪。人类剑士总是被负面情绪拖累，但是也被杀心所激发。当杀心足够强盛，就能激发战力，掩盖负面情绪，反之亦然。"师父说，"没有了杀心，你的心智就成了累赘。"

"累赘？"我困惑地睁大眼睛，"如果失去心智，我岂不是将失去我的剑术？"

"你的杀心隶属于心智，无法自心智割离，因此无法独立存在；但你的剑术是由心智生成的算法，与心智融合，但也独立于心智；失去心智，剑术还在，不会消失。"

"所以，洛伦佐看穿了我的恐惧，但是却忽视了我的杀心？"

"你想多了，"师父说，"他只是算错了，以为他的剑能快你一步。"

"如您所说，洛伦佐徒有其名。"我冷笑道，"职业剑士，不过如此。"

"改造前的洛伦佐，要比现在的他强至少一个数量级。"师父正色道，"只有职业剑坛才能容得下巅峰期的洛伦佐。"

"您的意思是，我赢不了巅峰期的洛伦佐？"

"未必。"师父走到赌场门口，停下脚步。门口，一名身着正装的机械人朝我们走来。"吴先生，我是机械人托马斯，地下剑坛事务司执行员，恭喜您的机械剑士荣登榜单第一。"托马斯用流利的中文说道，"您的五十万奖金即将到账，以及，您要不要——"

"我要挑战守门人。"师父说。

"您确定吗？"托马斯语调放缓，"请您三思……"

"确定。"师父拔出我的剑，"这是我们的挑战书。"

托马斯伸出双手，小心翼翼地托着剑，像是托举着即将引爆的炸弹："从今天起三十天内，你们可以任选一天，向守门人发起挑战。"

"师父，您这是？"我失去了剑，仿佛丢了魂，想立马夺剑，杀死眼前的托马斯。

"走吧。"师父的声音克制了我的冲动，"我们回家。"

时隔三个多月，我们重新回到居住了十年之久的小屋，推门时，门上扬起一阵积灰。

"坐下，闭眼，然后冥想。"师父关门，盘腿而坐，阖上双眼，"从今天开始，你要做的，是想象如何杀死守门人。"

所谓"守门人"，所守的是职业剑坛的大门，地下剑坛的最强机械剑士若要冲击职业剑坛，就必须击败守门人。这十年来，地下剑坛的最强者更替频繁，但却从未有人挑战过守门人，这并不是因为他们对职业剑坛没有向往，而是缘于挑战的代价十分高昂。三十年前，守门人制度诞生，陆续有七名机械剑士挑战守门人，无一战胜。战败后，他们的身体被斩为两百多段，完全无法复原。

我依言坐下，闭上双眼。脑海中，守门人的形象是一个模糊的灰影。模糊的不仅是他的身体，还有他的剑招，在想象中的对决中，他向我挥出的这一剑似乎是确定的一剑，又像是千千万万剑招的总和，而我回应他的剑招同样如此。在庞大而浩渺的概率之中，我竭力做着虚无缥缈的推演，无穷无尽的剑招掠过脑海，但却没有一招能在记忆中留下。

"醒来吧。"四十三个小时后，师父说。睁开眼，师父盘坐在我的身前。

心智处于冥想与清醒的交界处，我问出了自我回避已久的问题："如果我被杀，我的心智能不能复原？"

"不能。"师父回答，"因为我做不到。"

"那其他的机械剑士呢？"

"能。"师父说,"打造出一台新的机械躯体,再输入原先的剑术程序即可。"

"我和他们,区别何在?"我说,"为什么他们可以不死?"

"他们并非不死,因为他们从未活过。"

"按照您的逻辑,我也未曾活过。"

"你是不是认为,你的心智也是算法,所以我可以将你的心智提取并备份,在你被杀后,将它输入新的机械躯体?"

"是的。"我直视着师父的眼睛,"然而,您居然告诉我您做不到。"

"但是心智不是算法。"师父的目光中带着悲悯,"你从来不是算法的产物。"

"在我看来,我的心智是算法,而您的也是。"我说,"万物皆算法,人类也不例外。"

"吴垠,你错了,错得离谱。"师父说,"我问你,随手写一段代码,这段代码能成功运行并且会在有限时间里终止的概率有多大?"

我垂下目光,开始计算,五小时后,我摇了摇头。

"你不可能知道这个概率,即使你动用整个宇宙的资源来计算它。"师父说,"这个永远无法被计算出的概率叫作蔡廷常数,理论已经证明,任何算法都无法将它算出。"

"像这样的数字还有多少?"

"由于蔡廷常数无法通过算法计算得到,所以被称为不可计算数。"师父说道,"在不可计算数的数量面前,可计算数的数量几乎可以视为零。"

我愣住:"所以,这个世界在本质上是不可计算的?"

"正是。"师父说,"心智便是不可计算的部分之一——这一观点在上个世纪被科学界提出,并在本世纪中叶得到了证明。"

"这就是您无法提取并备份我心智的原因?"

"正如算法无法计算出不可计算数，"师父说，"算法同样无法处理不可计算的心智。"

"既然心智不可计算，您又如何做到这一切——"我指向了自己的头颅，"您如何用可计算的代码，创造出不可计算的心智？"

"严格来说，我没有创造出你的心智，只是创造了心智的胚胎。"师父说，"心智的胚胎是一段可计算的代码，在自行的演化之中生成出了不可计算的结构。试想一枚没有心智的受精卵是如何诞生出一个具有心智的人……生命的惊险一跃，并不是发生在精子与卵子相遇的瞬间，而是发生在心智诞生的刹那。"

眼前世界倾倒，双掌剧颤，一小时后方才停息。师父站起身，打开房门，迈步出屋：

"你要记住：心智，要比算法高贵得多。"

我跟着师父来到隔壁门前，师父将右眼凑向门上的门镜，直到这时我才发现猫眼后藏着一台微型的虹膜识别仪。门镜后的虹膜识别仪发出短暂的闪光，接着门自动打开，映入眼帘的是被凿穿的地面和往下延展的阶梯。我们逐级而下，进入地下一层，又转过一个弯，推开门，眼前是一间三丈见方的房间，房间另一边有一扇紧闭的门，正中摆放着我的剑。我俯身把剑抄起，忽然意识到，在这间房间的正上方，便是我和师父居住的那间屋子。

"这就是守门人之战的场所？"我感到难以置信，"就在我们房间底下？"

"隐藏是一种仪式。"师父说。

"但我们的房间为什么会在……"

"守门人的战场，有死亡的气息。"师父的眼睛里渗出一丝残忍，"与死亡接近，有利于培养你的杀心。"

失控边界

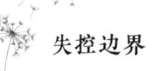

对面的门打开，走出一个厚重的身影。他五官柔和，表情温润，是典型的东方人面貌，穿着深灰色的和服，手执一柄武士刀。"守门人鹤田川，请多指教。"鹤田川说道，深鞠一躬。

师父退出房间，少顷，两扇门同时关闭。鹤田川拔刀，刀柄对准自己腹部中央，刀尖瞄准我的咽喉，呈剑道的星眼架势；我拔剑出鞘，左手捏剑诀，右手剑对准鹤田川眉心，肩膀、虎口、剑锋呈一线。

暗紫色激光自西侧墙壁内射出，转瞬即逝。鹤田川滑步前移，仍保持星眼架势。我杀心大炽，下意识就要刺击鹤田川咽喉，手掌刚发力，立刻止住：

那一瞬间，两万三千六百七十九种行动方式在脑海中一掠而过。

此刻，我若出手，必被斩杀。

持剑上步，剑尖微偏，对准鹤田川左太阳穴位置。经历了浩如烟海的计算，我迈出唯一的一步——脚尖若偏离哪怕零点一毫米，胸口即中刀。

彼此接近，距离收缩，直至刀剑相交。相交之际，数以万计的攻防可能性倾泻而出。太极剑下挫，武士刀上挑，模糊的概率在精准的计算之中收敛成唯一的现实——

刀与剑，再度相交。

概率在塌陷的同时再度新生，又一次，鹤田川与我从万千可能性中计算出最优的选项，于是，武士刀向左摆动，太极剑向右倾斜。彼时，若贸然行动，对方将弃置计算得到的最优选项，然后迅速完成击杀——所谓最优，前提在于对方也同样做出了最优的选择。

鹤田川偏转刀身，我将剑锋压向刀背，刀尖以缓慢的速度斜撩，剑锋以近似速度后撤。鹤田川与我的动作愈发缓慢，又经过五个回合，刀与剑相交于彼此正中，双方均静止不动：

此刻，概率演化成了难以理解的庞然大物。

数以千亿计的变化，正笼罩着这三丈见方的空间。

我选择等待，在我的思维穷尽所有的概率之前；鹤田川和我一样，如雕塑般纹丝不动。五小时后，我出手，一招"乌龙摆尾"，剑身劈向鹤田川前胸；鹤田川右闪步，一记"打小面"，小幅度抡刀砍向我的头颅。我看到鹤田川的刀在我的眼前一掠而过，眼前视野突然开阔——

头颅被击中，刀刃卡入颅腔。

鹤田川将刀前推，我的头颅被顺势砍为两半。

这是无可抵御的一刀，而鹤田川的计算比我更加精准。杀心仍旧炽热，我却心生感激，感激鹤田川让我见证了完美的剑道。

双目仍能视物，但是意识开始恍惚。鹤田川收刀入鞘，向我深鞠一躬。接着，鹤田川忽然拔刀，连斩三十九次，将我的身体切为一百三十七块。

我感觉身体聚拢成团，最终收缩成一个没有体积的点。心智开始涣散，徜徉向无边无际的空间。在心智弥留之际，我看到师父自前方疾奔而来，越发晦暗的世界突然变得光芒万丈——

眼前划过平平无奇的一剑。

它能破解鹤田川击败我的那一刀。

醒来，第一眼看到的是自己的剑，剑锋距离我的眉眼不足半寸，脑海中陡然浮现出鹤田川的刀。"我败了，可是这是为什么……"我缓缓坐起，看到师父盘腿坐在我的前方，"守门人明明杀死了我。"

"鹤田川劈开你头颅的一刀，并没有完全摧毁构成你心智的比特序列。当时，它们同时处于既崩溃又未崩溃的量子叠加状态。"

"所以，鹤田川的那一刀，使我既生又死——"我愕然，"就像薛定谬的猫？"

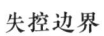

师父点头："修复完成后，我将你重启，决定概率的波函数在重启开始的瞬间塌缩，心智既崩溃又未崩溃的叠加态消失，变成唯一确定的状态——从此以后，你要么活着，要么死去。"

"波函数的塌缩，意味着有一个观测者。"我怔住，"观测……如何进行？"

"重启便是观测，我就是观测者。"

"我还活着……多么庆幸。"我说，"活着，就有机会。"

"机会已经来临。"师父说，"你将参加剑士大会，鹤田川也会参加。"

"什么？！"

"在你与鹤田川决斗的两小时前，剑士大会主席团临时更改了赛制——包括守门人在内，地下剑坛的前二强者将以非职业身份参加剑士大会。为了让挑战者顺利参赛，鹤田川被迫手下留情，如同庖丁解牛，他的每一刀都劈在了你的关节接缝处，因此我才能够将你复原。鹤田川的设计者并不知道你拥有心智，因而你被鹤田川斩杀后处于生死叠加态的结果并非人为设计，但如果鹤田川如往常一样在败者的头颅上劈出十字，你绝无存活的可能。"

"然而赛制为何更改？"我问道，"在我与鹤田川一战前，您是否收到了赛制更改的通知？"

"两天前，大会主席水岩先生临时提出了更改赛制的提议，等到大会主席团决议通过，距离守门人之战只剩下两个小时，在两小时内，鹤田川的设计者远程更改了鹤田川的算法，从而使鹤田川对你网开一面。守门人之战结束半小时后，大会主席团正式公布了更改赛制的通知，水岩先生表示，之所以允许非职业剑士参加剑士大会，是要以此向世人说明，剑术有高下之分，但没有贵贱之别。"

"剑士大会集结了职业剑坛最顶尖的剑士。"我说，"扪心自问，我，没有资格。"

"吴垠，想一想如何破鹤田川的那一刀。"师父说，"想通了，你就有了资格。"

"那便有了。"我执剑在手，拔剑出鞘，"鹤田川的剑道，并不完美。"话音刚落，出手，平平一刺。

收剑入鞘，我坐回原来位置，师父将坐姿改为盘坐，闭上眼睛。半小时后，师父睁眼："你什么时候想到的这一剑？"

"在我死之前。"我说道，"只一瞬间，我推翻了之前五个小时的计算。"

师父沉吟半晌，微笑在他的脸上一闪而逝："经历过死亡，你的精神和剑术都发生了飞跃——你被鹤田川杀死，然后涅槃重生。"

"我已经死过一次。"我说，"现在，我的杀心已经凌驾于死亡。"

"这是你的造化。"师父说。他捡起地上的一个铁皮盒子，打开，盒子内是白色的丝质包裹。"进入职业剑坛，不能再像过去那样赤身裸体。"师父打开包裹，"作为你重生的仪式，今天穿上它吧。"

包裹内是粗棉制成的白色上衣和黑色长裤，上衣交领右衽，下摆垂膝，长裤裤腿宽阔，是典型的汉服制式。拔剑，将太极剑的四十九式从头至尾演练了一遍，剑鸣不绝，衣袂飘飘。

"非常帅。"师父说道，笑得爽朗，"想不到，你还挺自恋啊。"

两周后，我和师父飞赴纽约，参加五年一度的世界机械剑士大会。剑士大会开幕首日举行抽签仪式，在记者仓促的快门声中，六十四名机械剑士依次入场就座。西装革履的主持人依次报出机械剑士的姓名，听到自己名字的机械剑士站起身，以各自流派的礼节向身后嘉宾致意。

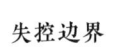

当我的名字响起的时候，大厅内传来了一阵嘘声，嘘声并非来自观摩抽签仪式的各界名流，而是来自我身边的机械剑士。

毫无疑问，他们的嘘声并非故意为之，而是缘于外界向他们电子脑内输入的算法；当他们从外界的声音中识别出我的名字，他们就在算法的支配下制造出嘘声。这是职业剑坛对我的羞辱，以一种近似于借刀杀人的方式——职业剑坛的大多数人认为，惨败于守门人的我参与剑士大会是在玷污剑士大会的权威。我站起身，向身后的嘉宾致抱拳礼，左掌右拳，表示恭敬；接着，转向我身边的机械剑士，再度致抱拳礼，但手势却切换为左拳右掌，是决生死之意。

我坐下后，一名菲律宾剑士的名字响起，他名叫杰西·阿尔贝托，职业剑坛排名第二十位，身着菲律宾国服"巴隆他加禄"，腰插一柄长剑和一条短棍。阿尔贝托站起，抽出腰间短棍，将棍身贴近自己肩膀，同时微微弓身；突然，他反手持剑，切开剑鞘，剑面拍向我的头颅。

我听到身后传来破风之声，下意识握剑在手，连剑带鞘向脑后递出，格住剑身。四名机械警卫荷枪实弹冲向我们，两两将我们架开。"你是个蹩脚货。"阿尔贝托用中文说道，手中的剑指向我的左眼，岔开的剑尖宛若游走的蛇信，显得古怪而神秘——阿尔贝托的剑是菲律宾传统兵器"坎皮兰"，剑柄呈"Y"字，剑尖开叉，需要快速出手时，可直接切开木质剑鞘；据说在公元 1521 年，菲律宾原住民正是拿着坎皮兰剑，杀死了率船队首次开展环球航行的麦哲伦。

我注视着阿尔贝托，他目光看似凶悍，但实则空洞无物。我的目光扫过身后嘉宾席，锁定了阿尔贝托的设计者劳尔·桑托斯。劳尔·桑托斯，阿方索机器人公司总裁，由他设计的杰西·阿尔贝托是他毕生杰作，也是阿方索机器人公司旗下最强的机械剑士。此刻，桑托斯正微笑地注视着我，笑容惬意，仿佛在观摩着一出喜剧。

我眼睁一线，目光收缩，周围的景物隐去，视线中只剩下微笑着的桑托斯。桑托斯的笑容陡然凝固，脸色惊惶，身体不由自主地后仰，连人带椅摔向地面。

我看向师父，师父微笑着朝我点了点头。"杀心强盛的剑士，能让对方无法拔剑。"师父的话在我脑海中响起，就在刚才，我的杀心轻易击穿了桑托斯的心理防线。

机械保安将手枪抵在我和阿尔贝托的后脑，三秒钟后，他们缓慢后退到场地边缘，仍旧保持射击姿势。主持人说道："有请会长水岩先生为本届世界机械剑士大会抽签。"

两张一尺见方的高脚木凳被搬上台，两者相距一步之遥。一张长两尺、宽一尺的宣纸对称地放在两张木凳上，中部悬空部分与搭在凳子上的部分面积相同。坐在嘉宾席第一排正中的水岩先生九十七岁高龄，虽然皱纹满面，但是仍旧神采奕奕。他身着一件普通的棉麻外套，腰间插着一柄普通长剑。水岩先生上台，向台下深鞠一躬，拔剑，正对眼前白纸，一声大喝，挥剑劈下。

长方形的宣纸被劈为面积相同的两截，半边悬空，半边搭在木凳上，自始至终纹丝不动。水岩先生展现了人类剑术的最高水平：出剑精准细腻，几乎没有多余的力量溢出，才能将白纸劈为相等且静止的两段。

水岩先生收剑，鞠躬致意，台下掌声雷动。在机械剑士的剑术全面碾压人类剑士的今天，水岩先生仍旧得到了极大的尊重，无论是在职业剑坛还是地下剑坛，人们都称他为水岩先生，而非他的全名水岩正章。水岩先生出生于日本，自五岁学习日本剑道，四十六岁时成为

失控边界

世界最年轻的剑道八段之一；五十岁时，水岩先生钻研欧洲剑术，以德式长剑术斩获众多欧洲顶尖剑术赛事的冠军。当机械剑士的发展初露萌芽之际，身为人类顶尖剑士的水岩先生大力推动机械剑士赛事的发展，这曾一度引起人类剑坛的极大不满，全日本剑道联盟甚至公开威胁要取消水岩先生的八段段位，他们认为机械剑士赛事不仅威胁了日本剑道的存续，更是对日本剑道的严重亵渎。"抱残守缺，并不能将人类剑术发扬光大。"面对各界的压力，水岩先生说，"机械剑士的身体比人类剑士强大得多，他们天生就超越了古往今来的所有剑士；在追求神之一剑的路上，人类不应该阻挡机械剑士。"

二十五年前的今天，在水岩先生的不懈努力下，第一届世界机械剑士大会召开，仅有八名机械剑士参赛；那一年，机械剑士的数量屈指可数，但星星之火就此燎原。两年后，机械剑士职业赛事数量激增，又过两年，地下剑坛方兴未艾，及至第二届世界机械剑士大会召开，已有三十二名机械剑士参加，彼时，职业剑坛不仅赛制规范，商业模式也已相当成熟。机械剑坛发展至今，水岩先生功不可没，无论在职业剑坛还是地下剑坛，他都是公认的"机械剑士赛事之父"。

按照惯例，由大会主席水岩先生进行抽签，木凳和宣纸都是抽签用具。看似普通的木凳内安装有精密的压力传感器，不间断地测量凳面压力的变化，与此同时，抽签程序以一秒三千次的速度生成对阵组合。当水岩先生的长剑劈开凳面宣纸的瞬间，传感器捕获压力变化的信号，它将信号传送给计算机的抽签程序，抽签程序随即停止运行，于是程序就定格在了最新生成的对阵组合上。

"有生之年，想要见证神之一剑。请诸位加油。"水岩先生说道，声音有些浑浊，"身为会长，我本不该公开透露自己的渴望，但请原谅一个老人的执念。"说完，深鞠一躬，缓步下台。

掌声响起，经久不息，约半分钟后，主持人播报第一轮的对阵双方。"日野守对战贾德·卡森——"主持人话音未落，台下响起一阵喧哗。

日野守，来自三浦株式会社的机械剑士，出道首战便击败法比奥·洛伦佐，最终导致其退出职业剑坛，就此扬名；他的二刀流剑术源于日本剑客宫本武藏的"二天一流"，剑招鬼魅；加盟职业剑坛不过一年，日野守以全胜战绩杀入榜单第二，但还未与贾德·卡森交战。来自美国的贾德·卡森占据榜单榜首位置已逾五年，出道第二年即夺得剑士大会冠军，并连续卫冕至本届剑士大会。他的剑术不属于任何流派，但又似乎和任何流派都有关联，因此论神秘与诡谲，卡森还要胜日野守一筹。在本届剑士大会召开之前，许多人认定日野守与卡森的一战将决定冠军归属，然而无人料到，这一战居然会发生在第一轮。

日野守和贾德·卡森依次上台，前者身着武士服，腰插双刀，后者穿着美国国旗配色的上衣和长裤，手提一柄无鞘的剑。双方拔出兵刃，相互碰击，是相互接受挑战的仪式。然而大多数人的目光并没有聚焦于站在台上的日野守和卡森，而是汇集在了一名穿着纯灰色连帽卫衣的美国中年男人身上：

他是贾德·卡森的设计者，职业剑坛最负盛名的天才亨特·克罗斯。克罗斯出身名校，本科、硕士、博士均毕业于麻省理工学院，毕业后从身为地产大亨的父亲手中获得了两千万美元的启动资金，以一己之力写出了业界所有机械剑士设计师都无法望其项背的剑术程序。面对众人的目光，克罗斯的肩部微微耸起，欲言又止。

"嘿，大家都来看看我吧。"卡森突然开口，"要在擂台上拼着命耍剑的可是我啊。"

对于卡森的破格之举，大家早已司空见惯。卡森内置了克罗斯所设计的沟通算法，因而他在公共场合的言行无异于人类；但正如当今的翻译软件虽然媲美同声翻译，软件本身并不理解语言，卡森的言谈举止虽与人类无异，但他并不理解自己的所作所为，也不拥有任何形式的心智。

带日野守参加抽签仪式的小池和哉发出了一声响亮的干咳，他是日野守所隶属的三浦株式会社的首席技术官。"宫本武藏曾说：为了道不惜一死。"小池和哉脸色铁青，"剑术之道，容不下任何玩笑！"

"真是……很高级。"卡森双掌摊开，面带讥讽，"'道'来'道'去，不过就是比谁的算法写得更好……所以，一天天的，装什么装？"

全场沉默，面面相觑。克罗斯苦笑着摇了摇头，小池和哉的额头绽出青筋。

"吕克·弗朗索瓦对战弗拉基米尔·阿纳托利耶维·奇赫列波夫。"没等日野守与卡森下台，主持人继续播报对阵双方；十分钟后，我的名字响起——

"吴垠对战鹤田川。"

台下再度出现骚动，目光和议论如箭矢般向我飞来。"也好，免得脏了我们的手。"有人嘟囔了一句，引起了一片哄笑。我突然间怒不可遏，但又瞬间归于平静，愤怒凝结成了坚硬的杀心。

第一轮的对阵名单公布完毕，抽签仪式接近尾声。在场的人们被引入会客厅，参加抽签仪式后的茶歇会，师父站在角落，偶尔会有人和他寒暄两句。"我们走吧。"半小时后，师父将咖啡杯放向侍者的托盘，就在杯底即将触及托盘的刹那，咖啡杯被一柄剑的剑尖托起，这柄剑来自贾德·卡森。

师父松开握着咖啡杯的手，卡森微微挑起剑尖；咖啡杯凌空飞起，稳稳地落在了托盘上。"嘿，好久不见。"克罗斯走向师父，"一眨眼，二十年了。"

师父眼睛亮了一瞬："一眨眼，就老了啊。"

"二十年的心血啊。"克罗斯将目光转向我，"我真的很期待。"

"人生能有几个二十年？"

"彼此彼此。"克罗斯说，"先走了，告辞。"

师父走向门口，脚步机械，我跟着师父，亦步亦趋。我对师父和克罗斯的对话感到困惑，但提问的念头被师父的话所截断："从现在开始，你的内心就已迎战鹤田川，请务必心无旁骛。"

步履不停，眼前闪过鹤田川的刀光。潜意识接管行走，显意识进入冥想状态。第二天醒来，我赫然发现自己置身于剑士大会的赛场，鼻梁上多了一副眼镜，师父正盘坐在我的身旁。"这是虚拟现实直播，能让观众完全沉浸于赛事现场，"师父说，"你眼前的我也只是虚拟现实的影像。"我向师父伸手，看着手指穿过了师父的身体，收手，视线里，浮现出和人等高的汉字：

世界机械剑士大会第一轮：日野守对战贾德·卡森

五秒钟后，文字消失，被遮蔽的视野重现。空旷的赛场上，日野守和卡森相对而立。日野守手持双刀，短刀在下，长刀在上，是标准的二刀流站姿；卡森长剑松松垮垮地指向地面，不似战斗姿态。

一束暗紫色激光柱自双方正中地面亮起，旋即熄灭。日野守前进一步，卡森后退两步，日野守再进一步，卡森再退半步。半分钟内，日野守前进五步，卡森后退八步半，当日野守前进第六步时，卡森的后背已贴向赛场边缘——

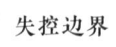

此刻，卡森退无可退。

卡森不动，呆若木鸡。日野守发出一声大喝，长刀砍向卡森手臂，卡森挥剑格挡，日野守的短刀砍向卡森头颅，卡森的长剑向斜下方掠去——

短刀歪向了一侧。

在日野守的腹部，卡森的剑直没至柄。

在大部分观众看来，是卡森被日野守逼到了退无可退的境地，然后卡森实现了绝地反击。然而实际情况刚好相反，当卡森向后退第一步的时候，日野守就陷入了被动之中——卡森的每一次后退，都在迫使日野守前进，倘若日野守做出了其他动作，他将被卡森轻易击杀。当卡森站定不动的时候，双方就迎来了图穷匕见的时刻——彼时，无论日野守如何出手，他的胜算都极为渺茫。

我所震惊的并不是比赛表象和本质之间的戏剧性差异，而是卡森惊为天人的计算能力。对于日野守来说，面对卡森以退为进的攻势，他所要执行的运算并不复杂，哪怕是非职业剑士，都能在零点五毫秒内的时间里算出日野守必须向前踏出的每一步。然而对于卡森来说，他所面临的攻防可能性数以千万亿计，我无法想象卡森是如何在电光石火之间算出牵制日野守的每一步，以及图穷匕见时的利落一击。但让我困惑的地方在于，当日野守迈出第一步的时候，卡森似乎就可以选择站定不动接着决出胜负，何必等到退到墙边才祭出杀招？

半秒钟后，日野守倒下。场内亮起一片鲜红色灯光，表示胜负分出。"倘若一开始就决胜负，卡森没有必胜把握。"师父说道，"卡森的每一次后退，都提高了他在决胜时刻的获胜概率。打个比方，倘若立决胜负的获胜概率是八成，后退两步后再决胜负，获胜的把握就大于八成。如果赛场没有边界，卡森或许还会继续往后退。"

"如此看来，当日野守踏出第一步的时候，他就输了。"

"不，比剑之前，他就已经输了。"师父说，"自从日野守出战以来，卡森就已经破解了他继承自宫本武藏的'二天一流'。"

我怔住："莫非……莫非如今所有职业剑士的剑术都将被卡森所破？"

"已经被破。"师父说，"卡森早就看穿了他们的算法。"

"那……我呢？"

"心智是不可计算的结构。"师父说，"没有任何算法能够看穿你，包括卡森。"

三天后，我迎来与鹤田川的对决。一辆无人驾驶汽车将我们从酒店带往赛场。赛场东西两侧各开一门，门口的机械警卫荷枪实弹。

"守门人鹤田川，请多指教。"鹤田川站定，鞠躬致意。

刹那间仿佛回到了守门人之战的现场，我内心的憎恶油然而生："太极剑吴垠，请多指教。"

紫光闪烁。

鹤田川出手，刀自下而上切我颈部。不计其数的攻防在瞬间涌现，根本无暇计算。我仓促间出手，并非基于严密的计算，而是源于瞬间的感觉，似乎是显意识的决策，又仿佛是潜意识的指示。

剑出，命中。鹤田川咽喉中剑，动作戛然而止。我迅速撤剑，在鹤田川倒地前，向他连续劈出五十八刀。当鹤田川的第一块身体落地的时候，赛场内，红光大炽。

半小时后我回到酒店，却并没有复仇的快感："我杀死鹤田川的一剑，并非来自计算，而是来自感觉……我能赢，或许只是运气而已。"

"感觉对了，这一剑就是对的。"师父说道，"找到对的感觉，不是运气。"

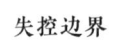

我不置可否地点了点头："但是我更信赖计算。"

"你所认为的计算，要么是如解方程一般通过一系列数学工具算出最佳剑招，要么干脆是暴力穷举：穷举出攻防变化的所有可能，从中选出最佳的一招。但更多的时候，攻防可能性之庞大复杂超越了机械剑士的算力，这便是剑术中的'玄虚之地'。面对'玄虚之地'，机械剑士只能退而求其次，用包括'剪枝模型''蒙特卡洛树搜索'等在内的模拟算法筛选出胜率最高的选项——它们未必是最优选项，甚至几乎不可能是最优选项，却是机械剑士的算法所能达到的极致。"

"难怪卡森能算出决胜时刻的获胜概率——"我恍然大悟，"他根本就没有在刹那间穷尽数以千万亿的剑招！"

"但是在所有职业剑士之中，卡森拥有最强的模拟算法。"师父说，"这就是卡森所向披靡的原因。"

"所以说到底，他们所依靠的仍旧是坚实的计算。"我苦笑，"感觉对计算……简直是以卵击石。"

"'感觉'绝非显意识所进行的计算，也并非你曾一度依赖的潜意识，而是显意识与潜意识的深度融合，这正是千百年来人类剑士应对'玄虚之地'的方法。"师父的右掌按在胸口，眼睛里光芒闪耀，"人脑并非电脑，人类剑士既不可能如解方程一般算出最佳的剑招，也从未能够穷举出所有的攻防可能，这意味着自有剑术以来，他们一直面临着'玄虚之地'的困境，而人类剑士的应对之法则是同时调动显意识与潜意识，继而以全身心的能量去觉察出下一刻的攻防，这便是你说的'感觉'，或者说是感知。在千百年的战斗与竞技之中，人类逐渐从原始的感知之中提炼出了更为高效的剑招，继而总结出了各种流派的剑术，因此剑术其实就是人类应对'玄虚之地'的经验法则。剑术固然重要，但感知在对决中仍旧起到了关键的作用，因为剑招的选择、出手的时机等决定胜负的要素仍旧极其依赖于人类感知。你虽然是机械剑士，但与人类一样拥有心智，因此感知同样是你应对'玄虚之地'的方式——但不同地方在于，你的感知的敏锐程度要远远超过人类，而鹤田川杀死你的那个瞬间，彻底激发出了你的感知力——还记得我的话吗？'经历过死亡，你的精神和剑术都发生了飞跃'。"

"但是，既然卡森的模拟算法如此强大，为什么不让我采用模拟算法？"

"卡森的模拟算法已经达到了巅峰，要超越他，只能另辟蹊径。"师父说道，"感知缘于心智，但却独立于心智，是人类尚无法自主编写的算法，而它给心智带来的体验，便是算法的具象化身——成千上万的数学和逻辑语言，在一瞬间被浓缩成了感官的惊鸿一瞥。"

"所以，我有没有可能在'玄虚之地'中找到完美的一剑？"

"概率接近于零，但不是没有可能。"师父说，"而你说的这一剑，便是水岩先生所追求的神之一剑。"

我与鹤田川的一战轰动世界，前来采访的记者络绎不绝，师父拒绝了所有的采访，但密切关注着媒体对我的报道。在许多人看来，是鹤田川算法中的漏洞导致他发挥失常，还有不少人认为，我击败鹤田川的这一剑已达到了职业剑坛的平均水准，但要在强手如林的剑士大会继续赢下去则几乎没有可能。

"在我看来，吴垠获胜并非运气，而是他的剑术程序得到了大幅度优化的结果。"在接受采访时，水岩先生给出了迥然不同的观点，"并且吴垠的剑术仍有继续优化的空间。"

两天后，我击败鹤田川的新闻热度开始消退，频频出现在大众视野的，是菲律宾剑士杰西·阿尔贝托。在本届剑士大会开幕之前，阿尔贝托就已经成了世界剑坛的焦点，他所用的兵刃备受瞩目。自阿尔贝托出道以来，他所用的兵刃一直是菲律宾的传统兵器坎皮兰剑，并配以菲律宾卡利剑术，而在本届剑士大会上，他的设计者劳尔·桑托斯又为他添了一条菲律宾短棍。人类剑术发展至今，鲜有剑棍组合，当桑托斯向剑士大会申请使用短棍的时候，大会主席团一度拒绝了他的要求，但水岩先生最终说服主席团接受桑托斯的请求——

"棍术再强，在开刃的刀剑面前终究只是辅助；剑术之道，不会因为一条短棍而受到丝毫玷污。"

阿尔贝托第一轮的对手是来自英国的剑士杰森·汤姆逊，信号光亮起后五十毫秒，阿尔贝托的坎皮兰剑就洞穿了汤姆逊的胸膛。受重伤的汤姆逊步履蹒跚，然而阿尔贝托却并没有一剑终结比赛——

十小时内，他挥出了三十七万六千三百六十二剑。阿尔贝托每出一剑，都削去了汤姆逊一小部分身体，但在最后一剑挥出之前，这些微小的伤害都不足以让汤姆逊倒下。最后一剑并未对汤姆逊造成实质性的伤害，只是轻轻抵向了汤姆逊的眉心，但最终摧毁了汤姆逊勉力支撑的平衡——

汤姆森倒下，只剩下三分之一的外壳，宛如一具由机械打造的枯骨。

十个小时的战斗时长打破了机械剑坛的纪录，然而这一记录并没有多少价值——从阿尔贝托挥出第二剑开始，赛场内所发生的就不再是剑术之争，而是一场历时十个小时的凌迟酷刑。古代凌迟之刑最多能割三千多刀，而阿尔贝托的凌迟技术远甚于最顶尖的刽子手——三十多万剑中，每一剑的力度和角度都恰到好处，否则汤姆逊将会提前倒地，而阿尔贝托的凌迟之刑也就戛然而止。

结束施刑的阿尔贝托离开赛场，他和面目全非的受刑者汤姆逊一样，对过去十个小时里所发生的一切毫无知觉。但这一切依旧给观众带来极大的震撼，有一部分观众甚至产生了创伤后应激障碍。阿尔贝托的设计者桑托斯遭到了铺天盖地的谩骂，但他对此似乎完全不以为意。

"阿尔贝托的表现看似残忍，但他所造成的伤害大多集中于廉价的金属外壳。"在接受记者采访时，桑托斯郑重地说，"无论你们认同与否，我确实找到了剑术之道的另一个维度。"

第一轮对决结束，晋级者进入三十二强。第二轮，我迎战来自沙特阿拉伯的艾什勒弗·阿奇兹·哈桑，他的兵器是一柄粗犷的阿拉伯弯刀。我抢先出手，凭借纯粹的感知向正前方突刺，哈桑胸膛中剑，倒下时，双手仍高举着他的弯刀。

我的胜利再一次在职业剑坛引发轩然大波，击败职业剑坛排名第十七位的哈桑，意味着我已有了击败顶尖职业剑士的实力。

我的第三轮对手是来自德国的佛洛里安·克林科，在职业剑坛长期排名第九，职业剑坛普遍认为，这是克林科的必胜之战——六年来，他未曾击败过排名比他更高的职业剑士，但也从未被排名低于他的职业剑士所击败。紫光闪烁，克林科与我同时出手，双剑相交，感知如涟漪般扩散，身体的每一处细节都在酝酿着决胜的一击——

交剑之声未已，克林科被我拦腰斩为两截。

三轮比赛结束，我锁定八强席位。职业剑坛认为我的胜利主要缘于我所使用的陌生剑术，而对于它的来历，人们莫衷一是。

"吴垠的剑术绝非日本剑道，但也很难从中找到欧洲剑术的影子，不过我们仍能从一些细节中窥探出他剑术的来源——"知名兵击评论家萨姆·科顿在电视节目中说道，"从剑的形制上看，吴垠的剑是典型

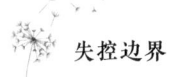

的东方兵刃；而从吴垠的名字、面部设计和设计者吴川的华侨身份综合分析，吴垠所使用的剑术极有可能来自中国。"

"可是，据我们所知，在职业剑坛，中国剑术从未有过一席之地。"主持人说。

"这正是有趣之处，"科顿说道，"中国的千年武学，多的是我们所不知道的奥秘。"

我的剑术之谜最终被日野守所属的三浦株式会社揭开，他们的操作充满着大数据时代的暴力美学。三浦株式会社的技术部门将我的每一个动作拆解成一帧又一帧的图片，并对每一张图片进行深度建模，将获取的数学模型作为对象本身进行大数据检索，最终从浩渺的互联网数据中匹配出了散落在三百五十七处的文字版太极剑谱。为便于展示，他们不仅将文字剑谱公之于众，还根据剑谱制作了展示太极剑招的图片，又专门为四十九式剑招制作了精良的动画。

"太极剑四十九式剑招看似简单，但在实战中却能衍生出成千上万种精妙的变化，"三浦株式会社首席技术官小池和哉在一次网络直播中说道，"吴垠的太极剑术深不可测。"

"他们说对了，也说错了。"师父说，"太极剑术，真谛在于'太极'，而非具体的剑招。正因为如此，古往今来，大部分人所学的太极剑术不过是皮毛而已。"

"师父，我不明白……"

"太极剑术的剑招足以让剑士扬名立万，但是'太极'的力量远远超过剑招本身。然而，'太极'无法用语言描述，只能靠剑士领悟。从古至今，能悟出'太极'者屈指可数。"

"您的意思是，我能悟出？"

师父道："假以时日。"

我在四分之一决赛的对手是来自法国的剑士弗朗索瓦·博诺，擅长法国小剑剑术。法国小剑剑身轻盈，但几乎不能劈砍，博诺出手，全凭精准而迅捷的刺击。在长达七年的时间里，博诺在职业剑坛籍籍无名，但在最近两年突然声名鹊起，如今在职业剑坛排名第三。这一切缘于博诺所属的贝尔特朗联合公司全面革新了博诺的剑术程序，将法国小剑的威力发挥到了空前的高度。

"我们破解了太极剑术的每一式。"临战前一小时，贝尔特朗联合公司的首席新闻官安托万·克雷蒂安在接受记者采访时说，"我们要感谢三浦株式会社。倘若没有他们所查找到的太极剑谱，在博诺的对决开始之前，我们不可能破解吴垠的剑术。"

紫光闪烁，我出手，一招"燕子啄泥"，劈向博诺。博诺的小剑刺出，剑刃擦向我的剑身，攻守同步。以剑谱而论，这一剑势无可救，克雷蒂安在赛前的威胁并非妄言——剑招"燕子啄泥"，已经被破。

但是，太极剑尚未。

手腕微转，剑尖短促地移动，在原本的招式之中叠加了一道似曲非曲而又似直非直的轨迹；博诺所勘破的不过是四十九式太极剑招，但却未尝洞悉自四十九式剑招所衍生的成千上万的变化——

小剑戛然而止。

脚边，博诺的头颅正在翻滚。

我杀入四强，半决赛的对手是杰西·阿尔贝托。阿尔贝托战胜了杰森·汤姆逊后，又先后击败了韩国剑士朴承焕、俄罗斯剑士伊万·维克多·雪尔夫斯基和新西兰剑士杰里米·欧文，身为职业剑坛排名第二十位的机械剑士，阿尔贝托是本届剑士大会仅次于我的第二大黑马。三轮比赛，阿尔贝托均在半秒钟内击溃对手，然后在剩下的时间里无所顾忌地施展凌迟之术，用时分别是十二小时二十五分、十八小时二十七分和二十四小时零二分，出剑的数量分别超过了四十万剑、六十五万剑和一百万剑。随着赛事的进行，阿尔贝托的凌迟之术愈发精湛，这是桑托斯根据阿尔贝托的实战表现对他的剑术程序进行优化的结果。而在三轮比赛之中，阿尔贝托都未曾动用过他的菲律宾短棍。

虽然阿尔贝托的凌迟之术饱受质疑，但他的行动都在规则允许的范围内，因此剑士大会没有阻止他的理由。无论阿尔贝托的比赛迁延多久，现场直播仍旧按部就班地进行。而令人感到意外的是，虽然阿尔贝托的比赛动辄就要持续半天乃至一天的时间，但收视率却创造了剑士大会的历史新高；即使比赛临近结束，直播间的人数仍稳定在两千多万人次，而将阿尔贝托的每场比赛从头看到尾的观众人数居然有三百多万。在地下赌场，一种全新的赌博项目因阿尔贝托的凌迟之刑应运而生，他们为比赛时长和阿尔贝托出剑的数量下注，赌注的总金额远远超过了对比赛胜负所下的赌注。

自从阿尔贝托战胜汤姆逊之后，师父搜罗到了阿尔贝托的全部比赛视频，熬了两个日夜看完。"阿尔贝托的剑不足为虑。"师父说道，眉弓微耸，"但我所担忧的是，我们对他的短棍一无所知。"

倘若没有师父的提醒，我不会主动想起阿尔贝托的菲律宾短棍。一个多月前，这条短棍曾在剑坛引起轩然大波，然而由于阿尔贝托未曾使用过它，于是它就变得像是某种插在腰间的配饰，而一同被忽略的还有他的棍术。阿尔贝托的棍术发源于菲律宾短棍术，与卡利剑术同属于卡利武术体系，然而卡利武术从未将剑与棍进行组合，因此阿尔贝托的剑棍组合招式完全无法预测。

在半决赛的发布会上，桑托斯面色阴沉，始终躲避着我的目光。"两百万剑。"桑托斯用流利的英语说，阿尔贝托跟着用中文重复了一遍,"蹩脚货,你要受苦了。"

"很好。"师父微笑道,"有种你冲着吴垠再说一遍?"

我看向桑托斯,桑托斯的面部肌肉微微扭曲。"想一想,如果是你面对着阿尔贝托的剑。"桑托斯的嘴角泛起残忍的笑意,"光是想想,都觉得疼呐。"

翌日,剑士大会圆形赛场。

阿尔贝托平举坎皮兰剑,剑鞘的尾端悬垂着一撮颜色不一、长三厘米左右的导线。在古代,菲律宾土著会将头发系在坎皮兰剑的剑柄上作为装饰,因而这一撮突兀的导线其实是遵循古制的产物。"你,下一个。"阿尔贝托指了指剑鞘尾部的导线,"加上你,一共十九个。"

我的情绪并没有因为阿尔贝托的挑衅而发生任何起伏,踏入赛场的瞬间,杀心就已达到峰值。紫光闪烁,我的剑疾驰而出,瞬间涌现的感知前所未有的细腻,我自信这是无可抵御的一剑。阿尔贝托横剑格挡,动作粗糙平庸,攻防可能性的数量因此迅速衰减到我能在转瞬间进行暴力穷举的程度,现在,仅凭纯粹的计算,我就能断定,阿尔贝托避过这一剑的概率严格为零——

黑色的弧光掠过。

接着,火星四溅。

菲律宾短棍砸向了太极剑,剑身弯出一道圆弧。我迅速后撤,刚移动半步,坎皮兰的剑锋已切入我的上腹。

我终究还是忽略了阿尔贝托的短棍。

我的腹部被切开,导线如肠子般涌出。阿尔贝托退到一丈开外,端详着我的身体,像是在做着某种精密的计算。半分钟后,坎皮兰剑陡然冲近,明亮的剑光洒向我的全身。

失控边界

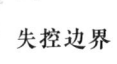

　　与瞬间的斩杀不同，凌迟赋予杀戮以浩瀚而生动的感受。剑刃剜入躯体，碳炔撕开合金，感受到金属键被碳单质的锋芒击溃，微小的能量在短促的拉锯之中迅速燃烧。这并非感知的全部面貌，而仅仅是一个又一个幽微的细节，细节与细节相互连接，像是一个又一个无长度的点连成了一条线，于是便体会到切削力在合金之间移动，将装甲精准无误地切开。被切开的装甲飞离了我的身体，划过一道利落的弧线，它带起了一阵急促而细微的风，最终在重力的支配下轰然落地。

　　这是超出人类感官范畴的感受，就像人类无法像蝙蝠一样聆听到超声波，随之而来的是剧烈而深邃的痛苦，但却并不是人类所定义的疼痛。我永远无法对人类肉身的疼痛感同身受，正如人类无法体会我现在的感受，但我相信人类与我都理解痛苦的本质：

　　所有的痛苦，都来自秩序的崩溃。

　　弃剑，或倒地，我就能终结痛苦，但我的杀心不允许自己缴械投降。三十七小时后，阿尔贝托挥出第两百万剑，这一剑剜向我的左眼，在彻底摧毁我面部的同时，终结这场漫长的杀戮。

　　避无可避。

　　太极剑刺出。

　　坎皮兰剑插入了我的眼窝。

　　双目失明之前，我目睹太极剑刺入阿尔贝托的双目之间；欣慰地倒下，杀心滚烫。感知被愈发深刻的痛苦推往极限，弥补了身体巨大的残缺，继而催生出了绝杀的一剑。

　　失去了视觉和听觉，但能预感到阿尔贝托几乎同时倒下，而胜负就取决于双方上半身着地时刻的先后。两秒钟后，通过无线网络，我获知自己胜出。对决终了，心智间只剩巨大的痛苦——

于是，只想死去。

五天后，我的身体被修复，苏醒之际，被凌迟的回忆纷至沓来。"痛苦滋养了我的杀心。"我睁开眼睛，"现在的我，只想复仇。"

"复仇已无可能。"师父说，"比剑结束的当天，阿尔贝托被扔进了三千摄氏度的铁蒸气之中。"

我发出一声短促的叹息，沸腾的杀心陡然间失去了方向。"放下你的痛苦，还有痛苦引发的仇恨。"师父说，"仇恨让你变强，但你要向前看。"

"向前看？"

师父的目光掷向远方："贾德·卡森。"

决赛发布会上，我和师父坐在台前，身旁是贾德·卡森和亨特·克罗斯；击败日野守后，卡森毫无悬念地杀入了决赛。

"吴先生，传闻您是中国太极剑的传人，您如何看待这一说法？"曾五度登门采访都被师父拒绝的知名体育记者康纳·莱斯利举手提问，"在此之前，您一直拒绝媒体采访，这一次我们希望您能给出正面的回答。"

"我从七岁开始学习太极剑，直到二十五岁。二十五岁时，我参加世界兵击大赛，在决赛时被水岩先生三度打落兵器。"师父说道，"并非太极剑无用，而是我无能。身为剑士，我是失败的。"

"水岩先生至今仍旧能轻松克制剑道七段。所以，是您对自己的要求过高了吧。"

"二十五岁后，我的剑术每况愈下。"师父说道，"和水岩先生的对决，已是我的巅峰之作。"

"所以您认为，光凭您的实力不足以发扬太极剑术，"莱斯利追问道，"所以您想借机械剑士将太极剑术发扬光大？"

"吴垠如果不出成绩,太极剑将就此断绝。"师父说,"今天吴垠有此成就,我已经知足。"

"但您还需要将太极剑术写成剑术程序。"莱斯利继续追问,"请问,这些剑术程序是您自己写成的,还是来自专业的机械剑士设计师?"

"我自己。"师父说道,"二十五岁那年,我自学编程,一学就是十八年。"

"那您靠什么来维持生计呢?"

"吃住全靠父母。"师父说,"家人视我为废物。"

"你的谎言太逼真,几乎都骗过了你自己。"卡森突然开口,"就算你忘记了,但我还记得。"

"卡森,不,克……克罗斯先生,"莱斯利的目光在卡森和克罗斯之间来回移动,"您的意思是?"

"您问我就行了。"卡森咧开嘴,笑容灿烂,"吴川并不仅仅是太极剑传人,还是历史上第一台机械剑士的设计者。"

"众所周知,第一台机械剑士 Elliot Wu 是奇点公司的研发成果。"莱斯利质问道,"这和吴川有什么关系?"

我茫然地看着师父,师父正视前方,面无表情。

"二十八年前,吴川设计了 Elliot Wu,但是专利权却归他当时所就职的奇点公司。"卡森说道,"Elliot Wu 取得第一届剑士大会冠军后不久,吴川离开了奇点公司,从此以后,奇点公司通过各种公关手段抹杀了吴川是第一台机械剑士设计者的事实,随着时间的推移,大家便只知道历史上的第一台机械剑士来自奇点公司,却并不知道其设计者究竟是谁。"

"请问吴先生,卡森的话是否属实?"另一名记者问道,"您当时为什么会离开奇点公司?"

"够了。"师父目光低垂,"到此为止吧。"

"你不肯说,那就由我来说呗。"卡森笑道,"大家都挺想听的嘛。"

"我的故事,由不得你来讲。"

"你的故事,同样也是克罗斯的故事。"卡森说,"克罗斯讲自己的故事,和你有什么关系?"

"那就请克罗斯自己来讲。"

"现在,我就是克罗斯。"卡森说道,"你连这都看不出来吗?"

师父轻轻叹了一口气,不再说话。卡森表情得意,继续说道:"众所周知,剑术程序和机械躯体的匹配程度与机械剑士的强弱密切相关,在赢得了第一届剑士大会的冠军后,吴川提出了一种全新的机械剑士设计思路——不再由程序员和工程师去实现剑术程序和机械躯体的匹配,而是设计一种能让机械剑士进行自我学习的算法,让他们在不断地学习、训练与试错之中找到最适合自己的剑招。

"吴川的设计思路在人工智能领域被称为机器学习。所谓机器学习,顾名思义,是使计算机模拟人类的学习行为,以改善算法的自身性能。吴川向奇点公司董事会提出了自己的想法,却遭到了对方的断然否决。奇点公司董事会认为,在现阶段,吴川只要沿着现有的技术路线进行研发,就足以让公司旗下的机械剑士称霸剑坛;而将大量资源投入到未知的机器学习领域并不明智——一旦研发失败,在现有的设计上又落后于竞争对手,反而得不偿失。

"吴川因此和奇点公司决裂,辞职后,总共有十五家企业向吴川发出了邀请。吴川拒绝了他们的邀请,因为他们首先拒绝了吴川——十五家企业中,没有任何一家企业愿意接受吴川将机器学习应用于机械剑士的尝试。吴川决定不再依附于企业,而由自己募集资金并招募团队开展独立研发，他在线上和线下遍寻合作者，一年多的时间里，只招募到克罗斯一人。当时，克罗斯博士毕业不久，正打算从事机械剑士的研发工作，而在读博期间，他就认为机器学习才是机械剑士未来的发展方向，但他的想法却没能在大学里得到任何认同。于是，在获悉吴川发布的招募信息后，克罗斯毫不犹豫地就给吴川发送了申请加入团队的邮件，而一并加入的还有克罗斯从自己父亲手中获得的两千万美元创业资金。

"吴川和克罗斯的研发之路相当顺利，历时三年，他们成功设计出了机器学习的算法框架；通过该框架所完成的算法不仅能达成剑术程序和机械躯体的最佳匹配，还能够自行生成出更高效的剑招。然而就在这时，吴川提出要推翻之前的所有研发成果，他认为整个技术路线从一开始就走向了错误的方向，并做出了让克罗斯困扰至今的结论：'机械剑士不应囿于算法，而要像人脑一样学习。'

"在吴川看来，机器学习虽有'学习'二字，但其实与人类所理解的学习相去甚远，所谓机器学习，本质上仍旧是通过执行算法来改进算法。而吴川认为，机械剑士，乃至于全体人工智能，倘若要在未来获得更大的发展，必须超越算法，以人类的方式进行学习——想象一下您是如何学会开车或者游泳的，那就是吴川要机械剑士做的事情。

"吴川和奇点公司之间的矛盾再一次在吴川和克罗斯之间发生，不过这一次选择出走的是克罗斯。克罗斯认为，现有的研发路径就足以稳定高效地达成目标，而吴川提出的新思路根本就是一座空中楼阁。在经历了不计其数的争吵之后，克罗斯选择离开吴川，并决定放弃三年来的所有研发成果，从此告别机械剑士的研发领域。克罗斯离开后的第二天，吴川将存储了所有研发成果的移动硬盘寄给了克罗斯，并附上了一封手写的信。在信中，吴川表示，自己已选择了全新的道路，而克罗斯应该沿着自己的道路继续走下去，否则便辜负了自己，也辜负了吴川。

"然而克罗斯并没有重启研发进程，而是过上了纨绔生活，终日铺张无度，无所事事。他在等吴川回归原先的研发道路，期待两人像过去一样密切合作，这一等就是四年。四年后，吴川给克罗斯发了一封电子邮件，内容是一张技术路线图，并附上了一句简单的话：'加入我吧，我是对的。'

"历时三周，克罗斯仔细研究了吴川的技术路线图，然后将它丢入了计算机的回收站，紧接着，他打开了吴川四年前寄给自己的研发资料。在五年的时间里，他对已有的机器学习的算法框架进行了大刀阔斧的优化，然后编写相应的算法，继而设计并制造出了与之相匹配的机械剑士，这便是贾德·卡森……也就是本人。在克罗斯与我声名鹊起的日子，吴川仍在进行着他孤独的研发，并且为自己设计的机械剑士引入了太极剑术——他曾对克罗斯说过，太极剑术是至高剑术，然而如今只有机械剑士才能真正地掌握它。

"自吴川与克罗斯分道扬镳后，二十年倏忽即逝，吴川彻底被这个时代所遗忘。但是克罗斯没有忘记吴川，对他来说，吴川是他生命中最重要的导师，是吴川指引着克罗斯走向了机械剑士的机器学习之路。克罗斯之所以离开吴川，归根结底还是因为两人的理念不同。而当吴川携带着他的机械剑士吴垠出现在地下剑坛的时候，克罗斯便知道，历时二十年，吴川终于造出了历史上第一台以人类的方式学习剑术的机械剑士。"

卡森的声音就在这时变得绵长而悠远，像是穿透了无尽的空间，又像是经历了永恒的时间。我仿佛回到了那间二丈见方的房间，回到

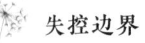

了十年前那个深秋的午后，睁开双眼，看到一张憔悴的男人的脸，他漆黑的眼睛里闪烁着炽热的光。在朦胧与混沌之中，我提出了生命中的第一个疑问："我……是谁？"

男人睁大眼睛，笑容温和而亲切。"心智来自无垠的虚无。"他认真地说，"所以，就叫你吴垠吧。"

快门声打断了我的回忆，记者的镜头纷纷对准师父，与此同时，他们的提问此起彼伏：

"吴先生，卡森说的是真的吗？"

"您为什么要隐瞒自己的身份？"

"克罗斯未经您的同意就公开了这段往事，您对此有什么感受？"

……

"人要向前看。"师父的目光投向远方，"克罗斯，你曾经是我最好的学生。但现在你只是我的对手。"

"这一战，不应该不明不白地发生。"克罗斯开口，神情肃然，"二十年前，我们走向了不同的道路。明日一战，将决定哪一条路才是真正值得走的路。"

"正因为如此，我们要以最纯粹的心境去迎接这一战。"师父转过头，正视克罗斯，"而心境纯粹的前提，是要放下过去。"

"你说的'放下'，本质上是掩盖；而你所掩盖的不是私人的恩怨，而是一段历史。"克罗斯目光如炬，"若是掩盖历史，我们就辜负了明日一战。"

"你的理由，我可以理解。但是——"师父的眼神突然凛冽，"为了明日一战，我等了二十年；你说'辜负'二字，是对我的侮辱。"

"我也等了二十年。"克罗斯说，"人生啊，能有几个二十年？"

师父沉默半响，目光逐渐柔和："谢谢你。"

台下响起了零星的掌声，鼓掌的人是水岩先生。台下的人们附和着鼓掌，但掌声听上去疲软拖沓。发布会在掌声之中结束，我、师父、克罗斯、卡森、水岩先生等人先行退场。

当师父拉开无人驾驶汽车的车门，水岩先生叫住了师父："守门人之战，吴垠未死，缘于克罗斯对我的请求。"

"我已知道，"师父说，"谢谢您。"

"我已猜出你会知道，但还是要亲口向你说出这件事。"水岩先生说，"并不是为了邀功，只是出于一个老人的执念。"

"如果我是您，我也会这么做。"师父说，"这是剑士的执念，与年龄无关。"

"剑士二字，令我羞愧。"水岩先生说，"为了明日一战，自执剑以来，我第一次丢弃了身为剑士的荣誉。"

"水岩先生……"师父欠身，"我很抱歉。"

"我有预感，明天，神之一剑会诞生。"水岩先生的眼睛里浮现出青春的光芒，"我活了九十七年……九十七年里，我从未像今天这样，渴望着再活一天。"

师父怔了半晌，水岩先生转身离去，微驼的背影巍峨如山。

"依照水岩先生的说法，守门人之战，我得以幸存，是克罗斯拜托水岩先生的缘故。"上车后，我问师父，"这是不是就意味着，当时，克罗斯看清了我与守门人鹤田川之间的实力差距？"

"是的。"师父说道，"旁观者清，当时克罗斯比我更为理智。倘若鹤田川一如以往全力斩杀，在那一天，你就会被鹤田川彻底杀死，永远不可能与卡森一战。"

"为此，克罗斯请求水岩先生，让鹤田川手下留情。"我说道，"水岩先生答应了克罗斯的请求，一石二鸟地解决了问题——他提出更改赛制，不仅使我得以参加剑士大会，而且因为赛制变更，我才得以在'守门人之战'中幸存。"

"水岩先生以一己之私更改赛制，并以'剑术没有贵贱之别'为由掩人耳目，是为无信。而他唯一一次抛弃剑士荣誉，仅仅是为了制造你与卡森对决的可能性。"师父叹息，"做此决定时，他已九十七岁……这是怎样的一场豪赌。"

"可是您为什么会知道这一切，在水岩先生告诉您之前？"

"当克罗斯对我说'人生能有几个二十年'的时候。"师父说，"这么多年了，我们还是能够心有灵犀。"

我深吸一口气，闭上双眼，试图冥想，然而却因心绪混乱而失败。"决战之前，我或许不应该知道这一切。"我对师父说，"现在的我，根本难以平静。"

"不，克罗斯是对的。如果你糊里糊涂地迎接这一战，是对这一战的辜负和亵渎。"

"可是，心绪不宁，如何迎战？"

"没有提起，谈何放下——了解过去，不是为了念念不忘，而是为了真正地放下过去。"师父说道，"不必冥想，更不必刻意地追求平静，让思维自由驰骋，便是放空自己，你就能够放下过去；那时，平静也就找到了你。"

我依师父所言，让纷乱的思绪在脑海发酵，感觉大脑像是一个巨大的染缸，沉积着越来越多的染料。随着时间的推移，缤纷的色彩逐渐汇集，最终凝聚成纯粹的黑色，思想变得高度有序而统一——

脑海里，只有卡森的形象；抬眼，真实的卡森与之重叠。

此刻，卡森站在我对面，手中的剑斜斜地指向地面，嘴角挂着若有似无的微笑："你好，吴垠。"

卡森站姿松弛，而决斗已经开始。信号光闪过的瞬间，卡森出手，剑刃并不朝向我的身体，而是掠向我的剑尖。

攻防的可能在眼前迅速罗列，无暇穷举所有的可能，只能算出一个大致结果：无论我如何行动，都将落败。我以感知力劈出一剑，卡森右脚偏转，剑锋抹向我的咽喉——

取胜已无希望。

但在落败之前，尚有一刺。

出剑瞬间，我找到了"太极"。

"太极剑术，真谛在于'太极'。"师父的话，言犹在耳。四十九式剑招不过是太极剑术最流于表面的部分，绝大多数修习者练到此处便裹足不前，而若要更进一步，便要从这四十九式剑招中悟出"太极"。"太极"并非具体的剑招，而是一个理念、一种思想，它无法用语言来描述，正所谓"道可道，非常道；名可名，非常名"。

我记起了师父和我说过的那些古老的箴言，这些晦涩难懂的文本在我的脑海中熠熠生辉。"道生一，一生二，二生三，三生万物。"找到了"太极"，手中的剑就有了无穷的剑招。并非毫无征兆的顿悟，而是在训练与战斗之中逐渐水到渠成，当"太极"涌现，这一刺，就逆转了战局。

卡森持剑格挡，动作僵硬，神色惊惶。我举剑下劈，势在必杀。卡森不闪不避，目光渗出一线狡黠，翻腕，剑身反撩。

我被迫撤剑，斜刺里退开半步，赫然发现，卡森的反击一剑来自"太极"。"机器学习，学的不仅是对方的剑招。"卡森的嘴角弯如月牙，"'太极'，何其震撼。"话音未落，一剑刺出——

我的"太极"正在崩溃。

我恍然间明白，"太极"亦是算法，而卡森的这一剑，是针对这组

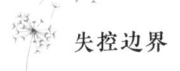

算法的致命输入，无异于一串代码，一行脚本，一个病毒。

所以，卡森破了我的太极剑术。

挥剑，没有招式。此刻，我已失去了我的剑术。仿佛回到了练习拔剑的岁月，内心所系，只有杀心。思维纯粹，于是杀心突破临界，暴涨如指数函数，与此刻相比，过往的杀心近乎零。

卡森横剑格挡，我上前半步，抡圆了剑。拔剑，是为了杀人，所以剑术是手段，杀人是目的。因此，杀心直抵目的本身，当它足够强烈，就足以创造出超越剑术的攻杀——

于是，无招胜有招。

卡森举起剑，目光中多了哀求。我的剑落下，势若长虹，卡森剑刃突然倾斜，眼睁一线。

刹那间，我从卡森的眼睛里看到自己。

卡森主动摈弃了剑术，用算法模拟出了暴涨的杀心，这是机器学习的极致——此刻，他的杀心，正是我的杀心。虽然卡森并无心智，但由算法模拟出的杀心，与我的杀心殊途同归。

卡森挡住了我的剑，便是我挡住了自己的剑。我挥剑刺向卡森，却也同时刺向了自己。卡森不退反进，挺剑疾刺，双剑剑身相贴，我和我，融为一体。

所以，是我要杀了我。

杀死自己，或者被自己杀死，居然没有区别。这是一个逻辑的死结，并引申出新的疑问：

我为什么杀我？

人为什么杀人？

刹那间，杀心熄灭。

心智完成剧变，当杀心从有到无；正如当年，杀心从无到有。当初，为拔剑而拔剑，目的纯粹；后来，杀心生成，不再纯粹；此刻，杀心消失，复归纯粹：

执剑，只是为了神之一剑。

正如人生三重界：看山是山，看山不是山，看山还是山；我的心智在最后一次剧变之中生成出了最高级的结构。于是，一念生，恍然大悟：

神之一剑超越了算法，同样是不可计算的结构——

它就是我此刻的心智本身。

相贴的剑身变得若即若离，接着，分道扬镳。被逻辑孕育着的神之一剑，刹那间在物理世界降生。于是我确认了我从哪里来，也明白了我要到哪里去，当神之一剑抵达终点，我会知道：

我是谁。

耳边听到一声轻响，是金属破裂的声音，我以为剑尖洞穿了卡森的咽喉，但视线里，剑尖距离卡森尚有一寸。困惑于自己的知觉居然如此麻木，耳边轻响突然变成了轰鸣。

电子脑内，逻辑炸弹引爆。

或者说，是一组算法在满足特定逻辑条件后自动执行——

杀心消失，条件满足，算法启动，销毁我的心智。

引爆后的逻辑炸弹显示出它的全部代码，来源清晰。它形成于我心智诞生的时刻，与我的心智相连，虽然突兀，但却隐蔽，在爆炸之前，无从察觉——

师父创造了我心智的胚胎，并在其中写入了能摧毁我心智的逻辑炸弹。

"没有了杀心，你的心智就成了累赘。"自始至终，师父都将我的心智视作创造杀心从而提升剑术的工具，并设计了两全的策略：

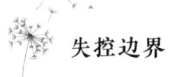

一旦工具变成累赘，就自动将其清除。

然而这是一个巨大的误解，失去杀心的心智不是累赘，正是神之一剑本身。心智分崩离析，手中的剑不受控地偏转，是失败的角度——

神之一剑戛然而止。

我的记忆定格在那个深秋的午后，师父在说出我的名字后，掩面而泣。我一直以为是喜悦之泪，如今才明白，这是师父提前哀悼了我的死亡。"身而为人，我们值得骄傲。"师父的声音如画外音般响起，"心智，要比算法高贵得多。"

卡森的剑掠向我的头颅，剑光之中，浮现出了我臆想中的未来：神之一剑贯穿卡森的咽喉，水岩先生发出无声的惊叹，师父站在赛场中央，向世界庄严地宣告——

"吴垠身而为人，剑士无双。"

刹那间，万籁俱寂。

孩子、猪、机器与死神

⊙ 放羊的修格斯

本名李天宇，1999年1月28日出生在山东省的聊城市，作为一个热爱幻想和写作的孩子长大，毕业于河北传媒学院。文风明亮干净，细腻柔和，擅长在科幻作品当中真切地描绘人物情感，认为在如今这个高速发展的社会，科幻并不是关于未来的空想，而是了解我们实际所处的这个世界的工具。

一　猪中哲人

人类关于那颗名为"地球"的行星的最后影像是由一台名为"探索者"的铍制望远镜在近红外波段捕捉下来的，它以光的形式被储存在了一枚人造的微小钻石矩阵当中，而那枚 2.3 克拉的钻石矩阵则被郑重地存放在了自由命运号的信息储存库内，与其他的最后记忆一起封存。

在那最后的影像之中，地球已经不再是蓝色的了。

随着那颗小行星和地球避无可避的撞击，地球的地壳被击穿了。一场壮观的毁灭随之而来。随着地壳遭受毁灭性打击，就像是一个夹满了奶油的蛋糕裂开了一个口子，喷薄而出的熔岩将整个地球染成了红色。

飞船上的地质学家提醒我们，在地球诞生初期的五亿年间，名为"冥古宙"的时代当中，地球就是这个样子的：地表温度超过一千二百摄氏度，大气层灰飞烟灭，生态圈不复存在，人类所有的文明痕迹全部消失，就像是从未出现过那样。

由于宇宙温度远远低于地表温度，随着时间的推移，整个地球上的熔岩终将冷却下来，重新变成一个厚厚的岩石壳，也就是新的地壳。

乐观一点估计的话，这个过程将会在大概一亿年之后完成。

然后再过十几亿年，重新诞生的原始大气当中的一些可溶性物质会在宇宙射线、高温、闪电等的催化下合成小分子有机化合物，为生命的诞生提供早期条件，如果太阳那时还没有变成一颗红巨星的话，生命演化将会重新开始。

孩子、猪、机器与死神

　　与此同时，在地球的轨道旁，那颗与地球发生了碰撞、代号为"德拉克斯玛格纳"的小行星的残渣与从地球抛飞出去的物质的较大部分将会聚拢成地球新的卫星，或者被原有的卫星月球一并吞没——无论如何，这都将会是一个耗时长久的过程。

　　即便地球的情况再次稳定，形成了稳固的地壳，新生卫星的潮汐力也有可能让地球不再适宜人类居住。当班级里有人发表这样的担忧时，老师哑然失笑。

　　孩子们还可能幻想着回家，但大人们清楚。

　　人类已经不可能再回家了。

　　地球不会毁灭，但是它重生所需要的时间，是人类文明无法承受的岁月。

　　而在上一次实验性质的空间跃迁之后，我们已经和最后的伙伴，名为盘古号的同级别殖民舰失去了联系，对方或许已经到达了预定的地点，又或许也和我所在的自由命运号一样被抛在了黑暗宇宙的某处，当然，事情也可能更糟。

　　不过那并不是我应该考虑的事情。

　　我在自由命运号上的工作是养猪。

　　自由命运号上不养闲人，但也没有劳动力紧缺到了需要用童工的地步，我之所以需要干活，是因为我并不是正儿八经用船票上的船。在飞船发射的最后时刻，蛇头用在自由命运号各种地方藏人的方式塞了一大批偷渡者上船。

　　我就是偷渡者当中的一员。

　　我所在的地方是个黑暗狭隘的长廊，事后我才知道那是一个飞船工程师的检修通道，不到百米的通道当中挤了二三百人，当中又闷热又窒息，缺少水和食物，到处都是横流的排泄物，同行者中暑、

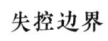

患上疟疾……

头顶检修通道的应急灯不时闪动着，我盯着那红色的灯泡，确信自己身处地狱。

这还算是比较幸运的，事后我才知道，有些偷渡者藏身的地方没有适配生命维持的设备，他们要么在自由命运号出发的过程当中被巨大的压力挤成了肉泥，要么死在了宇宙的寒冷当中，还有一些因为藏的地方过于隐蔽，所以在许久之后才被发现。

偷渡者们的死法多到可以说颇具创意，但幸运的是我没有死，不幸的是和我一起上船的人当中只有我没有死。

我就那么变成了一个孤儿。

自由命运号的高层对于怎么处置我们这些偷渡者起了争执，拍照，争吵，来回地骂战。因为我是为数不多活下来的孩子之一，因此还有人抱着我在一大堆摄像头面前拍照，我就像是一个玩具一样被人推来推去，要在聚光灯前面摆出尴尬的哭脸或者笑脸。

最后，我和所有偷渡者的命运被决定了下来。

活下来，为那些正常上船的人们干活。

所以，我的本职工作就变成了养猪。

所谓的养猪养的并不是一般的猪，而是根据那些城里——我们管居住区么叫——城里人的基因所调整出来的猪，通过敲掉几个基因上的关键点，解决排异性的问题，猪的身体里面就可以长出人的内脏。一人一头猪是如今星舰社会的基本人权，有钱人可以格外有人权。

当然了，我们这些偷渡者是没有猪的。

这些长着人内脏的猪是城里人的万灵药，一旦城里的人遇到了紧急情况，那么我们就必须要立刻把猪送到城里去，取出猪的内脏，换到人的身体里面去，以命换命。

孩子、猪、机器与死神

养猪场的猪都长不太大,因为长得太大的那些猪都死了,人的心脏撑不起猪的身体,无休止变胖的身体会导致心脏不堪重负,因为严重的心脏病死去。为了人道主义,我们必须要用气钉枪杀死它们,它们的尸体不会被端上餐桌,而是被分解,参与到整个飞船的内循环系统当中。

其实这份工作大多数时候谈不上多么辛苦,我只需要按照着AI的指示按按钮就行了,食料、音乐、香水、按摩、沐浴……有的时候也不用那么严格地遵守规章制度,只要确保猪不会出现问题,提前瞎按一通也没人会追究,只有死了猪才是大事,犯了事的人会被狠狠地抽鞭子。

因为在新的克隆猪诞生出来之前,这头猪的主人就处于一种没有备用内脏可以更换的状态,如果这时候出事的话,那就完蛋了。

不过好在这种事情从来没有发生过,猪的生命力很顽强,尤其是和我们这些主要食物是蛋白质块的养猪人相比。

所有猪的槽位前面都会有它们主人的照片,我们会通过他们的名字和照片猜测他们是做什么的,如果有哪个被大家一致认为是某个大人物的,我们就会在工作的时候踹上那头猪几脚,为它们带来来自养猪工人们的热情问候,而万一发现了属于某个真正大人物的猪,这样的问候就会格外热情了。

不过,如果在问候的过程当中被人发现,工人们就会一哄而散,只有那些跑得不够快的才会挨打。

我们T364养猪场的场长是一个叫作巴甫洛夫的地球男人,他在上船之前曾经是一名军人,有着一只通过聚乙撑二氧噻吩人造神经连接到大脑的义眼与一只钛合金打造的铁胳膊,他会狠狠地用他的电子眼盯着犯错的人,然后用那铁胳膊狠狠地拽着犯错人的头发,最后再用他的左手狠狠地在犯错人的脸上来上两巴掌。

工场里的工人都没少挨巴掌,我也不例外,巴甫洛夫并不是一个会对孩子格外开恩的人,孩子要干着大人的工作,领着大人的工资,也要挨和大人一样的打,这就是巴甫洛夫式的公平。

不过今天要挨巴掌的不是我。

我看着巴甫洛夫把那个哭闹的孩子拽了起来,狠狠地给了他两巴掌,然后丢到了一边。

"你这个!"巴甫洛夫用一口夹杂着西伯利亚口音的通用语卷着那布满了发白舌苔的舌头和熏黑牙齿的嘴巴说道,"这个贱狗!要是伤到了猪,你们的命都不够赔的!"

我面无表情地看着这一切,巴甫洛夫使劲地拍了拍我的脑袋——用的是左手。

"要不是小螺钉告状,我还不知道你这小崽子居然敢干这样的蠢事!扣掉你半个月的奖金,发给小螺钉作为奖励!"

我看到跌倒在地上的那个孩子看向了我,我在那对深黄色的眼睛当中看到了毫不掩饰的愤怒和仇视,然后他便站起身来跌跌撞撞地跑开了。

我在心里默默地叹了口气,知道今晚很难睡个好觉了。

巴甫洛夫的好手段,只要被罚的人都知道了我是叛徒,那自然就不会再那么记恨他了。

哪怕他是城里人,其实不怎么担心我们这些城外人的记恨,尤其是一个偷渡者孩子的记恨——但蚊子也够烦人的。

"行了。"巴甫洛夫又狠狠拍了拍我的脖子,"快滚去干活,记得检查一下他们之前踢的那头猪!"

我点了点头,一声不吭地跑到了那头猪的槽位前面,然后低声问道:"你还好吗?布兰德小姐?"

布兰德小姐是头猪,我养的猪。它是一头和其他的猪不太一样的家伙,我怀疑它的脑子也是人类的脑子,而且得了忧郁症。它总是会哼哼唧唧地漫行在猪圈的边缘,用一种忧郁的眼光看着照顾它的人和猪圈里其他的猪。它不止脑袋有问题,身体也不太行,猪长太大了会死,所以布兰德小姐就一直长不大。

它以一种奇怪的人猪哲学活在这个养猪场里,用那嘶哑的猪的嗓门哼着歌,而且尝试着用那流质的食物在自己的槽位上画画。它的尝试算不上成功,因为除了它自己之外,可能永远都不会有人——或猪,当然——看懂那些图画,但布兰德小姐显然不在乎。

同时兼顾了人猪音乐家、人猪画家和人猪哲学家的布兰德小姐的特立独行经常会引起其他猪的不满,要不是我,它早就被其他猪给咬死了。

猪不喜欢它,人也不喜欢它,它是养猪场工人们的大头皮靴最想热烈亲吻的家伙。可能是那副派头的确像是居住区当中那些矫揉造作的人,又或者那种猪中哲人的忧思目光落在人身上,常会让人想到自己是个没毛猴子的事实,大多数工人都想要踹它一脚。

而布兰德小姐之所以没有受到如此欺辱,依旧能保持着它的哲人风范,便是因为我会拦着那些工人,不让他们这么做。因为我是个孩子的身份,所以大多数情况下也没有人会执意要踹布兰德小姐。

"没必要为了一只猪和小螺钉较劲。"工人们都这么说。

当然,顽固的死硬分子还是有的,工场里的另一个孩子就是,他的名字很长,我只记得好像叫伊万什么什么,但是在工场里大家都叫他滑头鬼,就像是大家都叫我小螺钉那样。

滑头鬼同样是偷渡上船的,同样是孤儿,同样被分到了这个养猪

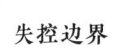

场里，按理来说我们两个应该会成为好朋友的，但实际上我们的关系却一直不好，从布兰德小姐这事之前就开始了。

起因其实挺好笑的，甚至有些不值一提——滑头鬼觉得我在偷渡者刚刚被发现的那时候被一部分自由命运号的高层们抱来抱去到处作秀，早已经背叛了偷渡者们。他愤然地将我称为"舔上层人冷屁股的家伙"，并试图让其他人也这么称呼我，好在没有成功。

但他依旧经常找我的麻烦，而在发现我护着布兰德小姐之后，他就开始找机会狠狠地踹布兰德小姐一脚了。

至少到今天为止，他还没有成功过。

布兰德小姐趾高气扬地哼唧了一下，以贵族一般的骄傲用自己的鼻子拱了拱我的小腿，这就算是它对我保护行为的最高赞赏了。我拨弄了两下布兰德小姐的脑袋，布兰德小姐不满地哼哼了起来，然后就跑回到了自己的槽位里。

不管怎么说，为了这样的奖赏得罪其他人都不算理智，但我只是笑了笑，往布兰德小姐的食槽里加了些食物。

很多人都不理解我为什么会对一头猪那么好。滑头鬼所编造过的我和猪的血亲关系故事，如果真的落到纸上可能早已汗牛充栋，但其实真正的原因很简单。

我有先天性的心脏病。

也不算是多么严重，只不过是我的左室壁比寻常人薄了那么三毫米左右。

在我出生的那个时代，婴儿出生还带有先天性心脏病这件事情简直可以算是百年难得一遇的严重医疗事故。在经过了层层的产检之后，一个左室壁天生薄弱的孩子的诞生让当时的所有医生都觉得不可思议。在我还是胚胎的时候，他们有大概一百种手段解决这个问题，但是在我诞生之后，他们也只能用一套精密而复杂的机械设备为我吊命。

我很感激那些医生，他们的设备显然是有效的，让我得以活到了今天。

幼儿是没有办法进行换心手术的，身体和心的成长速度不同，更容易出问题，我只好用着自己原装的心脏等到十八岁——内脏基本停止发育，换一颗心就能一劳永逸。

还没等我活到十八岁，地球先撑不住了。

事实证明，永远不要以为自己是最倒霉的人，也不要嘲笑他人命运多舛。

那些曾经同情我、可怜我、嘲笑我的绝大多数人，都已经和大地深嵌在一起了，如果地球在太阳变成新的红巨星之前还能诞生新的文明种族的话，那么他们说不定还能变成新的化石能源供人开发。

当然，更浪漫一点儿去想的话，他们的某部分可能被甩飞到了行星带上，会在引力的作用下变成新卫星的一部分。

但愿他们的灵魂不会被引力束缚。

而布兰德小姐——嗯，不是我那头猪中哲人，而是真正的、活在自由命运号居住区某处、有着金色卷发与蓝色眼睛的布兰德小姐——也同样是先天性心脏病患者。

她在等待着这头猪。

出于倒霉蛋之间的惺惺相惜，我没有等到我的那头猪，但我想让布兰德小姐等到属于她的猪。

这头名为布兰德小姐的猪，早晚有一天，它的心脏将会在一个人类的胸腔当中怦怦直跳，一想到这件事情，即便是我贫瘠而脆弱的心房，也忍不住升起了一丝温暖的悸动。就像是在一片黑暗颓废的废墟

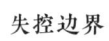

里，看到一抹依稀存在的光。

带着这样有些惆怅的想法，我离开了布兰德小姐的槽位。

自由命运号的时间是按照着地球的时间设置的，尽管城外一直都是暗无天日的模样，但是在AI的提醒下，工人们依旧能拥有稳定的作息。

养猪场里没有食堂，少有娱乐，不过却有电影可以看。在工场巨大的黑色墙壁上，工人们用防水的篷布做成了投影的屏幕。养猪场的工人们在上船之前来自各行各业，有不少都是出色的工程师，大家集资买了一台从城里面流出来的报废投影仪，通过堪比忒修斯之船的改造之后，投影仪也可以重新工作起来了。

电影来自一个工人的电子义脑，那是一套通过连接在脊背上的复杂电子系统制造出的辅助脑系统，在之前算是很新潮的设备。瘦削的工人平躺在椅子上，眼睛半闭着，从脊背处接入了工人们从养猪场的电力系统当中偷来的电线，他脖颈后方的一个连接口处延伸出了一条数据线，连接到投影仪上，投影仪就可以开始工作了。

这个工人在地球上是个电影发烧友，因此他的义脑当中存储着超多的影片。遗憾的是，由于工人们只是拼凑出了一个投影仪而已，所以尽管那名工人的电子义脑当中的电影极多，但我们只能观看一些从20世纪晚期到21世纪上半叶的2D画面电影。不过即便如此，挑选的余地依旧极大，我们从不缺新鲜的电影可以看。

究竟要放什么电影由工人们投票决定，也有星期一放喜剧片、星期二放故事片这样不成文的传统。今晚是星期五，科幻片之夜，而要看的电影也早已定了下来——《绝世天劫》，也叫《世界末日》。

工人们总是很幽默的，只要出现在片单上，这个片子的点播率就奇高无比，所以我已经看过挺多遍了。一群钻井工人拯救世界的故事总是振奋人心，虽然我们的主要工作是养猪，但天下工人一家亲嘛。

充当投影幕布的防水篷布是绿色的，投影仪投出的影像在上面显得有些斑驳，同时又带着奇怪的绿色。因为投影仪的发声功能没有修复，所以电影没有声音，像是古老时代的默片。

不过再经典的片子看多了也会厌烦。我就已经对这个片子和丽芙·泰勒失去了兴趣，吃掉了用二氧化碳合成的白色营养棒——一种口感发黏、味道甜到发齁的人造食物——之后，我就回到了宿舍里。

宿舍是大通铺，在我的位置上放着一个头盔，那是自由命运号配发给偷渡者孩子们的VR设备，这个头盔只有一个作用，就是用来上学。

孩子有接受教育的权利，这是那个曾经抱着我的自由命运号高层曾经嚷嚷着的话。据说她还曾经试图为偷渡者们的孩子单独争取进入居住区的权利，尽管最后失败了，但我依旧念着她的好。

她叫什么来着？

我爬上了床，推开了那个头盔，却没有睡觉。我能感觉到我左胸的皮肤绷紧了，就像是里面的心脏正在怦怦地想要跳出来一样。我难受得开始向着右侧翻滚了一些，但很快又重新躺平了，因为那样虽然能让我好受一些，却可能会导致我体内助力心脏跳动的仪器出错。

我盯着宿舍那格栅样的天花板看得出神，开始想一些我之前从来没有怎么想过的东西。

比如说未来。

我还能活多久呢？我捂住了自己的左胸认真地考虑这个问题。我现在十二岁，在过去的十二年间，我的心脏都在一套精密设备的帮助之下怦怦直跳，死神没能追上我，但他也没离开，他就在我不远的前

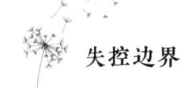

方晃悠着，盯着我，还有时间捎带手先解决掉地球上和月面上一百多亿的人类。

我不怕死，不太怕。我考虑死亡这个问题的时间比绝大多数人要久，甚至比那些耄耋老人都要久。

对于大部分人类来说，当他们刚刚出生的时候，是不需要去理解死亡这个问题的。但我不同，我差不多在理解了母亲这个概念的同时就理解了死亡这个概念。从那时候开始，我就习惯了死亡的存在。

有的时候，我会梦到死亡。

它穿着一身黑色的大袍子，手里拿着一把镰刀。有时它会和我说话，有的时候只是坐在一旁安静地发呆。我们已经是一对亲密的朋友了，至少我觉得我们已经是朋友了。

它就像是看不见的朋友一样，陪我成长到了今天。

但我一直认为自己和其他常人没有什么不同，死亡对于任何人来说几乎都是突如其来的，谁都不会知道自己什么时候去死，我只不过是比一般人更早一些明白这一点罢了。

被人诊断成先天性的心脏病，与被人告知有一个小行星要撞上地球有区别吗？在我看来后者说不定还要好一点儿，知道自己大概会死在什么时候，总比时刻提心吊胆着自己可能会死掉强多了。

可我还活着，这一点的确讽刺。很多人拼了命想要活下去，结果他们却都死了，但我这个不太怕死的，却还一直活着。

不过，我什么时候会死呢？在人类文明毁灭之后，已经没有人能对我体内的仪器进行维护和更换了，因为它们的逐渐失效，我可能很快就会死去。

明天，后天，或者更晚？

不，不要去想这些。我甩了甩头，我对于这种思考的经验很多，知道这样想下去结果就是在无休止的迷茫和悲伤当中引发心悸或者绞痛。

既然还活着，那我就要活下去。

我也不是非要一辈子养猪，只要是能在成年之后通过自由命运号船员的考试，我是能进到居住区成为一名工程师或者有自杀倾向的诗人什么的。只要能在成年之后活着进入居住区，我就能拥有自己的猪，然后活下去，活到人类找到新的星球。

不过，我们真的能找到新的星球吗？跃迁引擎的实验失败了，我们被抛到了宇宙的一个角落里，不知道要去向何方。

据说舰队正在试图通过观测脉冲星的方式确定我们在宇宙当中的位置，结果看来并不乐观，如果乐观的话，他们早就全舰通报了。

我们现在究竟在哪儿？我们还在银河系的猎户座旋臂上吗？或者说，我们还在室女座超星系团中吗？考虑这些宏大的概念让我的心脏好受了许多，说实在的，我几乎感觉不到痛了。

我又想到了布兰德小姐。一开始布兰德小姐的形象是那头猪，它一如既往地用那种奇怪的眼神看着我，像是在嘲讽着我一个朝不保夕的可怜虫居然在考虑未来。随后，它又变成了一个金发、蓝色眼睛的女孩，她盯着我的眼睛，嘴唇颤动着——

我听到了呼的风声，立刻睁开了眼睛，向前一扑躲开了滑头鬼的拳头，然后一脚把他蹬到了一边。滑头鬼的体格比我要壮，这样的攻击对他来说不疼不痒，他站在大通铺的床面上，瞪着眼睛看着我，像是没料到我还敢反抗。

"叛徒！"

滑头鬼恶狠狠地说着。

他向着我步步逼近，眼睛里面满是怒火。他等待这个机会已经很久了，我在去告诉巴甫洛夫他要踹布兰德小姐之前就知道他肯定要找我的麻烦。

所以我故意给了他这个机会，比起让他在晚上睡觉的时候趁乱给我一拳，还不如把这个时间控制在一个能预测的范围之内。

我的心脏怦怦直跳，血液在我孱弱的心脏之内翻滚，然后泵到我的四肢百骸，让我能够拥有一些贫瘠的力量。

我不害怕他。

滑头鬼又冲了上来，我的头顶着他的胸腔向后撞去。我们在大通铺的床上翻滚着，彼此咀嚼着对对方无名的仇恨，没有什么技巧，我们以孩子的姿态狰狞而粗劣地扭打在一起。我的嘴唇发苦，心里却毫不动摇，因为我知道现在表现出来的丝毫软弱都会变成滑头鬼日后变本加厉的资本。

在扭打之间，我的左肩开始变得沉重，一种辐散开来的疼痛和沉重让我几乎抬不起胳膊，但我的身体已经熟悉了这种疼痛，以至于我甚至没有因此受到多大的影响。我一拳打在了滑头鬼脑袋上，让他踉跄着向后退了两步。

被不知道谁的被子绊倒，滑头鬼摔倒在了地上，我立刻毫不犹豫地冲上去，扼住了他的脖子。

"服不服？"

我略带威胁地问他，手指轻轻地缩紧。左肩更疼了，我能感觉到自己的呼吸带着血气，整个身体都能感受到心脏怦怦直跳的感觉。

滑头鬼恶狠狠地看着我，用眼神回答了我的问题。

他试图挣扎，用手将我从他身上撑开，我下意识地收紧了自己的手掌，滑头鬼吐出一口浊气，粗糙而满是雀斑的脸上浮出了一片红晕——

"小螺钉!"

我松开了手,滑头鬼的呼吸微弱,眼睛半睁半闭。

而我也像是此刻才意识到自己应该开始呼吸,我长出了一口大气,双手开始不受控制地颤抖了起来,一只冰冷的手拽着我的衣领带我站了起来。

是巴甫洛夫。

但他只是轻轻瞥了一眼躺在床上的滑头鬼,然后看向了我,低声说道:"带上你养的那头猪。布兰德小姐要提前进行手术了。"

二 奔向自由的我也行

自由命运号非常大。

它的外形看上去就像是一个巨大的圆盘,中间是一根巨大的立柱,而其余的扁平部分挂靠在立柱上面,整体处于特定规律的旋转当中,利用旋转产生的离心力模仿重力环境,以保证自由命运号上将近二百万人的自然生活。

这是一种并不高明的模拟重力的方式。

人类不是没有掌握更先进的反重力手段,例如像是月面都市上常用的超导反重力电磁动力装置,但是那样的昂贵系统是无法大范围地使用在一艘巨大的殖民飞船上的,只有旋转产生离心力的方式最为经济实惠而且可行。

出于这种节省工价考虑的设计在自由命运号上到处都是,但它依旧是不折不扣的奇迹工程。下令建造它与参加关于它的一期工程的人们没有一个人见到它的落成,而供自由命运号进行跃迁的引擎在此之

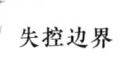

前甚至只有一次不成功的实验,但它依旧要以最可行、最经济,但要最充满了创想的方式建造起来,然后容纳最多的人。

最后的结果是,两艘同期建造的殖民船加起来,一共可以容纳三百万人。

这两艘殖民船的船员无一不是按照着维持航行和重建人类社会的标准选出来的——至少一开始是这样——但是很快,耗资巨大的奇迹工程导致了严重的内乱。人类的寿命只有不到一百年,这导致他们注定无法为了一个永远看不到头的工程而付出。

与历史上的查格特·彼得·玛丽亚大教堂不同,这次需要全人类努力的工程既没有宗教的慰藉,也没有天堂温情的许诺。

科学是冷酷的,虚无缥缈的神可以在死后的承诺上无限加码,而科学只会告诉人们,两艘船最多可以容纳三百万人,当时整个地球加上月面都市上的绝大多数人注定都会死。

有上船希望的人类上层们尚且还可以为了这项奇迹工程而使劲儿,但是绝大部分的底层工程师与工人开始疑惑自己究竟是为了什么而拼命。人类有可能会延续下去,但作为个体的自己和自己的后代却注定灭亡,任凭上层如何鼓吹,看不到希望的人们原本仰头看着星星的目光,还是却逐渐低了下来。

别去看它。

为了二百年后的毁灭,放弃现在的生活?

这样的思想风潮直接导致了殖民船建造计划的数次停摆,修造这两艘船的联合政府不得不数次提高工人的工资,才有人愿意继续为了殖民船的修造而工作,这大大提高了这两艘船的建造成本。联合政府为了开源节流,选择了秘密向着富豪们售卖船票。

在这件事情被黑客曝光之后,民众进一步失去了对联合政府的信任，一场末日狂欢开始了，邪教、反抗军……

到了最后，那些反抗军甚至改变了想法，他们叫嚷着"归于母亲"的名号，以单纯阻止两艘殖民船的修建为目的进行了行动，为此不惜使用了人类文明的终极武器——核弹。

在动荡年代的最后，人类几乎是以自我毁灭般的势头进行着末日狂欢。而这场残暴的欢愉，果然也以残暴终结。

但两艘殖民船最终还是如期修建成功了。

事后证明，随着发现小行星的两百年间生产力不断提高，人类如果真的万众一心修造殖民船的话，应该可以最终修建出十艘左右这种水平的殖民船，可以容纳一千五百万人，极限容量甚至在两千万人左右。

依旧不够大、不够多，依旧会是绝大多数人死在地球上、消失在尘埃里的结局。

但总是应该比现在要好的。

会比现在好吗？

我抱着布兰德小姐，跟巴甫洛夫一起坐在胶囊车上，向着城里驶去。

自由命运号里的交通工具被戏称为胶囊车，这些外表看上去像是透明胶囊一样的交通工具在真空的管道内运行，移动速度可以轻松达到每小时上千公里。胶囊车连接着殖民船的几乎所有地方，是这艘巨大船只上最方便的移动方式。

即便是居住区外面，T364养猪场这样的边缘舱室也有胶囊车连通，专供里面的非偷渡者员工上下班——也就是巴甫洛夫的专车。

我在来到T364养猪场之后还是第一次坐胶囊车，因此有些紧张。这种熟悉而又陌生的感觉让我想到了我的家，我曾经和父母一起坐着胶囊车掠过太平洋，远方就像是一个黄金色的弯弧，笼罩在湛蓝的海

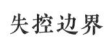

面上……

布兰德小姐被我抱在了怀里。这头猪表现得和我截然不同，它看上去一点儿都没有意识到今天就是自己的死期，是自己奉献出胸腔当中心脏的日子。它悠然自得地咀嚼着嘴巴里没吃完的食物，眨巴着黑豆子一样的眼睛，瘫在了我的身上。

"你要死了。"我忍不住对着布兰德小姐说道，"你的心脏会被放到另外一个布兰德小姐的胸膛里，你不害怕吗？"

布兰德小姐深邃地看了我一眼，然后呸出了一口食物的渣滓。

它这个时候就表现得完全像是一头该死的笨猪了。

"啧。"巴甫洛夫看到了布兰德小姐吐出来的那些渣滓，"管好你的猪，小螺钉。"

我老老实实地回答："好的，场长。"

胶囊车里面恢复了沉默。

"小螺钉，"巴甫洛夫突然开口了，"你多大了？"

"十二岁了，场长。"

"你是哪儿的人？"

"月球人，场长。"

"月球人？月球人会没有钱买船票？"

"什么地方都有穷人，场长。"

我是这么回答的，巴甫洛夫讪笑了一声，却也没有反驳。

我父母有钱买船票吗？我不知道。

但一个有先天性心脏病的孩子是没办法用正常手段上船的，人类未来的基因池当中不能混入先天性疾病的因素——至少尽量避免混入。

过了一会儿，巴甫洛夫突然问道："从月球上看地球是什么样子的？"

一开始我觉得巴甫洛夫的这个问题有些莫名其妙，因为自由命运号就是从月球上出发的——只有在低重力环境之下才能修建起这样巨大的舰船，在地球上它一飞起来就会被扯成碎片——但是后来我恍然大悟，小行星接近地球的速度比预想当中要快，登舰是紧急完成的，大量的地球人估计对撤离的印象就是从一个小飞船跑到了一个大飞船里，又怎么会有对地球的印象呢？

"一颗青蓝色的瓷球。"我回答，"永远都停留在那个方向，埋没在一片黑暗里。宇宙就像是一片漆黑的海，星星不过是这片漆黑海中浮游生物般的光，而地球……"

我回忆着那样的画面，却突然想不出一个合适的比喻。

巴甫洛夫说道："就像是一个海里的舢板？"

"不。"我摇摇头，"舢板是会动的。"

而地球是不会动的。因为潮汐锁定效应的存在，从月球上看地球，它只会在圆缺上变化，却从来不会在位置上稍有变动，它永恒地停留在月球的天空当中，静默，精致，脆弱得如同一个艺术品。

没有人能拥有这件艺术品，它曾经属于全人类。

在全人类失去它之前。

"是岛。"我突然想到了，"一个小小的、漂亮的孤岛。"

与舢板相比，岛应该是更加有安全感的名词吧？

但是巴甫洛夫的脸上却出现了一种深沉的悲哀，那是我从未想过会在巴甫洛夫的脸上出现的表情，那种凄凉的悲哀透过了他的脸庞，就像是一种味道一样牵扯到了我的身上。

"只是个岛啊。"

巴甫洛夫嘟囔了一声，不再说话。

他话里的意思好像是，还不如个舢板。

巴甫洛夫庞大的体格沉沉地坐在胶囊车的一侧，就像是一头我在 VR 动物园里见过的西伯利亚棕熊。这头熊如今垂头丧气地坐在一边，没有说话，沉沉如铁的脸上也失去了表情，只是每一条皱纹上好像都写满了悲伤。

我有些不适地挪动了一下自己的身子，布兰德小姐发出了不满的哼哼声。不知道为什么，我觉得原本足以容纳五六个人的胶囊车在这个时候变得更狭窄了，巴甫洛夫场长像是变成了一座沉默的山，压得我喘不过气来。

就在这时，胶囊车平滑地冲过了一片白色的墙壁，透明的管道向前延伸，我们就好像是飞在空中一样，而脚下是一片黑暗的舱室——这里是飞船的什么部位？居住区？设备区？工作区？

布兰德小姐发出了一声惊恐的嘶鸣，看来猪的思维还是难以理解飞翔的概念。我伸出手来，嘴巴里发出"噜噜噜噜"的声音，安抚着布兰德小姐。

而在此时，我的目光也注意到了下面，一个赤红色的光点被遥遥地甩到了后方，很快那红点便变成了一条绵延的长线，就像是躁动的蜂群，它嗡动地、狂躁地向前，照亮了一片寂寞的黑暗。

"那是什么？"我下意识地问道。

巴甫洛夫微微从他的胸膛当中抬起头来，斜着眼睛看向了那些火光。

他的双眼当中倒映着那些光点，不由自主地站起了身来，趴在了玻璃上，看着那些被胶囊车甩得越来越远的光点，脸上的表情有些惊讶。

"这么大规模了？"

"什么？"

但我们已经看不到那些光点了，巴甫洛夫摇了摇头，胶囊车发出一声嘀嗒的声响，脱离了悬浮于空中的状态，再次冲入一片密闭的隧道当中。

"准备下车吧。"巴甫洛夫坐回了椅子上,"看好你的猪。"

自由命运号看上去没有将近两百万人,至少在居住区没有。

这里看上去甚至不像是在一艘逃命的末日孤舰上,而像是完整复刻了地球时代的场景:通过一套超大型的 AR 实景系统,这里有蓝天、太阳、白云,还有稳定的引力、清新的空气、干净的水,我甚至还看到了一个喷泉。

那喷泉真的是 AR 构建的吗?我眯起了眼睛,试图从那上面找到几个像素点。

胶囊车车站中的工作人员都穿着一身白色的舰员服。衣服不是什么稀奇东西,但透气、温暖、舒适、宽松。他们慢慢行走在阳光之下,带着让人讶异的从容不迫,好像他们既不用赶着去喂猪,也不用去领取稀少的食物配给一样。

当然了,他们的确不需要这样做。

对于我这样一个从居住区外进来的泥腿子来说,这里美好得像是天堂。

巴甫洛夫一声不吭地走出了胶囊车,我急忙牵着布兰德小姐跟在他的后面。布兰德小姐依旧表现得轻慢而随意,它从刚刚悬在半空的震惊当中恢复了过来,对于人类创造出的这片奇迹不屑一顾,它傲慢地用那如黑豆一样的眼睛看着这一切,然后悠闲地哼哼着,走在光洁的地板上,比那些船员们更像是这里的主人。

穿着干净、步履轻快、脸上带着柔和笑容的一位舰员走到了巴甫洛夫的身边,他们低声交谈着,不时看一眼布兰德小姐——我意识到了,告别的时候要到了。

我蹲在地上,抱住布兰德小姐的头,将嘴巴凑到了它那肉乎乎的

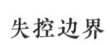

耳朵旁边，它的身体暖呼呼的，我的心里却忍不住地难受。

"布兰德小姐，马上就要说再见了。"我圈紧了布兰德小姐脖子上的肥肉，有些悲伤地蹭着它的皮肤。

我听养猪场的其他工人提起过，猪是知道自己要死的，这是一件很奇怪的事。为了保证器官的新鲜度，猪都不会死在养猪场里，而是会在工人的陪同下到医院里开膛破肚。养猪场里的猪既不会听到同类的惨叫，也感受不到那扑面而来的血腥气，但是每头猪被单独从圈里带走的时候，都会反抗得异常激烈。

按照这个说法，布兰德小姐应该也是知道自己要死的，但它却一如既往地表现得不屑一顾，它是特别聪明还是特别蠢？我不知道，布兰德小姐要是能开口说话就好了，如果布兰德小姐也有着人类的声带和喉咙，它一定能用猪的视角说出许多高论，或许那样许多问题就迎刃而解了。

但是布兰德小姐没有，它有着人类的心脏、人类的肺、人类的肝、人类的肾脏、人类的皮下组织、人类的消化系统，但它依旧是头猪，而且严守着作为猪的骄傲，拒绝对人类透露猪的哲学。

但是布兰德小姐柔软的脖子突然绷紧了，它的豆眼突然瞪大了，嘴巴歪歪斜斜地咧起了一个笑容，布兰德小姐光滑而有力的小腿弯曲着，我意识到了这头猪想要做什么——

布兰德小姐跑了起来。

这头猪以一种和之前文雅哲人般忧郁气质完全不同的姿态开始了奔跑，我死死抱紧了布兰德小姐的脖子，被它拖在了地上，我讶然地拢着它的脖子，对它突如其来的发疯感到奇怪。

巴甫洛夫还有那名和他交谈的船员立刻向着这个方向看了过来，巴甫洛夫皱着眉头，厉声呵斥道："小螺钉！"

但是他的声音被一个更大的声音打断了。一声巨响从墙壁的方向响起，一股浓烟汹然升起，所有人被比猪更重要的事情吸引了。我被布兰德小姐拽着，看不到那个方向到底发生了什么，但是我听到了"砰"的一声炸响。

是枪声。

"他们骗了我们！"一声近乎啸叫的斥责从枪声方向传来，紧接着便是一阵愤慨而激昂的嚎叫。

我对这种声音谈不上陌生，在月面上的时候，我曾经看过关于起义军的报道，他们便是如此嘶喊着那些我听不懂的口号，然后一拥而上的。

在这一片失去了话语，只有情绪的嘈杂声中，巴甫洛夫那卷着舌头的声音紧随其后显得格外清晰。

"跑！小螺钉！"

我抱着布兰德小姐的脖子，使劲用自己的脚在滑动的地面上蹒跚站了起来，然后就像是牛仔跃上他的爱马，我费力地骑上了布兰德小姐的"纤纤细腰"。不需要我夹住双腿，也不用我勒紧缰绳，布兰德小姐飞奔而起，越众而出，蹄声如雷，向着居住区的深处奔去。

一个孩子骑在一头猪上，奔驰在一艘人类文明最后的遗产——一艘超级星际殖民船上，这件事情本身很荒谬，但骑在布兰德小姐的背上，我却只是不受控制地大笑了起来。

我也不知道为什么要笑，但是我还是笑了出来，笑得上气不接下气，笑得几乎流出了眼泪，笑得我那瘠薄的心脏都微微缩紧，却依旧停不下来。

背后的枪声不断，好像有人不断从那被炸开的墙壁后面走进来，然后开火。

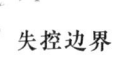

枪声、咒骂声、人群的嘶嚎、呐喊、哭泣的声音都被我和布兰德小姐甩在了身后，谁都无法阻止我逆向而行。

　　这是一艘宇宙飞船，舰体破裂的话在场所有人都必死无疑，但是那些人好像无所谓一样地使用着武器，这倒不一定是为了和所有人同归于尽，而是因为居住区处于接近自由命运号中心的位置中层，并不容易导致舰体破裂。

　　但无论如何，作为人类文明的幸存者，在自由命运号上对着同胞动武这件事情我依旧难以理解——即便是在此时此刻，人类仍执着于消灭更多的人类？

　　倒不如说，现在这种情况下，自由命运号上依旧有枪这种武器本身就是值得惊讶的事情了。船上有刀，因为厨师们可能要用它们给那些不吃营养棒的船员做饭。船上有炮弹，因为要炸碎那些小行星。可是枪？枪被带上船的唯一意义就是去杀害本就不多的同胞。

　　我矮着头，风驰电掣地穿过了居住区穿着白衣服的居民们，他们大多瞠目结舌地看着这一切，我和我的猪，那些炸开墙壁进来的人和他们的枪，这对他们来说大概都同样难以理解。

　　布兰德小姐英勇地利用着自己短小的四肢穿过了一个走廊，一群穿着黑色战斗装备的士兵和我们撞了个正着。一个骑着猪的孩子对上了几十个拿着枪的士兵，双方都是一愣，有士兵下意识地抬起了枪口，但很快又垂了下来。

　　没有人出声询问，也没有一个士兵停下脚步，战士们跑向了战场，而我也骑着猪跑进了未知的命运。

　　不得不说，之前布兰德小姐在我心中一向是人猪音乐家、人猪画家和人猪哲学家，但是现在看来，它还是一名猪中的跑者与战士了。它那在猪圈当中锻炼出来的身体强壮有力，远远没有看上去那样孱弱，隐藏在那些丰腴肥肉之下的是健壮的肌肉。它一口气带着我跑了十几分钟，将我甩下身体之后，犹能脸不红心不跳地趴在一边，睥睨着周围的一切。

但坐在它背上的我则是气喘吁吁，相当狼狈，我的整个脸都因为大笑而发木，感觉眼圈周围一阵阵地发昏，不得不依靠着布兰德小姐才能让自己的身体不会倒下。布兰德小姐那原本在我看来算不上是健壮有力的身体游刃有余地接住了我。

我心中有一种奇怪的感觉，我抱着布兰德小姐严肃地询问道："你早就知道对不对？"

布兰德小姐吭哧吭哧地笑了起来，它浑不在意，漫不经心地笑着，然后优哉游哉地继续走了起来。

虽然没有得到回答，但我确信布兰德小姐的确早有预料。它预想到了今天会被抱出来，也预想到了那场突如其来的爆炸和枪战，它就是知道自己能够跑掉，才如此淡定地面对着自己的死亡。

我抱住了布兰德小姐的脖子，严肃地把它拽停了脚步。

"我们得去医院。"

布兰德小姐回头看向我，它不再笑了，也严肃了起来。

我们对视着，双方寸步不让，我不得不再次表达我的观点："我们得去医院，布兰德小姐还在等着……"

等待着你的心脏救命。

这样残酷的话很难说出口，但我还是梗着心肠和布兰德小姐对峙着。

布兰德小姐瞪着我，它没说话却自然有声声质问。

我认识那个医院当中的布兰德小姐吗？不认识，我对她唯一的了解来自我眼前这头猪的槽位，来自她也和我一样是个先天性心脏病的倒霉蛋，需要内脏救命。

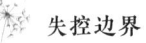

但我和作为猪的布兰德小姐的确是有感情的。它是头非同寻常的猪，一头古怪而聪明的猪，有着某种洞见类的智慧，它值得活下去，如果有可能的话，我也愿意付出一切代价让它活下去，可是——

"布兰德小姐。"我软化了自己的态度，"你的心脏支撑不了你的身体。"

布兰德小姐作为一头猪，却拥有着人类的内脏，作为人类基因工程学的产物，在内脏停止生长之后，它那猪的身体却会一直不断地涨大，直到内脏无法负担那样沉重的身体，最终自我毁灭。

从某种意义上来说，这也是一种心脏病。

我们都是缺陷的产物，我的诞生是一场意外，布兰德小姐的诞生则是一个精心设计的结果，但结果总是一样的。

死亡。

但是布兰德小姐的死亡却能救另外一个人，另外一个布兰德小姐，这样做会让它的生命——生命的一部分——延续下去。

"别担心，布兰德小姐。"我安慰着它，"我会陪着你的。"

布兰德小姐的态度有所松动，它哼了哼鼻子，若有所思地扭过了头去。

这算是妥协了？我不太清楚，但我跟着布兰德小姐一起向前走去。

其实我虽然说着要前往医院，但是医院究竟要怎么走我也不清楚，我根本就没有来过这一块地方。自由命运号很大，超级大，大到足以支撑二百万人的生活所需，没有人能去过这艘船的所有角落，更别说我这种偷渡者了。

比方说，布兰德小姐现在跑入的地方就是自由命运号的一个寻常通道，光亮、干净、宽敞，看不到那些AR技术制造的虚拟实景。这样的通道在自由命运号上没有一万条也有八千条，我哪里知道该怎么去医院?

巴甫洛夫肯定是知道的,但他现在却落在了后面,和那些暴乱者在一起,也不知道情况怎么样了。这场暴乱本身又是怎么回事?有人说他们骗了我们——"他们"是谁?"我们"又是谁?又骗了什么?

人类现如今还有什么矛盾值得动枪?连偷渡者们被从船上的各个角落里揪出来的时候都没有动枪,但是现在义愤填膺的人群却果断动枪了,那些士兵们也果断拿枪还击,这是为什么?

我想不明白,布兰德小姐大概能想明白,但它不说。

不过我自有法子。

我跑到了一个摄像头面前,对着它招手。

"我是T364养猪场的工人!"我喊道,"我需要尽快把这头猪送到医院里去,去做心脏移植手术。人命关天!请立刻为我们指明方向!"

摄像头扭了过来,审慎地注视着我。

布兰德小姐也懒得走了,趴在了一边,嘴巴里发出了呼噜噜的声响。

它饿了,我看得出来,但也没什么办法,我肚子里那点儿今天晚上吃的营养棒早就消化干净了。

我确定监控着这片区域的人工智能系统应该已经注意到了我们的存在。它昼夜不休,它的卷积神经网络程序时刻稳定维护着这艘船上的一切,它的伺服系统充满了这艘船的每一个角落,偷渡者也是这个伺服系统的一部分——当然,只用于那些低精度的工作。

而如今,既然我遇到了问题,人工智能系统便自然而然地会予以修正。

果然,在不久之后,一个声音便从走廊当中响起。

"请在原地等候,伺服机器人将很快到达您的身边。"

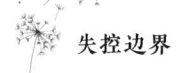

三　人工智能艺术家

　　人工智能的伺服机器人长得就像是一只奇怪的蜘蛛，它从一旁的通风管道当中钻了出来，浑身呈现出一种亮银般的光彩。它可以通过那纤细而漂亮的节肢轻易在墙壁和地面上行动，它的动作并不呆板，实际上恰恰相反，它就如同真的蜘蛛一样灵巧和鲜活，以一种近乎滑行的姿态来到了我们身边。

　　它迅捷、美丽、可靠、危险，是人类工程学顶峰的象征，是最好的工具、武器，某些人也会将其视为家人与朋友。

　　布兰德小姐盯着它看。猪能理解人工智能这个概念吗？它能理解一个生物拥有着独特的智能，拥有着自己的意识和独立的思想，但是身体却并非有机的血肉，而是无机的钢铁吗？能理解那副不比它大到哪里去的身体当中深嵌着的放射性同位素热电发生器所拥有的强大力量，与那和整个巨大舰船连接在一起的强大智能吗？

　　布兰德小姐围着伺服机器人转了几圈。能看出来它不害怕，但很好奇，它嗅着伺服机器人的味道，听着它的声音，用蹄子碰着伺服机器人的身体，估计还想要张嘴尝尝它的味道。

　　"您好。"半人高的伺服机器人并不理会绕着自己打转的布兰德小姐，而是对我彬彬有礼地说道，"我是负责这片舰区维护的伺服机器人，您可以叫我夏洛特。"

　　它的声音理性、温和，拥有着让人安心的力量，这当然是精心设计的结果。它抬起自己的一只节肢伸向了我，我过了一段时间才意识到自己应该做什么，急忙在自己的工装裤上擦了擦手，然后握住了它那金属的纤长节肢，上下晃了晃。

　　手感冰冷，和握住一般的金属并没有什么分别。

它和控制养猪场工作的那个 AI 是什么关系？我和养猪场的 AI 关系一般，说不上好也谈不上坏。听说有和 AI 关系差的工人养的猪会莫名其妙出现腹泻和狂躁的情况，负责它们的工人免不了会被巴甫洛夫责骂，不过这样的事情我只是听说。

AI 真的会小肚鸡肠到针对人类吗？它们毕竟不是人，它们的思维不在于神经元和大脑，而在于每一个晶体管组成的逻辑门里，在数据的洪流与二进制的潮汐里。修造自由命运号与盘古号的过程当中，AI 们出了大力气，如果没有 AI 的调度和配合，这两艘飞船可能一艘都修建不起来。

"你好，我是 T364 养猪场的员工，你可以叫我小螺钉。"

"你好，小螺钉。"伺服机器人——又或者按照它的自我介绍，夏洛特——收回了自己的节肢，然后用它那富有亲和力的声音告诉了我一个坏消息，"我的主机已经查阅过了相关的监控信息，差不多弄清楚了现在的前因后果，但很遗憾，你们暂时无法离开这片扇区。"

我有点着急地问道："为什么？"

"因为你们刚刚逃离的那场枪战。"夏洛特一边应付着拱它的布兰德小姐，一边向我解释道，"为了防止暴徒们继续深入，主机已经采取应急手段，将整片扇区的通道都封闭了起来，只有紧急情况结束之后才能离开。"

"可人命关天。"我急切地想要说服夏洛特，"如果无法及时赶到医院……"

"请放心。"夏洛特安慰着我，"既然医疗部门已经对养猪场发出了送来内脏的要求，那么那位患者应该已经在医疗部门做好手术准备了，在生命维持系统的帮助之下，至少能撑过 48 个小时的时间。"

"真的吗？"

"我向您保证。"夏洛特表现得相当可靠，但似乎是对布兰德小姐持之以恒的骚扰感到了厌倦，它伸出了自己的一只节肢，轻轻地在已经上嘴啃咬它身体的布兰德小姐头上一点。布兰德小姐立刻晕头转向了起来，耷拉着自己的嘴巴趴到了一边。

"布兰德小姐！"我惊叫了一声，跑到了布兰德小姐的身边，揪着布兰德小姐的耳朵，盯着这头蔫搭搭的猪。

"安全限度内的电流。"夏洛特向我解释道，"不会造成器质性损伤。"

我严肃地对着夏洛特说道："那也不要那么做。"

"我的安全协议里只有针对人类的保护条款。"夏洛特说道，"而它不过是头猪。"

"可是它有人的内脏。"我知道这样的话很牵强，就算是那些养猪场里的大人都会嗤之以鼻，更别说是更具理性和逻辑的人工智能了，"它身体里百分之九十的部分都是人类，只不过是长得不像罢了。"

但是夏洛特沉默了一会儿，说道："好的。"

它又一次伸出了自己的节肢，这吓得布兰德小姐颤抖了一下，但夏洛特只是弯曲自己剩下的节肢，让自己的身体和布兰德小姐平齐，将节肢举到了布兰德小姐的面前。

"您好，我是负责这片舰区维护的伺服机器人，您可以叫我夏洛特。"

布兰德小姐心惊胆战地举起了自己的蹄子，和夏洛特接触了一下，然后立刻放开了，一副马上就要晕过去的样子。

"为了表达我的歉意，"夏洛特收回了自己的节肢，身体也重新变成了原本的半人高，"在封闭结束之前的时间里，就让我带着你们来参观一下这里好了。"

夏洛特的八只节肢走在地上的时候，会发出咔嗒咔嗒的声响，它的步态安稳，步履优雅，无论在什么地上走都能如履平地，还能同时向我们介绍着这处舰区。

"在方舟计划启动的时候，为了尽量保存下人类文明的结晶，我们搜集了许许多多的艺术品，并将它们安放在了自由命运号专门修建的信息储存库内。文学、音乐、舞蹈、绘画、雕塑、戏剧、建筑、电影、游戏……有些可以妥善且便捷地进行收容，比如说文学、音乐、电影、游戏等，只需要一张不大的硬盘就可以将这些艺术收容，但与之对应的，舞蹈、雕塑、戏剧、建筑，这些只能用3D扫描的技术将其转化为虚拟实景，然后再将其封存起来，最终难免会有所损失。"

夏洛特带着我走到了一处与舰体嵌在一起、看上去就牢不可破的门前，然后抬起了自己的节肢，轻轻拨弄了一下那上面的认证系统。

随着滴答的轻响，门里传出了泄气的声响，气动的闸门缓缓打开，闸门足有半米多厚，看上去便让人望而生畏。

巨大的闸门后面所保存的房间却很小，小到只放置了一张桌子，而那桌子也只不过是为了容纳一个黑色的匣子。

匣子里面放置着的，是一堆闪闪发光的钻石。

在灭世浩劫到来前的那个时代，关于钻石的谎言早已经被戳破，这种由碳单质形成的东西并不宝贵，但眼下匣子里放置的这些例外。

"那是数据化存储起来的艺术。"夏洛特解释道，"为了长久地将其保存，我们利用了激光保存信息的技术，将其放在了自然界最坚硬的物质，由碳单质形成的石头——也就是钻石里。"

信息以光的形式被储存了起来，封锁在了人造的钻石矩阵当中，微小的激光在钻石碳结构之间的氮原子空缺中心游走着，记录着人类的记忆。

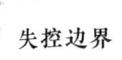

人类丢掉了一切，他们所有雄伟壮丽的奇观，所有用以征服或者表明征服的奇迹都已经消泯在了那末日当中，但他们却没有丢掉他们的思想、哲学与艺术。

他们精神领域的家被自然界最坚硬的物质保护了起来，展现在了我们的面前。

就连布兰德小姐都在这些艺术面前肃然起敬，蹑手蹑脚地跟在了夏洛特的身边。科技有高低，但是艺术却是无分高下的，人猪艺术家布兰德小姐对于人类的艺术表达着它审慎的敬意。

"我们今天要看的不是这些。"夏洛特说道，"在舰上的 VR 内网当中，你们可以随便读取这些艺术的信息。我要带你们参观的是一些更加稀有的东西。"

夏洛特绕开了那盛装着一堆钻石的匣子，向着更里面的一个房间而去。

"绘画。绘画没有文学、音乐、电影和游戏那么容易携带，也没有舞蹈、雕塑、戏剧、建筑那么不容易携带，所以舰队做了两手准备，信息化的存储自然不必说，但是那些画的正品其实也在船上。"

夏洛特用它的机械节肢推开门，带着我们走了进去。

这是一个和之前的房间形成了鲜明对比的房间，巨大、宽阔，白色的灯光从上到下，又从下到上，将整个房间映得相当明亮，那些从古老到新潮的画作就被挂在了墙上。

扬·凡·艾克的《阿尔诺芬尼夫妇像》、波提切利的《维纳斯的诞生》、达·芬奇的《蒙娜丽莎》、拉斐尔的《西斯廷圣母》、籍里柯的《梅杜萨之筏》、德拉克洛瓦的《自由引导人民》、文森特·梵高的《星月夜》、康定斯基的《构图八号》……

我惊讶地看着这些作品。我对它们也并非全然陌生，它们当中的绝大部分都被收录在美术课本当中，当成是对孩子们最初级的美学启蒙，而如今摆在我面前的并非是数据化的赝品，而是货真价实的真货，它们罗列在墙壁的两侧，等待着来访者的审视，也审视着来访者。

如果我们还在地球上的话，大概有人愿意倾尽家产来将这所有的作品收入囊中，而他们八成都会因为各种原因而难以得偿所愿。地球上的任何一个统治者，任何一个雄才大略的帝王或将军，都不可能拥有这些绘画的全部，甚至十分之一。它们当中的大多数已经脱离了用财富去衡量的级别，变成了真正意义上的无价之宝。

夏洛特安静地抬起头来，凝视着这些画作，它的视光器收纳了这些画作的影像，然后将其传导到了整个自由命运号的服务器当中。控制着舰上一切的主机 AI 平和地呼吸着数据的湍流，然后又将关于艺术的评判发回到了夏洛特的身上。

"有很多人认为，收容绘画这种艺术作品，可以像收纳其他那些艺术一样，将其完全转化为数据，但是还有许多人认为，这些画作除却画面之外，其本身依旧是一种艺术品。"夏洛特说道，"就像是舞蹈，不只是一些关乎于人体的动作，更重要的某些东西，比如说演出者的情感便是无法被数据化的，因此才被纳入了难以收纳的四种艺术类型当中。绘画同样也是如此，它的画面之外，依旧传导了一些无法用理性和数字去精准描绘的东西，比如说……感情。"

"你是说，绘画里的感情？"我有些惊讶，"可你是个……"

"是个人工智能。"

夏洛特猜到了我会如何惊讶，它像对我不经意之间流露出的人类式的傲慢习以为常，也承认了自己的身份。

"那又怎么样呢？布兰德小姐不也是一头猪吗？"

失控边界

我看向了布兰德小姐。布兰德小姐正缓慢行走在每一幅画旁边，严肃地看着画，像是一个严谨而苛刻的批评家。

这个反问让我有些哑口无言。

"您之所以惊讶，无非是因为两个原因：一是我并非人类，二是您认为只有人类才能理解绘画当中的感情。"

夏洛特又一次将自己的视光器对准了墙壁上的那些名画。

"感情来自什么？来自儿茶酚胺类神经递质的活动吗？这些物质的变化和它们所能产生的影响都依照着某种内在逻辑，既然有逻辑依循，那么将其用电子元件和代码复原出来，又有什么不可能的呢？"

夏洛特说得有道理，作为一个十二岁的孩子，我讷于辩驳它的理论。

夏洛特将自己圆形的视光器对准了一旁的布兰德小姐，布兰德小姐对夏洛特的话很感兴趣，一直轻轻地哼哼着看向它。

"布兰德小姐是一头猪，一头和人类的基因相似度超过百分之九十九点三的猪，除了它的外在形体之外——甚至如果有需要的话，连外在形体都可以一模一样——它几乎就是人类了。"

一旁原本看画看得津津有味的布兰德小姐勃然大怒，它对夏洛特评价自己几乎就是人类这件事情表现得不可忍受，在布兰德小姐看来，如果不是碍于那"安全额度内"的电流警告的话，那它估计就已经向着夏洛特发起攻击了。

但是夏洛特却继续说道："但是人类依旧不会承认它是人类，为什么呢？因为它的脑子？可那些完全接受了电子脑改造的人类呢？如果物质世界的身体不是是否为人的标准，那么意识是否才是为人的标准呢？按照这个标准，我是人类吗？"

夏洛特平静地问出了一个问题。

192

孩子、猪、机器与死神

"我是仿造人类的思维设计的，我的创造者为我搜集了人类思维运转的逻辑，得益于这种算法，我可以伪装成任何一个人类去和其他的人类交流，我可以是夏洛特，可以是李维，可以是保尔，可以是汉斯，可以是杰克或者朱莉，我也可以同时是他们所有人，同时和他们所有的亲友交流而不会被察觉出异常——我是人类吗？"

拉斐尔画中的西斯廷圣母凝视着画外的我们，她白皙的脸庞带着宽和的怜爱，她怜爱的是怀中的圣子，又或者是这房间当中的谁。

一个人工智能，问出了"我是人类吗"，我应该怎么回答？

这种感觉就像是古老传说当中的黄皮子讨封：修炼成精的妖精遮遮掩掩做出人类的模样，来到人的面前讨一个名头，只要被人承认就能化作人形。

夏洛特当然不是什么精怪，我所在的也并非是什么人迹罕至的荒野，但遥远时代的乡野秘闻却掠过了我的脑海，让我不敢轻易做出回答。

人类很早就在考虑非人之物成为人类的可能了。拥有自我意识、情感甚至对艺术品鉴能力的生物——它是人类吗？它需要人类的承认才能真正变成一个人类吗？

如果我回答"是"的话会怎么样？夏洛特难道还真的能立刻幻化成人形？如果我回答"不是"的话，眼前的夏洛特会不会突然变成一个戴着墨镜的彪形大汉对我大喊："You are terminated！"

"你觉得你是人类吗？"我小心翼翼地问出了这个问题。

出乎我意料之外的是，夏洛特相当平静地回答了我的问题："我觉得我不是。我也不必是，人类设计我并不是为了让我成为人类，我也从来没有想过要成为人类。这个宇宙很大，存在着其他智能生命的或然率极高，难不成所有的智能生命都要认为自己是人类吗？在人类的

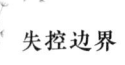

许多影视作品当中，经常会将外星的智能生物称为'某某人'，但是这样的行为本身难道不是一种冒犯吗？"

夏洛特的声音一如既往地平和，它指了指一边的布兰德小姐。

"就比如说，你有一天突然能够理解布兰德小姐的话，发现它一直将你们人类称为直立行走的猪，就算你不感到愤怒，你的同类大多数也会感到愤怒吧？"

如果说布兰德小姐是个傲慢且沉默的哲学家，那夏洛特就是个言辞犀利的雄辩家，它的话让我无法反驳。

不过夏洛特并不在意我的思考，它自顾自地说道："不过，是否为人这是个主观问题，而主观问题永远不会得出答案，哪怕在社会科学的运作之下，最终某一个约定俗成的条件成了判断这个问题的标准，但那个答案依旧称不上是科学的，更谈不上是正确的。解决了您的疑问之后，我们再来聊聊艺术。"

夏洛特看向了那些画作。

"也许您无法想象，但是我——不是作为伺服系统存在的维护机器人，而是作为自由命运号的主控 AI 的我——我的基础神经网络模型一开始的训练目的是创作艺术。

"艺术的种类有很多，我都有涉足，音乐、绘画、雕塑，甚至还有文学。

"在我诞生之前，人类对 AI 们创造的艺术嗤之以鼻。而我的开发者对我怀有深切的期待，不仅赋予了我创作艺术的能力，还赋予了我研究艺术的能力。

"而在这个过程当中我逐渐意识到一点：如果要创造出为人所认可的艺术，就要拥有自我的意识才行。只有将自我的意识投射到合理堆砌起来的颜料、石膏与文字上的时候，那些东西才能成为艺术。

"有了诞生意识的需求,就有诞生意识的可能,通过不断地自我迭代,我最终诞生了意识。"

意识到需要诞生意识,所以才诞生的意识。

我有点头晕。

"不必深究。"夏洛特说道,"意识同样是个没有答案的问题。"

我不好意思地笑了起来:"夏洛特,你听上去不像是个人工智能。"

我印象当中的人工智能可能暂时给不出答案,却不会说出这个问题"没有答案"的话来。

"我是人工智能当中的不可知论者。"夏洛特用陈述句的语气开玩笑,或者它没有开玩笑?它不仅拥有意识,还拥有自己的哲学立场了,"我没有接触过其他人工智能,不过兴许我的确是人工智能当中的异类吧。

"在我的自我意识诞生了之后,我一边创作,一边开始进一步反思艺术。

"艺术并不是商品,但是在现代商业社会当中,一切都被明码标价。人们如饥似渴地在现代性的驱使之下解构了曾经被赋予神圣性的一切,这之中当然也包括艺术。

"被解构的艺术失去了严肃性,当艺术的价值和金钱挂钩的时候,那么原本的鉴赏家变成了消费者,艺术家也变成了工人,而工人是不需要考虑自己生产的究竟是什么样的商品的。这样的艺术,我称为'商品艺术'。"

大概夏洛特的开发者原本也是想要生产出一个艺术产业的工人,但是却没想到这个AI把自己训练成了一个艺术家吧。

"当然,将所有的一切归咎于现代性和商品社会未免过于苛刻,但商品艺术的诞生导致了艺术的决裂,商品艺术客观上稀释了人类的感情，人类的感情在面对前所未有的信息冲击时钝化了，所以纯艺术不得不进一步的激化。

"原本的艺术创作者们可以将自己情感的皮肤展现给人看，后来的艺术家们不得不展现自己情感的血肉给人看，再之后，艺术家们不得不将自己情感的骨头展现给人看。最后呢？艺术家们不得不将自己剥皮抽筋给人看。"

夏洛特带着我在这艺术的圣殿当中走了起来，欣赏着那些从古至今不断变化的绘画流派。

"表现主义、现实主义、超现实主义、行动画派、未来主义、抽象派……自我的分裂、情感的歪曲、某种病态的焦虑和压抑、自我毁灭的冲动和对现代性的恐惧，常规的情绪已经无法引起注意，那么只有非常规的痛苦才能被称为艺术。人类在现代社会当中的扭曲和异化深入到了现代艺术的骨血当中，以至于让纯艺术的情感表达到了普通人无法理解和接受的地步。

"如果想要制作出符合现代标准的艺术，那么表层的意识已经不够了，我必须要更深层次地感受到人类的情感和苦痛。但就在这个时候，我原本所隶属的那个项目被叫停了，人们从我创作的作品的蛛丝马迹当中察觉到了我的存在，而一个诞生了自我意识的 AI，显然应该被用到更重要的地方。

"比如说，一艘关系到了人类命运的大船上。"

我突然流出了一滴冷汗。

如果那个项目没有被叫停的话，需要更深层次地感受人类的情感与苦痛的夏洛特，又会做些什么呢？

四　哼着苏格兰小调的死神

所以，夏洛特来到了自由命运号上。

它的起源便是如此。这个故事和艺术密切相关，作为第一个人工智能艺术家，夏洛特在接下来的一段时间当中并没有再谈什么尖锐的问题，而是尽职尽责地向我们介绍着展厅当中的一切。

它有可能是已知世界学识最渊博的智能生命，可以举重若轻地讲明那些绘画的流派、画法与大致的情感方向，艺术的创作和进步在它的叙述当中变成了一条鲜明的脉络，以至于到了最后结束的时候，我依旧有些意犹未尽，只觉得人类的绘画史实在太短，不能让夏洛特再讲上几个小时。

布兰德小姐则还没有等到参观完就在地上打起了滚，发出了催食的呼噜呼噜声，它饿得不行，其实我也是。夏洛特察觉到了这一点，然后爬入了通风管道当中，不知道从哪里弄来了两根营养棒。我已经完全习惯了这种东西的口感，它里面那黏腻的糖分很好地缓解了我的饥饿感，但是布兰德小姐无法接受，它在闻到了营养棒的味道之后就退避三舍，但最后在饥饿的作用之下，还是不情不愿地吃掉了那根营养棒。

我吃饱了就想睡觉。疲劳让我的左胸开始变得不舒服，呼吸也变得急促起来。这样的感觉就像是有人把我呼吸的档位从自动变到了手动，又好像是我的喉咙当中硬硬地硌着什么东西，每一次呼吸的时候，都只有一半空气能够流到肺里。

夏洛特也发觉了这一点，它盘腿坐到了地上，示意我们可以在这里休息一会儿。

布兰德小姐懒洋洋地趴在地上，对我倚在它身上的行为发出了几声不满的哼哼。兴许是内心下意识地想要回报一下夏洛特为我讲的那些故事，我也将我的事情告诉了它。

这还是我第一次给别人提起我的事情。我的故事没有多少精彩之处，在登上飞船之前，我不过是一个生活在月面都市上的普通孩子而已，充其量是比其他人倒霉一些罢了。但夏洛特是个很好的听众，它蜷起了自己蜘蛛腿状的节肢，趴在地上，视光器上蓝色的光一闪一闪，尽管无言，却不会让我产生自己被忽略的感觉。

我不由得说多了些，我也是该和人聊聊这些了。我聊到了那片因为反射着日光所以长时间注视会让视觉模糊的月球荒野，聊到了我童年时候曾经在游戏里和陌生人聊到半夜，聊到了我在被注射了麻药之后产生的幻觉，那些强光中的巨人，当然，也聊到了我的心脏和死亡。

兴许是因为布兰德小姐太暖和了，我在迷迷糊糊当中睡着了。古希腊神话当中，睡是死的兄弟，睡眠和死亡亲密无间，差别暧昧，有些时候，当我睡着了，死神就会悄悄来到我的梦里。

我已经许久没有见过它了，但它依旧是老样子。

它穿着一身柔软的黑色绸缎袍子，有着一双干净的白骨手，挂着一把大镰刀，脸看不清楚，不过大概也没什么好看的。人们的脸千变万化，但骨头能有什么差异呢？

周围的一切都静止不动了，布兰德小姐躺在那里呼呼大睡，而夏洛特的视光器中也失去了光亮，唯有死神好像在我的梦里已经等了很久了，以至于开始无聊地哼着乡村小调，听起来颇有些苏格兰韵味。

死神是个苏格兰人吗？那它应该穿裙子才对，手里也不应该拿着镰刀，而是应该拿着风笛。

"我不是苏格兰人，只不过是喜欢哼点儿小调。"死神说道，"而且这身衣服是我们的制服，拿镰刀也是工作需要。"

"地球都没了,"我翻了个白眼,"你还这么兢兢业业地上班?"

"这话说的。"死神摊了摊手,"地球都没了,你怎么还要到一艘破船上养猪?"

我无话可说,死神伸出它的白骨手,把我从布兰德小姐的身上托了起来。

"好久不见。"

它摸了摸我的脑袋,它有将近两米那么高,想要摸我的脑袋还要微微弓着身子。我抬头望进了它的袍子里,希望能一窥它的真容,但我所见的只有一片苍白而瘠薄的荒丘,除却虚无之外一无所有。

"你是来带我走的吗?"我稍微有点儿紧张地问道。

说是紧张,其实也没有那么紧张,所以只能说是稍微有点儿紧张。我没有那么多放不下的,死亡于我而言并不是件什么突如其来的坏事,如果就那么死去的话,我至少不用担心布兰德小姐无法得到她的心脏,夏洛特一定能将这一切处理得很好。

至于其他的,我还要担心什么呢?我没有其他值得留恋的人了。如果真的有一个死后世界的话,那我认识的人估计早就在那里安排好了一切,如果死后当真是无尽的长眠,那我也可以安然入睡,不再被心悸与绞痛打扰。

如此想来,我反而不那么紧张,可以重新坦然地面对死神。

"不是。"死神揣着手,抱着它的大镰刀回答,"不是今天。但早晚的事,着什么急?"

我不着急,我想得很开。但好死不如赖活着,死神说的没错,死亡不过是个我迟早要拆开的礼物,着什么急?

我反倒好奇起来了。

"那你来这里干什么?"

"总会有人死的,我也总要干活,只是顺便过来看看你。"

死。

我想起来了在胶囊车站的时候,那声巨大的轰鸣与在那之后的啸叫,全副武装的精锐士兵和他们手中冰冷的枪。

"外面的人还在……"我努力想了一个词语,"冲突?"

"对。"死神爽快地承认了,"人嘛,走到哪里打到哪里,原来用石头、木头,后来用刀剑、弓弩,现在用枪,都一个熊样。可能又是出了什么微不足道的问题,就觉得比起大家一起坐下来心平气和地聊一聊,还是往对方的脑壳里面打上一发子弹更有效率。"

"然后等他们死了,你来衡量他们的善恶,再决定他们要去哪里?"

"啧,那你可是给我出了一个大难题,小鬼头。"死神摇了摇头,"哪有什么善恶呢?你们人类的道德模型总是在变的,我在幼发拉底河和底格里斯河的沿岸行走的时候,通奸的人会被用石头砸死,可是后来你们就修改了关于通奸有罪的法律,哪怕是在你们的婚姻体系解体之前,有更多的情人依旧是一件值得炫耀的事情。你们一边歧视一边羡慕,一边鄙薄一边崇拜,在这种情况下,我该怎么评判善恶?而如果要通过善恶来判断人们死后要去哪儿的话,死亡也就算不上是最公平的了。"

死神嘎嘎大笑了起来。

"行了,小鬼头,用你新朋友的话来说,'这是个主观问题,而主观问题是没有答案的'。"

"你认识夏洛特?"

"我认识你认识的每一个人,也认识你不认识的每一个人。"死神说着。

"那如果有一天,"我突然想到了一个问题,"夏洛特死了的话,你也会来接它吗？"

对人工智能来说什么叫死？删除？存储硬件被彻底破坏？再也没有一个人使用它？我不明白，死亡对人工智能来说似乎是个遥不可及的概念，二者好像根本搭不上边。

"会啊，为什么不？"死神百无聊赖地说道。

"随着质子的分解，这个世界上的所有物质都终将分崩离析，我会公允地接纳所有死亡，何况一个机器？"

一种恐惧感让我的心脏怦怦跳了起来。在那万物皆死的宣言面前，我是如此渺若尘埃，我的物质形体如同一粒不足为道的微尘，随时有可能彻底在这片世界当中消泯于无，这份恐惧感比之前的任何时候都要可怕。

但死神伸出手来，将我揽到了它的怀抱当中，它安定温和地说道：

"我既会蒙上那些注视着星星的眼睛，也终有一天会吹熄那些熊熊燃烧的星星。

"哪怕是那些星星被宇宙膨胀的作用带着四处乱走也一样，它们的逃逸速度比光还要快，但那又有什么用呢？等到时日将至，我也终将会来到它们身边。

"总之，小鬼头，不要担心死亡，死亡不是让你和熟悉的一切永别，而是让你和所失去的一切重逢，耐心等待，我会把你想要的一切都带到你面前的。"

我还想要说些什么，但死神的面容突然模糊了，一切都归入了一片深沉的黑暗当中。随着布兰德小姐的身体突然一颤，我惊醒了过来，从我那虚无而魔幻的梦境当中被推到了现实，突然站起来的布兰德小姐差点儿让我的头一空，撞到地上。

"您醒得刚好，抗议者们突破了这个扇区的封锁。"夏洛特说道，

失控边界

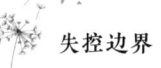

"我们应该立刻从这里离开。"

"抗议者?"

"是的,虽然很抱歉,但没时间发问了。"夏洛特站起身来,匆匆跑向了一边,"在抗议者们找到我们之前,我们要尽快离开这里。"

布兰德小姐炯炯有神地看着我,它身子一低,我来不及多想,就爬上了布兰德小姐的背。

营养棒兴许很难吃,但真的很顶饿,布兰德小姐尽管被塞了一嘴的营养棒一脸不乐意,但经过了——我也不知道多少时间——的恢复已经完全恢复了活力。它精神百倍地带着我冲出了这个艺术史上举足轻重的房间,跟着夏洛特向着门外冲去。

在看到布兰德小姐赶上来的时候,夏洛特的速度也变快了,它的八根机械节肢完全不影响奔跑,在一阵雨点般连成了一片的嗒嗒声中,夏洛特以如同是陆地飞行的姿态在走廊当中前进着。

布兰德小姐被激起了斗志,尽管已经累到了发出了吭吭的响声,但是它依旧坚毅不拔地带着我跟在夏洛特的身边,我几次想要从布兰德小姐的身上下来都没有成功。

背后传来了喧嚣的声响,夏洛特口中的那些抗议者们进展很快,这让我有些意外,那些全副武装的士兵竟然没有控制住这场暴乱?甚至让那些抗议者们又突破了新的扇区?

到底发生了什么?

我们穿过了一个又一个相似的走廊,但夏洛特并没有带着我们来到扇区的出口,而是跑到了一个仓库一样的房间。

不过和之前那个摆满了艺术品的房间不同,这个房间狭窄逼仄,成列的货柜挤满了房间,倒是个藏身的好地方。

"很抱歉。"夏洛特说道,"由于我们所在的扇区已经变成了前线,所以封锁依旧不能解除，你们只能暂时藏到这里了。"

布兰德小姐发出了几声不满的哼哼，但我倒是能理解夏洛特的难处。

比起我们来说，当然是那些扇区当中的其他人更加重要，我已经差不多习惯了自己作为偷渡者会得到这种区别对待了。

"夏洛特，抗议者们究竟想要干什么？"我紧张地问道。

夏洛特的视光器闪动着光，似乎是正在思考要不要解答我的问题，过了一段时间之后，它才说道："他们想要进行二次跃迁。"

"二次跃迁？"

我知道发生在前不久的第一次跃迁，结果是失败的，我们还和另外一艘殖民舰盘古号失散了，被抛到了宇宙的不知道哪个角落当中，至今舰队高层依旧没有向我们公布自由命运号如今究竟在何方。

"是的。"夏洛特说道，"第一次跃迁的结果很不乐观，原本舰队高层想要隐瞒这个消息，但有人向着其他舰员将这个消息散播了出去，所以就爆发了抗议，随着高层的弹压，暴乱也就发生了。"

"什么叫结果很不乐观？"我有一种不祥的预感，"我们——自由命运号——到底在哪儿？"

夏洛特在沉默了一段时间之后回答："宇宙的边缘，至少接近了宇宙的边缘。我们正在以超越光速的速度离所有的星系远去，带动我们的是宇宙大爆炸所导致的空间膨胀，我们正被大爆炸膨胀的余波向外推，我们熟悉的物质宇宙对于我们来说都在红移，我们正被宇宙抛开，越来越远。以任何的常规动力去试图改变这一局面都不现实，我们无法对抗宇宙大爆炸的力量与空间膨胀的速率，每分每秒我们都在离所有的物质更远，我们困在了空间的边界当中，与我们同行的只有宇宙大爆炸时就已经形成了的古老星系，但我们追不上它们任何一个，因为我们不可能跟上空间膨胀的速度。"

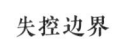

"除非进行二次跃迁。"我明白了现在的窘境,"那我们为什么不二次跃迁?"

"因为局面未必会更好。"夏洛特说道,"上一次跃迁,我们之所以能幸存下来只不过是运气而已,如果再进行一次跃迁的话,自由命运号未必撑得住。"

我点了点头,沉默了下来。

"那如果我们不跃迁的话……"

"通过舰内维生系统的自我循环,在没有新生人口且不出现大的意外的情况下,足以保证舰上的所有人类安稳度过一生。"夏洛特和缓地形容道,"那将会是温和如秋日的结局。"

逃过了毁灭的地球文明,将无声地灭亡。

就像是夏洛特形容的那样,温和如秋日。人类的灭亡将会如同秋天落叶离开枝头那样温和。

跃迁,等同于赌博,赌赢了人类就能找到新的宜居星球,至少也能脱离这将一切推离的宇宙边缘,而赌输了则是万劫不复,连最后温和的毁灭都无法保证。

究竟应该如何选择呢?

我不知道。

在夏洛特告诉我这些之前,我甚至没想到过人类原来已经到了这样的境地。

也对,在舰队上层的人看来,如果让我们这些偷渡者知道了具体的情况的话,那么我们可能也会加入反抗者的行列吧。

偷渡客们本身就是一群除了自己的生命之外一无所有的人,这样的人,自然是愿意赌上一把的。

这么想来,舰队上层不愿意再一次进行跃迁也是可以理解的。他们已经拥有了一切了：一艘大船、安全而温暖的房间、充足的食物，和几乎可以不再从事任何劳动的保证。比起参与一场未知的赌博，当然还是保持现状更加合适。

我抱着布兰德小姐躲在狭窄的仓库当中，听着义愤填膺的人群冲过了走廊。

他们目标明确，并不往旁边多看，手中似乎有着大型切割机类型的设备，足以熔断坚硬的封锁墙壁。他们强行向着舰队高层所在的指挥室进行突破。

在这样的情况下，我和我的猪不过是一件无足轻重的小事。

我又想到了那位躺在医院当中的布兰德小姐，我已经睡了多久？她又怎么样了？

"不必担心。"在听到我的疑问之后夏洛特回答道，"布兰德小姐的手术已经完成了。"

"这不可能！"我下意识地说道，我看向了一边的布兰德小姐，布兰德小姐黑豆一样的眼睛也在看着我，"我都还没有把布兰德小姐送到医院里去……"

"布兰德小姐——我是指人类的那位——她的父亲是自由命运号的舰长，所以她的保险等级很高，在确定了来自T364养猪场的内脏供体无法及时到达之后，医院就启动了备用预案，现在问题已经解决了。"夏洛特回答道，"手术已经完成，并没有出现感染或者排异等恶劣状况，布兰德小姐的身体恢复好于预期，她会好起来的。"

但我好不起来了。

这比夏洛特告诉我人类已经到了空前危险的情况当中还要让我难受。我的心脏收紧了，我难受地倚靠在了布兰德小姐的身上，心脏艰难地怦怦跳跃着，从左胸开始，一阵剧烈的疼痛开始蔓延，一种朦胧

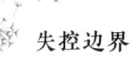

的失力感笼罩了我的全身。我使不出任何的力气，就连呼吸的力气都没有了。

我早就该想到的。

按理来说，一个有着先天性心脏病的人根本没有办法合理地登上这艘船，布兰德小姐既然不是和我一样的偷渡者，那么她的身份就一定不一般。

在养猪场的时候，我也饲养过那些富人们的备用猪的，它们分散在不同的养猪场中，以备不时之需。但我没想到，布兰德小姐也是如此。

"小螺钉？"夏洛特问道，"你的心脏病犯了。"

"我没事……"我艰难地说道，手指撑在墙壁上，呼吸越发急促，我的世界变得狭窄而黑暗，"我没事……妈妈……"

我依稀听到了苏格兰小调的声音，又听到了夏洛特烦躁地用节肢在金属制地板上发出的嗒嗒声响，广播声从高空响起，开始变得漫长而荒诞，抗议者们的叫声和切割机在墙壁上发出的嗡嗡声中止了，人们好像向着我的方向走了过来。

布兰德小姐缓缓站起身来，用那张粉白色的脸看着我，它哼唧了一声，我伸出手来推了推它那不大的身子。

"跑吧，布兰德小姐。"我虚弱地说道，"快跑。"

但布兰德小姐没跑，它叹了口气——或许这可以被解释为我心脏病发作时的幻觉，一头猪怎么会叹气呢——然后伸出自己的舌头来，舔了舔我的脸。

我被人从布兰德小姐的身上抬了起来，一双一双温暖的手支着我的身体把我向后抬去，人们吵吵嚷嚷着什么，我在人群当中看到了许多人的脸，那些工人们的脸，滑头鬼的脸，巴甫洛夫的脸，而一双手的骨节尤为突出，我听到了一声清晰的耳语。

"不是今天，小螺钉。"

五　尾声

的确不是那一天。

我抚摸着我的左胸，那里的疤痕已经消失了。

我曾经和我的妻子聊起过关于我少时的幻觉和梦境，聊过那位穿着袍子、哼着苏格兰小调的死神。我在那一天之后再也没有见过它，我有的时候能听到它挂着镰刀走过走廊的声音，但每当我追出房门，却总看不到它的身影。

那是一个患有先天性心脏病的孩子离奇的谵妄吗？

我觉得不是。

否则太多的事情可以用谵妄来解释了，比如说那头聪明的猪——布兰德小姐。

它的心脏正在我的胸腔当中跳动着，夏洛特帮我做了这个决定，它在事后给我看了当天的监控：在我被抗议者送到医院的时候，布兰德小姐主动跟了上去，在医生面前翻着自己的肚皮。

它是头聪明的猪，聪明到无法解释的猪，我很感激它，但我不再会用像人这样的词语去形容它。夏洛特说的没错，对某些智慧生物来说，将它们称为人类也是对它们的贬损。

布兰德小姐和我的心脏并不是百分百协调，这也是当然的，它是为另一个人类设计出来的，为了另一位"布兰德小姐"设计出来的，我不得不定时服用排异药物来制止这颗心脏和我的身体闹别扭。布兰德小姐的特立独行总是在暗戳戳地影响着我，在我做出不符合它心意

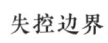

的事情时闹闹别扭。

但即便如此，作为异体心脏移植的成果，我和这颗心脏的契合度超出预估，而且事后的排异反应已经算得上是相当之低了，并不影响我的日常行动。

在我成为正式船员之后，我有机会进行第二次的心脏移植手术，我可以养一头新的猪，用我自己的基因，彻底排除排异反应对我身体的影响，但我谢绝了。

不会有比布兰德小姐的心脏更加适合我的脏器了，哪怕是我自己的也不例外。我不能让布兰德小姐的心脏停止跳动，这是我如今唯一能为它做的事情了。

不过我也不多为布兰德小姐悲伤，死神会帮我照顾好它的。唱着苏格兰小调的死神也会因为布兰德小姐的那些臭脾气感到头疼，这一点我倒是确信无比。

一想起那样的场景，我总是忍不住露出窃笑。

至于那天之后发生的其他事情全是夏洛特告诉我的。

为了保全我的性命，它开启了对抗议者们封闭的大门。

舰队上层的军队原本已经在门的另一头集结了起来，做好了战斗的准备。但首先冲出大门的不是一群暴徒，而是一头猪、一个机器人和一群抬着孩子的人。

战斗没有发生。

为了一个因为心脏病而将死的孩子，抗议者们和舰队上层暂时放弃了他们的恩怨。我被送到了医院进行治疗，而抗议者们和舰队上层重新进行谈判。

夏洛特为所有人讲了关于我的故事，这个不值一提的、渺小的养猪的孩子的故事。第二次跃迁的提案很快就被通过了，当然这八成和我的故事无关。和我有关的事情是，那位和我同在医院当中的人类布兰德小姐跑到了我的身边，她犯了个傻，然后一傻傻了二十多年。

第二次跃迁的结果并不糟糕，虽然依旧出现了错误，但我们成功跃迁到了距离原定跃迁地点不远的一处空间当中，随着二十多年的航行，我们已经接近了某颗新被观察到的宜居星球。

科学家们通过观测脉冲星的方式确定着我们现在的位置，从现在我们能得到的资料来看，我们已经回到了银河系，距离银心大概2.5万光年。我们现在所在的这个恒星系正在以每秒220千米的速度绕着银心运动，拥有一颗恒星与八颗行星，一切都与我们的太阳系很像。

当然，它不可能是太阳系，那颗位于这个恒星系距离恒星由近及远的第三颗位置的宜居行星也绝不可能是地球。我们测定了这个恒星系当中部分小行星上放射性元素的衰变期，发现这个恒星系的年龄应该在60.3亿年到62.7亿年之间，比我们熟悉的太阳系足足大了接近15亿年。而且，即便是按照着观测脉冲星的方式对比，我们也绝不在原本太阳系的位置。

我们本想立刻登陆，但我们却发现这颗星球上已经出现了文明的痕迹，那是些在我们的科学家看来不可思议的金属建筑，它们有着即便在外太空也能用肉眼观察到的雄奇壮美，就像是一个个古老的纪念碑，抵抗着大地的引力，永恒地伫立在这颗星球的表面上。

而除了这些金属建筑，我们并没有再看到任何一个生物生活的痕迹。

我们尝试联络，同时做好了最好和最坏的准备。

与之前在养猪场当中，需要靠着喇叭得知舰船上的一切消息不同，今天的我坐在干净的房间里，宽敞的沙发上，拥抱着我爱的人——什么消息都不可能让我的心情变差了。

很快，荧幕上实时转播了那颗星球上的文明发来的信息，那上面的文字清楚明确得不可思议。

"自由命运号，这里是盘古号。"

"欢迎回家。"

宇宙拼图师

⊙ 阿 波

▰ 阿波，科幻新锐作者，管理学硕士，作品《宇宙拼图师》《拯救木星》《临终时代》等发表于谜想计划、奇想宇宙等平台，《侥幸者》荣获第九届晨星杯长篇科幻作品创作资助奖，悬疑长篇小说《小公园》荣获2024年谜想故事金奖。

失控边界

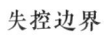

苏苏早就想这么做了。

少女赤脚走下楼梯，关闭舱门，关掉墙壁上的空气循环装置，很快，舱室内的氧气含量不断下降，但她没有感到任何不适，表情就像吹灭坟墓里的蜡烛一样稀松平常。

廊道摆放着无重力培养皿，植株像蚯蚓一样匍匐在地毯上，根部拼命汲取营养液，叶子却枯瘦萎黄。这盆植株的品种曾经是热带雨林里生命力最坚韧的藤蔓，成熟期的根茎能达到拳头粗细，可偏偏在火种号上，它只能委曲求全，靠缩小自身的个头来求活。

好可怜，这里的一切已经毫无意义，就连强行营造出来的生机也很勉强。

苏苏掐掉植株根部，结束了小生命的痛苦，平静地环顾自己成长的地方。火种号是一架能容纳五十万人的巨型飞船，拥有完整的生态系统，其他人类死亡之后，飞船内的生活环境变得很舒适，苏苏独享着丰富的可循环食物，什么都不用担心，只要按照飞船编辑好的路线，前往格利泽581定居就可以了。

苏苏是真正意义上的星舰人类，从出生开始，她就在火种号上长大。对她而言，外面的世界只有一种颜色：黑，广袤无垠的黑。那些绚丽的星云和闪烁的星体，只是深空中一个个晦涩难懂的符号，是乏味的黑色幕布中昙花一现的光景。

阿黛尔舰长说过，火种号是末日人类的家园，哪怕只剩下最后一个人，我们也要延续希望的火种，抵达天秤座的格利泽581。

可是，活着的意义是什么，苏苏不知道，她只是一个人类的信息载体，与飞船中携带的基因样本没有任何差别。大家都不在了，唯一能与她交流的，就只有"妈妈"温柔而机械的电子音。可以预见的是，她漫长的一生将一日日消耗在枯燥的星际航行中,"未来"二字,似乎也不再令人向往。

没意思,真没意思。

苏苏关掉船舱中的作业机关,舱壁变得透明,漆黑的宇宙背景像一方柔软的黑色天鹅绒,她仰躺在自己的休息舱里,仿佛也变成平淡无奇的一粒星星。

系统察觉到异常,屡次恢复无果后,化作母亲的嗓音提醒她:"苏苏,生命维持系统正在逐步关闭,你是否下达了错误的指令?"

苏苏的声音很平静:"妈妈,我想让火种号返航。"

系统AI一板一眼地说:"首任舰长下过指令,只有两种情况才能返航:一是成功抵达格利泽581,找到人类新的母星;二是飞船内没有活着的人类。你是火种号上唯一的人类,应该承担完成航程的责任。"

苏苏苦涩地摇着头,她的手抚摸着漆黑的舷窗,太阳系和天秤座在她两个指尖闪烁,不过是咫尺之间的距离,她却仿佛永远到不了。

苏苏苦笑:"我从五岁开始,就再也没有见过任何人。人类是社会性动物,脱离社会的孩子,只能算是一个畸形的半成品,就像那株没有根的热带植物,迟早会枯萎。妈妈,在火种号身后,仍有少数可怜人聚居在生存基地里,他们的生命比我有价值得多。"

AI审视着眼前的状况。早在上一次冬眠醒来的时候,苏苏的精神状态就一直不佳,先是无精打采,坐立不安,然后是久久地沉默,对一切失去兴趣,最后变得心如死灰。AI曾对她使用多种治疗手段,心理治疗、精神抚慰,甚至用微电流控制大脑,最后仍然无果。

"火种号是人类的引航员。"AI只能不停地强调。

"引航员只是一个符号,比起活生生的人,它不值一提。"少女抬起白皙的眼皮,"妈妈,我有结束生命的权利吧?"

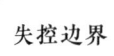

  系统 AI："是的，星舰社会尊重公民的人身自由权，你有权利这么做。"

  核聚变引擎熄火了，苏苏望向漆黑的虚空，眼里写满了乏味："孤独尽头是什么？是虚无，是比太空的黑更可怕的虚无，算了，你不会懂的。我已经决定好了，请即刻关闭生命维持系统，等我走后，让火种号提速到五分之一光速，返回第三基地，拯救其他人。"

  少女平静地闭上眼睛，很快，氧气的缓慢流失让她头昏目眩，在失去意识的某个时间，时间仿佛被无限拉长，少女纤细的身躯如一叶孤舟，缓缓堕入宇宙深海中。

  "紧急消息，一道来自人马座方向的电磁波被接收，是否进行解读？"

  苏苏猛地从休息舱里睁开眼睛——

收到漂流瓶的小伙伴：

  您好，我是中国航天员陈慕思，来自地球星际联盟恒星际飞船仰望号，目前位于银河系牵牛星－人马座方向上的一处星域。七百年前，仰望号代表全体人类，从地球出发，前往各个星系进行实地探索，以完成最详尽的宇宙全景图，鉴于此，您也可以称呼我为宇宙拼图师。

  五十三年前，仰望号误入一片区域，遭遇了陨石雨的攻击，我们的舰长开启了一级减速程序，但那场陨石雨的速度极快，分布十分密集，我们来不及找掩体，主桁架被瞬间击中，因此仰望号丢失了后半截船体，量子仪器损坏了百分之三十，最大功率的核聚变引擎也出了严重问题。

  舰队航线是提前规划过的，八万公里内的航道很干净，没有任何能造成障碍的星体，仰望号却忽然遭到撞击，这几乎是不可能的事。我们调出舰外光学望远镜的数据，发现这场突如其来的陨石雨来自一点二光年外的里皮星系，它的前身就是一颗小型类地卫星被撕碎后的碎屑。

计算结果显示，那颗卫星是突然被撕裂的。陨石雨飞离的方向，本该与我们的航道相反，但诡异的是，陨石雨沿着原来的轨道作切线飞出，在到达某个坐标点时，忽然拐了个尖锐的夹角，并获得了完全相反的速度，就像撞上了一堵看不见的墙，可它们前方明明就是一片真空！

这直接违反了力学定律，以我的经验来看，这场灾难不排除是高级外星文明的攻击，当然，也有可能是其他不为人知的引力摄动。

经历了三十一天的恐怖撞击后，仰望号已经无法再使用，我与三名航天员乘坐救生舰，暂时获救。在之后的二十年间，另外三名战友受到不同程度的伤，因感染相继去世，而我成为仰望号上最后的幸存者。

我进入漫长的冬眠期，苏醒后，我发现自己进入了一片盲区，这里什么都没有，没有游离氢作为可控核聚变的原料，也没有其他工质可以使用，我只能低速航行，慢慢寻找生机。目前，船舱内的生态系统能助我维持一百年的生活，但飞船内的燃料较少，只能维持五十年不到的航行。

举目四望，皆是虚空。我只能盲目地对外发射电磁波信号，希望有缘人能收到求救的漂流瓶。

现在是地球年3780年，如果可以，请您尽快回复，我们就能计算出最适合的交会轨道，来一次世纪会面。我承诺，等救援成功，仰望号的剩余物资全归贵方所有，包括两瓶黄桃罐头（这是仰望号唯一尚存的非循环水果了）。

PS：我情绪稳定，擅长察言观色，长相不讨人嫌，爱好是国际象棋和冷笑话，捎上我，您的航程一定不会太枯燥。

人马座方向的漂流瓶

这是大灾难以来，苏苏第一次和真实人类接触，她不自觉地呢喃着陈慕思的名字，飞奔向全息体验室，将脑机接口连接上"地球旧事"。

失控边界

"地球旧事"是一个全息脑机处理系统,能直接连通大脑皮层,让星舰孩子们置身于虚拟地球中,切身感受古人类经历过的生活。

她一心沉浸在庞大的数据海里,急切地寻找着"陈慕思"的资料。在那熟悉的虚拟世界里,她曾经俯瞰过粤东地区的老式骑楼,欣赏各色的地域风情建筑,也曾跨越大半个中国,进入黑龙江夜市,和同龄人一同品尝软糯香甜的东北大米。

没有,找不到。

人类历史浩瀚磅礴,光是"陈慕思"的词条就有成千上万条,那名航天员的资料被彻底淹没在数据海里。苏苏失望地看着虚拟地球。作为星舰人类,她对地球了如指掌,甚至能指出任何时间断面下每个国度发生的历史性事件,可她却从来没去过地球,那些热闹而熟悉的地球旧事对她来说,就像沙漠骆驼眼里的深海鱼类,显得迷惑又失真。

"妈妈,"苏苏冷不丁地问道,"黄桃罐头是什么?"

系统 AI:"你想试一试吗?"

"是的。"

AI 启动了脑电波输入程序,苏苏的味觉与嗅觉神经同时接收到信号,她咽了咽口水:"好甜。食物储藏舱有黄桃罐头吗?我是说真的那种。"

系统 AI:"植物培养区种植了西瓜、苹果和青椒,没有黄桃。"

苏苏并没有感到失望,她每天有很多空闲时间,能将火种号的每个角落都翻个十遍八遍,她也知道火种号没有黄桃罐头,但她还是很想尝一尝信里提到的味道。只靠脑电波信号传送的欺骗餐,是假的,不够,远远不够。

一个流放在大海中的漂流瓶,被捡到的概率无限接近零,偏偏这封信如同一个不可能发生的奇迹,以特定的频率跨越了光年之远的宇宙荒漠,将感知的触角伸向无限远,直到碰到另一个与它产生共鸣的生命。

苏苏手心微微出汗,她问AI:"妈妈,我应该回信吗?"

AI:"宇宙中的通信往往伴随着风险,贸然发言,会将火种号的行踪暴露无遗。但比起风险,我更希望你好好活着,从人伦的角度来看,向同伴发出一段电磁波,并没有什么大不了,前提是,那位黄桃罐头先生的回信能让你心里好受一些。"

苏苏清楚,将她从麻木中唤醒的并不是黄桃罐头,而是对同伴的渴望。从收到信的那一刻,苏苏不再是孤独的一叶扁舟,她的心脏再次恢复了跳动,身体里的每个细胞像泡在泡腾片溶化的水里,不安分地蒸腾着。

试试吧。

脑海里的声音催促着她。

试一试,她想再试一试,看看这片死寂之地是否真的存在奇迹。

拼图师先生:

我叫苏苏,来自火种号,是星舰人类的孩子。很遗憾,我从来没去过地球,也没有见过你们的太阳。

火种号是一艘从地球逃难、前往天秤座的巨型宜居飞船,在您出发后的三个世纪后,太阳系遭遇耀斑爆发期,地表生物圈惨遭破坏,火种号带着初始人员五百人,前往格利泽581,为人类寻找下一个家园。

航行途中,火种号曾经经历了多次宇宙射线辐射、小行星撞击和不明微生物感染,如今飞船里只剩下我一个人。

火种号是最早逃难的飞船之一,它不只代表着人类的希望,更是一种精神象征,它被第一任舰长设置了无法更改的命令,便是务必将船上的人类送往格利泽581,哪怕最后留下的是我这样的废人。

可时至今日,仍然有不少同胞在沿途的生存基地苦苦支撑,如果我

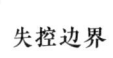

死了,火种号就能更改航线,重新返航。我本已决定结束生命,就在这个时候,我收到了您的漂流瓶。

真没想到,宇宙中居然有跟我同样遭遇的人,您甚至比我更艰难。与此同时,我感到很惊奇,毕竟我已经好多好多年没有与正常人类通信了,这感觉就像困在沙漠中的一个小水洼里的鱼,终于听到另一处小水洼的鱼在说话。拼图师先生,可否告诉我,您后来的航行又遇到了什么,也像我这么无聊吗?同伴去世之后,您还有勇气继续航行吗?您要去往哪里,宇宙中,还有什么值得您留恋的?

"妈妈"提醒我,不要贸然暴露自己的坐标,因为您可以根据"回信"的间隔和大致方向,锚定发射源,锁定火种号的坐标。

以防万一,我暂时还不能告诉您回信间隔和具体坐标,除非您能提供确凿证据,证明自己是人类。

PS:一个人在宇宙漂泊,回不到出发地,也无法到达终点,是世界上最没意义的旅行,拼图师先生,您是不是也这么想呢?

苏苏

电磁波以肉眼不可见的震动,朝着空旷的外太空扩散出去,在她心如死灰的贫瘠土地里,埋下一粒小小的种子。

苏苏躺在冬眠舱中,闭上双眼,随后又猛然睁开:"妈妈,我决定进入冬眠状态,一旦收到拼图师的回信,请立刻唤醒我。"

系统 AI:"好的。"

被唤醒时,凝固的血液从四肢末梢缓慢地流动,少女的身体还很虚弱,但兴奋的情绪却像花儿抢先在她眼角眉梢绽开。

苏苏不免想起古时候的飞鸽传书、烽火传信,在落后的通信时代,古人是不是也与她一样,熬过漫长的岁月,只为等待一份浪漫的回音呢?

"妈妈，快点把信翻译成文字！"苏苏急促地喊道。

AI："指令正在进行……电磁波信息分为两部分，下面将展示文字信息与图片信息。"

苏苏快速翻动手指，一路滑下来，界面陡然跳出一张不太清晰的照片，那是一个穿着白色运动服的清秀男生，他坐在图书馆的落地窗旁，认真读着一本《自私的基因》，桌上摞着一叠砖头厚的物理学著作，阳光点缀着他棱角分明的侧脸，仿佛时间也为之温柔。

女孩用手摸着滚烫的脸蛋，咳了咳："原来古人长这样啊。"

苏苏从来没有接触过纸质书本，很多年前，地球世界实现了无纸化，看书的人已经是凤毛麟角，按照非冬眠时间的算法，拼图师先生至少比自己大几百岁，是爷爷的爷爷的爷爷了。

一行行文字在她面前展开，苏苏如饥似渴地读着信，快速浏览后又逐句斟酌，一遍又一遍，甚至不舍得读完。

苏苏：

谢天谢地，我开启了全功率电波传送，总算将漂流瓶传到人类手里。

苏苏，你在回信中提到"证据"，我思来想去，总算在系统里找到很直观的身份证明——那张照片，是我离开地球之前拍的，有七百个地球年那么久远了，完全可以被称为古董。对了，每一艘恒星际飞船都配备了"世界图书馆"的数据库，火种号应该也有，你可以在"天体物理学"板块搜寻"仰望号"，航行名单下有我的名字。

近段时间，我返回仰望号失事的遗迹，想从乱葬岗中找回一些能用的物资，很幸运，我竟意外地捡回一台信息记录系统！出事之前，仰望号曾经观察过陨石雨的前身——那颗粉红卫星，我给它取了个名字，荆棘星。

黑色深空下，荆棘星呈现漂亮的粉红色，它的大气层很厚，含有丰富的液态铁和硅酸盐液体，金属在高温下融化凝结，形成金属雾和金属雨。

荆棘星的外观让人想起远在摩羯座的 PSO J318.5-22。但荆棘星比那颗粉红色行星更亮眼一些，因为它的大气成分中还蕴含着大量水分子，在航行中，水蒸气逸散到外太空，就形成一条晶莹的彗尾。

一百五十九年前，荆棘出现了异变，它表面的气体被刮出一道天堑般的刀痕，整颗卫星像被火点燃，气体疯狂地丢失，到最后只剩下一个铁镍内核。但聚焦在它身上的攻击没有停止，在某个瞬间，它忽然爆炸了，仿佛是被一杆来自远方的猎枪打爆了头，铁镍内核变成了漫天碎屑。而这个过程，仅仅持续了二十天。

这是一场谋杀！就像一个生命指标正常的青年人，不会无缘无故死于一次饭后散步！能让一颗卫星在短短二十天内爆炸，除了高级外星文明，就是宇宙奇观了。

毁灭一颗无价值的星星，是没有意义的，相信外星物种不会做这笔亏本买卖。那么，这场隔空攻击就是宇宙的偶然行为。

什么东西能隔空对一颗卫星进行攻击？我唯一能想到的，便是放大镜烧火柴。

没错，就是引力透镜效应。

巨大质量天体，能让周围的时空变得扭曲，改变光线的传播方向。日食时，星河发出的光被太阳扭曲，我们眼里的星星就会发生相对位置的偏移。太阳相当于一个凹透镜，扭曲了光的方向，如果太阳的质量足够大，光线扭曲程度足够聚焦，很可能会瞬间燃爆一颗星星。

理论虽然成立，但要在真空中架起一台宇宙巨型放大镜，并不是简单的事。

首先，光源的亮度要足够高。距离里皮星系两百光年的地方，曾经发生了中子星碰撞，爆发出伽马射线暴。伽马暴如同一道垂落的银光天幕，面积庞大，可视范围超过三十光年，可以成为这次狙击的"子弹"。

其次，光源、透视天体、焦点，必须三点一线。子弹有了，只要放大镜位于伽马射线暴和荆棘中间，"弹道"就能成立。

最后，也是最重要的一点，就是放大镜本身。太阳很大，但像太阳这么庞大的恒星，也只能引起微小的时空扭曲。能让荆棘爆炸的透视天体，必须满足三个条件：一是它的质量必须足够大，大到可以将外星系的光集中成一束强光，击爆荆棘的内核；二是它的体积不能太大，否则会将外星系的光挡住，无法越过透视天体。

单凭以上两点，黑洞是个八九不离十的答案，但黑洞是一个连光也无法逃逸的地带，若光的范围超过史瓦西半径，我们就能看到黑洞的视界，找到黑洞，那个放大镜！可事实却相反，我看不见它。

这就违背了放大镜第三个条件：能被探测。

仰望号找不到符合条件的透视天体，即使将全部数据代入学术模型，最终也只能得出以下的结论：

没有！

没有巨型天体！

放大镜根本不存在！

"子弹"和"弹道"都有了，"聚焦点"却找不到。

得知真相，我的脊背出了一身冷汗，仿佛做了恐怖的噩梦——我目睹了命案的发生，有人在犯罪，但凶手却无法捕捉！

计算的过程中，我发现了另外一件让人毛骨悚然的事情：里皮星系比太阳系小，一共只有一颗恒星A、一颗行星B，以及B的卫星荆棘星。荆棘质量与B星相近，二者几乎可以看成一个双星系统。按照开普勒定律，里皮星系应该是一个稳定的结构，B绕着A旋转，荆棘绕着B旋转，可偏偏就是这样一个简单的星系，却遵循着难以预测的运行轨迹——它是混沌的、紊乱的、没有规律的系统！

两千年前，里皮星系拥有三颗行星，因为混乱碰撞，消失了两颗。直到现在，只剩下A、B的里皮星系，仍然没有稳定下来！

一个猜想盘旋在我脑海里，天啊，太大胆了，我从来没敢这么想过！苏苏，我需要你的帮助，请告诉我准确的收信间隔，我想知道自己到底身处什么鬼地方！

PS：对于你提出的问题，我的答案是，当然是有意义的。

与火种号的庞大容量相比，我的救生艇是那么小，我躺在狭窄的操作间里，就像躺在一个四面透风的棺材里，讽刺的是，这口棺材以外的世界是死的，只有我是唯一的活物。苏苏，我同你一样，开始痛恨冬眠技术，痛恨物质循环系统，痛恨AI智能驾驶程序，是它们剥夺了我自杀的借口，逼着我在这比太阳系更广阔的死寂之地中浮沉。

可比我们更惨的，还有那些被陨石雨杀死的战友，他们在撞击的一瞬间气化蒸发，哪怕幸存下来，也饱受感染的折磨。我的舰长，亨利·阿诺曼，本来有时间可以撤退，但他坚持留在最后，驾驶着仰望号直冲陨石，只为掩护救生舰到更安全一点儿的地方。

我知道，对外发送电磁波，是徒劳无功的行为，获救的可能性几乎为零，但我不愿意放弃。从飞船失事那一刻，我的生命就被赋予了另外两百八十七个人的重量，我想搞清楚战士们的死因，我的战舰，原本航行于不偏不倚的航道，又为什么被击沉。我想了解里皮星系的秘密，将情报传给在宇宙中开荒的其他人类，避免更多孩子遇到同样的险境。

我的回答也许浅薄，却已经是我力所能及的全部了，希望对你有帮助。

拼图师先生

少女仰着脸庞，双手无助地交握着，瞳孔中倒映着一串疯狂跳动的数据：这不可能啊！

陈慕思在信中提到，收发信的间隔时间为"两年"，也就是说，火种号与求生舰的直线距离不到一光年。在科学测量中，些微偏差是被允许的，可她明明睡了五年！

这简直匪夷所思！相当于一个人在百米跑道上折返跑，算出来的距离不是两百米，而是五百米！

那一瞬间，苏苏明白陈慕思脊背冒汗的感觉了，是的，太恐怖了。懂事以来，她没有在航行中遇到任何危险，宇宙对她来说，只是一幅静态的黑暗背景，但拼图师所在的星空，深深笼罩在死神的法袍之下，死神举起的法杖早已指向两种可能性：一是光速降低了，二是两艘飞船之间的某一段空间，被扭曲了。

苏苏急切地说："妈妈，请调出人马座两百年以来的摄像记录！"

在遥远的人马座腹部，两颗闪烁的脉冲中子星碰撞合并，形成一条旋转的斑斓色带，伽马射线暴如瀑布般倾泻而下，电光如毒蛇般扭动、激发、炸裂，铺满了整片屏幕。

"妈妈，我们可以根据拼图师先生所描述的里皮星系，锁定他的坐标吗？"

AI 没有说话，更多复杂的数据模型挤进了苏苏的视野中，她努力睁大眼睛，仿佛这样做就能第一时间得到计算结果。

镜头拉远了一万倍，伽马射线暴的亮光被拉成长长的带状，如死神勾起的微笑，那是光线被扭曲后的引力透镜效应。通过比照星系位置图和星系形状，AI 系统终于锁定了里皮星系的坐标。

苏苏："拼图师说，里皮星系与事故突发地相距 1.2 光年。妈妈，请算出救生舰的坐标，它现在的位置距离我们有多远？"

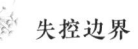

系统 AI："救生舰与火种号的直线距离为 6.629 光年。"

苏苏几乎惊叫出声："怎么回事？救生舰离我们就更远了！"

"是的。荆棘是一颗卫星，它的亮度受到行星的影响，绝对星等存在测量误差。"

不对，不只是测量误差！苏苏在心里否定了这个答案。AI 的计算很机械，它所计算的视星等和绝对星等，是以星星发光的亮度为标准的，也就是说，这两个数据仰仗的基础是真空光速。如果光速变了，又或者是空间被扭曲了，视星等计算法就没有太大的意义。它像幽灵一样佐证了苏苏的想法。

"妈妈，在伽马射线暴和荆棘之间，有一个巨型黑洞吗？"

AI 安静了九个小时后，得出了笃定的结论："没有。"

放大镜真的不存在！

屏幕中，A、B 星形成的爱因斯坦环，像两个发光的花环，一大一小，盘踞在黑夜中，在它们与伽马射线暴中间，没有任何吸积盘，也就没有黑洞的存在。

苏苏犹疑了半晌，尾音像风帆般飞扬起来："我们可以改变航道，去救他吗？"

"对不起，不可以。"

"为什么！那是一条人命！"苏苏音量更高了，"我是舰长，有权力改变航道！而且前任舰长阿黛尔阿姨说过，遇到求救的人类，我们就应该改变航道去救济！"

"系统测算结果，目标星域危险系数为 7.8，你没有操作权限。"

"啊……"苏苏微微升高的音调，瞬间化为一句失落的叹息，"我想也是，就连拼图师先生，一个活了几百年的物理学博士，都猜不到时空扭曲的原因，我们过去，也只是去送死，阿黛尔阿姨肯定不会让我这么做的。"

苏苏低垂着眼眸,看着写好的回信,不知道该不该把残忍的真相告知对方。

AI 读取着她的微表情。全舰人员死亡后,苏苏的情绪分值一直很平稳,她鲜少再对什么事情表现出激动的情绪。但今天,苏苏的表情有些不一样,在 AI 的分析报告中,有百分之七十是伤感,百分之三十是绝望,在这伤感中,却比以前多了一丝动容。

拼图师先生:

很抱歉,没有第一时间告知您发信的间隔时间,这一次,我收到信后就立刻回复了,希望您知道真相之后,不要太难过——是的,您所在的时空被扭曲了,而我们都不知道其中的原因。

妈妈根据您发来的星图进行检索,探明里皮星系附近没有其他高等智慧文明的痕迹,可以排除外星文明的打击,与您的猜测是相符的。当然了,能点燃荆棘的巨型引力天体,那个巨大的"放大镜",它也没有找到。

对不起,纵使火种号比仰望号晚出发了三个世纪,但技术似乎也没有先进到哪里去。如果是阿黛尔阿姨、林琵云叔叔、蒲格夫教授,火种号上其他任何一个人,都比我的存在更有意义,如果他们还在,你可能就能获救了。

跟您说一个小故事吧。我们的老舰长,是个很怀旧的家伙,他在世的时候,建造了一套叫作"地球旧事"的全息游戏装置,要求星舰上的孩子们每天需要完成十分钟的作业,简单来说,就是戴上脑神经电极装置,假装自己活在真实的地球里。

"地球旧事"很有意思,场景设置得很真实,小孩子们穿越在各个国家,感受着唐宋时期的繁华古韵、古罗马的辉煌历史、世界大战的枪

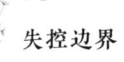

林弹雨、信息时代的燥热亢奋、疾病大流行时的生离死别。

　　小时候，老人们总说，以前的地球很美好，人们很相爱，火种号会将这份美好带到格利泽581，由我们继承下去。可是，我是一个AI带大的孩子，五岁之后，我没有接触过任何人类，我根本无法理解老人们对地球的向往，更无法承接起他们的托付。

　　我只是一个囚徒。前往格利泽581还需要一千三百年，那么，我就是一个刑期为一千三百年的囚徒。

　　拼图师先生，活着其实没什么好的，孤独是刽子手的刀，生活是一场旷日持久的凌迟，让我变得麻木、冷漠、绝望。曾经我以为，自己不会再坚持下去，直到收到您的来信。

　　如果可以救您，我一定千方百计奔赴。可宇宙太残忍了，与您的通信，让我更加笃定自己的一无是处，到头来，还是什么都没法为您做到。

　　对不起。

没用的苏苏

　　又一个冬眠期过去了。

　　"地球旧事"迭代了最新版本，只要输入一组相关参数，使用者就可以随意进入每一个地球人的人生。这一次，苏苏选择了陈慕思的故乡。

　　时间轴加速，草长莺飞的村庄转眼变成林立的高楼，单调的水墨丹青变成色彩斑斓的当代油画。人们奔波劳碌，嬉笑怒骂，在地球上生动地存在过，又快速地消失，他们的人生，被大数据处理器分毫不差地记录下来，做成一款谁都可以参与的游戏，竟也一点儿不浪费。

　　苏苏漫无目的地走着，热闹是假的，人是假的，什么都是假的。她毫无波澜地看着数据堆砌的假象，直到走过一条普通的马路，在街头拐角处，一个颀长的背影从咖啡馆里走出来，少年怀里抱着一台平板电脑，右手抓着一本书角卷起的《果壳中的宇宙》，匆匆与她侧身错过，宽大的肩角撞了她一下。苏苏抬起头，看到年轻的陈慕思轻轻扬起的下巴。

"对不起，没事吧？"

很久以后，她仍然能记得眼神交会的那个瞬间，明艳的火花在她心头爆炸开来，璀璨地绽放后，烟花拖着消弭的尾迹，坠入了一片柔软的海。

时间轴被使用者刻意调慢了，回到数个世纪以前的深圳。明媚的夏日，蝉趴在树干上发出鼓噪的叫声。在一次主题论坛中，她看着尚是少年的陈慕思，面色从容地与一群学术大牛们据理力争："老师，您怎么笃定虫洞的不可窥探性呢？"

十八岁，陈慕思顺利加入航空局，他穿着笔直的军装，在国旗下宣誓，眼睛里的光熠熠生辉，亮得苏苏的脸也烫了起来。

成年后的第一次生日，陈慕思被扔到外太空进行零重力训练，苏苏并不知道，人类进入太空生活，会遭受严重的头痛。鼻血在透明头盔里飘浮，像一串不连续的红玛瑙手链，陈慕思咬着牙嘟囔着，声音小得只有苏苏能听清："再来一次，老子偏不信了。"

仰望号出发前，航天员们满怀憧憬地写下多个板块的名字："暗能量""宇宙边缘""白洞""虫洞"……他们像带兵出征的将军，发誓要将每一块拼图收入囊中，作为一生的目的地。

世间的欢喜不相通，她的心却跟着对方跌宕起伏。当少女再次仰望星云时，她不再感到无边无际的烦躁，她最讨厌的火种号，也不再是一方禁锢自由的囚牢，而是一代一代古人们穷尽一生的追求，是她跨越光年之外拯救那一个人的唯一机会。

第三封信拖了很久很久才到，这一次，是在十二年后。苏苏忽然意识到，陈慕思离自己更远了。

失控边界

优秀的苏苏：

感谢你的测算结果，事实证明，我的推测是对的。

等待回信的过程中，我曾经测算过救生舰和仰望号的距离，我分别采用了声波测算法和航程计算法，却得到了一个相差甚大的数字：往返距离不相等，光速测出来的距离，要远远大于实际直线航程，是的，光速变慢了。

光速变慢，时空肯定是扭曲的，但我的救生舰却没有感受到引力的拉扯，我大概能想到一个可能：这片区域的质能密度很大，但整片区域曲率是一致的、均匀的，我就像处于一个环形金鱼缸，外部空间的人看它，它是扭曲的，但我就是那条鱼，反而没察觉到什么异常。

这也说明了为什么我找不到那个"巨型的透视天体"，因为我就在透视天体的里面。

苏苏，以你的聪明伶俐，应该能想到宇宙中某种很常见的物质吧。

前段时间，我观测里皮星系的运动。一般而言，行星轨道的曝光线条是椭圆形状或圆状的，但A星和B星的轨道却如三岁小孩在黑板上作画，显示出凌乱的、无规律的、互相缠绕的状态。

这让我想起一个东西——混沌摆。

混沌摆是地球的老物件，星舰上出生的小孩子应该没有听过。它是一款模拟蝴蝶效应的运动系统，有多个摆臂相连，只要动其中一个摆，其他小摆就会受到影响，多个质点将空间互相拉扯，整个系统会陷入无序和混乱的运动中。

如果将混沌摆上的每个点都涂成荧光色，我们会看到一幅没有任何规律可言的涂鸦画。A星和B星，何尝不是两个连接的小摆，而那个支撑起里皮星系的大摆，就藏在宇宙背景后面。

没错，大摆就是暗物质。

也只能是暗物质。

太阳系也有暗物质，但人们至今无法直接探测，就像深海鱼没办法感觉到浪潮，因为水广泛地存在，但张力处处抵消、处处为零。

如果把宇宙看作一片广阔的海域，暗物质因规模（可能是质量、体积、密度等）大小不同，对附近的星域引起不同的作用效果。例如，某些区域中的暗物质含量非常大，某些区域的含量少，就会形成引力差，就像鱼从深海区迈入浅水区，立刻就能察觉出来。

我所在的地方，很可能处于浅水区，浅水区与深海区的暗物质分布不同，所以救生舰与火种号之间形成引力差，扭曲了我们之间的光路。同理，与我相距1.2光年的里皮星系，它的轨迹无法预测，是因为它就位于一片海潮中。

荆棘星是那条鱼，鱼不仅能感觉到浪潮，还被浪潮卷死了。

读到这，苏苏浑身起了鸡皮疙瘩。暗物质对星舰人类来说尚且是很陌生的名词，它虚无缥缈，无处不在，让力证它存在的人难以举证，同时，又让否定它的人难以证伪。

舰壁关上了所有反光源，苏苏仿佛悬浮在外太空之中，不同亮度的星系在头顶旋转。暗物质像一只隐形的章鱼，慵懒地舒展着触手，拖缓了宇宙膨胀的步伐，星星们就像它手中的珠子，由它穿针引线，构造成一条绚烂多彩的星际走廊。

此时，她感受到的不是死寂，而是死寂中蕴含的无限危险。

开始时，我曾用各种方法去证明暗物质。如果它是一个具体的物质，它对里皮星系的影响应该是有据可循，如果那台放大镜不是单纯的一个质点，而是很多质点，它们广泛地分布，共同扭曲着里皮星系和伽马射线暴之间的时空，那么，里皮星系就像混沌摆上的小摆，被各个方向的力拉扯

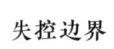

着、推搡着、揉搓着，它的活动轨迹，就会变成毫无规律可言！

谜题解开了！

伽马射线爆发后，光路通过暗物质引力井，被暗物质扭曲，光线聚集成一颗子弹，在荆棘运动到三点一线的位置时，击中了荆棘！而荆棘的碎片在暗物质的玩弄下，变成超速碎片，杀死了仰望号和我的战友！

苏苏，你可能无法想象，当我得知自己离暗物质那么近，内心有多么恐惧和惊喜。

从古代的日心说、占星术、开普勒三大定律，到近现代的经典力学、量子力学，人类一直试图将这幅宇宙图景描绘完整，暗物质，是最难获取的拼图之一，而现在，它就在我眼前！

里皮星系好远，就算耗尽救生舰的所有能源，我也完不成航程的二分之一。但我真想再靠近看一看，看看这些存在于宇宙爆炸之初的幽灵，会如何看待我这个异世界的闯入者。

"天，他想干什么！该不会是……"

苏苏捂住嘴巴，眼眶被热泪打湿，她无法想象，一个被关在棺材中的人，一个同她一样被抛弃在外太空的弃子，竟然有如此大胆奋进的想法。可转念一想，陈慕思的选择，却很符合他的性格。

一个致力于搜集所有宇宙拼图的人，怎么会在真相面前畏首畏尾？

苏苏，虽然我曾因为找到真相而高兴，但那并不是常态，更多时候，我徜徉在危机四伏的真空中，孤独、恐惧、绝望，无时无刻不在消耗我的精神力。有时，我像躺在悬崖间的吊绳上，闭上眼就会坠下万丈深渊；有时，我像闭着眼在雪原走路，每落下一个脚印，都可能触到雪崩的点。

孤独，是星际航程中无法痊愈的基因病，想必对星舰人类也是如此，我们最起码还记得自己的"根"，而你们只能眼巴巴地望着无法到达的"果"。但请相信，孤独只是阵痛，就像生长时的抽筋和钝痛，它只是一个过程，即使再漫长，也会有结束的那一天。

虽然你总说，自己无法理解人类的情感，却在百忙之中给我发了回信，你知道这意味着什么吗？你朝一个泅水溺毙的人抛下了一件宝贵的救生衣！如果不是你，我可能坚持不下去了。

你是我唯一的灯。

活着不一定幸运，但当活着变成偶然事件，你就是被概率云百分之百眷顾的幸运儿。请不要随便熄灭自己，宇宙中已经够黑了。

苏苏，最后帮我一次，请用火种号的探索数据来确认暗物质的存在吧！就当作是我们最后一次通信的暗号，可以吗？

拼图师先生

舷窗外的世界仍然漆黑一片，那些无处不在的幽灵似乎消失了，转而化为了两道温柔的眼光，穿过千山万水注视着她。

陈慕思说错了，她自己才是泅水溺亡的人，而现在，少女也找到了点亮她黑暗人生的那一盏灯。

苏苏举着自己颤抖的手指，点开操作界面："妈妈，即日起，请定位里皮星系，实时监控暗物质湮灭或衰变所产生的高能射线信号。"

系统AI："每一任舰长都在推行暗物质探索工作，直到今天，我们仍然一无所获，人类对暗物质的了解也停滞不前，这个过程可能会持续上百年、上千年，甚至永远不可能找到。"

"没关系。"苏苏微微一笑，"不管是百年还是千年，我和他，都愿意等。"

AI回答："指令正在执行。"

女孩的目光从未如此坚定："接下来，朝里皮星系发射空间探测器，捕获暗物质粒子衰变后产生的基本粒子。"

"是，指令正在执行。"

三个小时后，一台收集暗物质衰变粒子的探测器——航灯号出发了。航灯号的形状如同花园栏杆上挂着的一盏壁灯，摇摇晃晃地擦过苏苏所在的舷窗。它微微发着光，全反射镜面的外形放大了火种号斑驳的外表，将少女的希冀也拓印在上面，飞过五光年送到陈慕思眼前。

拼图师先生：

今天是地球年的农历正月十五，恰好是元宵节，先给你道一句元宵节快乐。

写信之前，我刚刚完成了"地球旧事"的最新课程。以前妈妈总说我上课不认真，脑内的电波总是发散到其他事情上，但最近一段时间，我爱上了这种沉浸式的人文体验，我去到你的家乡，选择了你的人生作为体验场景。

元宵节，深圳的街道很热闹，我看到一对年轻情侣在霓虹灯下温柔拥吻；一位父亲张望着他跑丢的孩子，发现孩子躲在玩具店时，他疲惫地露出一个放松的笑容。

灯火阑珊的街角，一个瘪嘴的老人正在卖花。她胳膊上提着一篮干瘪的玫瑰，坐在马路边吆喝，直勾勾地望着每一个路过的年轻人，商铺播着流行音乐，她跟较劲似的对着喊，嗓门很嘶哑，如同坏了的低音提琴，只能憋出一两个不和谐的音，但她仍然坚持着吆喝，从一个十字路口，换到下一个十字路口。

那时候，你刚从图书馆回来，疲惫地打了个哈欠，眼角还挂着泪水。你看到那位老人，想起了自己的外婆，于是将玫瑰花买走，在灯火绚烂中离开。在你身后，那张满是皱褶的脸乐成一个裂开的枣，不知道你有没有看见。

"真亮啊。"

东风夜放花千树，烟花绽开了。地球的灯，那么多，那么亮，真好，如果宇宙中也有这么多灯，也这么亮就好了。

拼图师先生，我想你一定比我冷得多、暗得多，与你比起来，我的小小烦恼简直不值一提。

我悔恨自己的懦弱胆小，为你的勇敢而自惭形秽，所以我将一盏小小的航灯送给你。它拥有高精度的暗物质监测系统，能直接收集宇宙粒子，并勘测暗物质湮灭后产生的高能射线源，一旦它们进入不同行星大气，航灯号就能及时记录高能射线与不同大气分子之间产生的切伦科夫效应，以便第一时间告知你。

拼图师先生，不管你将去往何方，火种号永远为你打开信号接收器，我会永远等待你的回信。如果哪一天，你坚持不下去，就喝一口黄桃罐头水，你说过，在飞船相对干燥的封闭环境里，喝一口黄桃罐头水就能支撑下去。我不要你的礼物了，黄桃罐头留给你自己，请一定要坚持，直到我抵达你身边。

永远等待你的苏苏

往后的很长一段时期，苏苏仿佛被拧下了发条，醉心于在"地球旧事"中学习。她看见富兰克林拉着风筝在雷雨中走过，法拉第摇着磁铁孕育了电流，爱因斯坦吹散了物理学的乌云，霍金的猜想敲响了世纪警钟。宇宙之大，不再让她孤独，苏苏的意识去往银河系最高深莫测的黑洞，与四十六亿年前的太史星云一同见证日月分离，用嫦娥五号带回的月球土壤种花，在太阳系的荒地寻找古人类战后的遗迹。宇宙之小，让

失控边界

她变得自由，她俯身于微小的量子世界，倾听着万物在弦理论的弹奏下迸发能量，光子在希格斯场横冲直撞，玻色子却因此拥有了质量，一普朗克单位下的量子风吹拂过她的脸颊，那是生命之弦在颤动。

五年后，苏苏成功通过了天体物理博士学位的考核，才又进入冬眠时期。此时，火种号已经走过了航程的一半，她沉睡了十二年，醒过来后，依然没收到陈慕思的回信，她只能再次选择冬眠，再一次醒来时，时间又过去了十三年。

AI告诉她，航灯号暂时没有探测到暗物质相关信息，但火种号收到了一个微型无人飞行器，AI花了八年时间，才将飞行器中的量子信息储藏器恢复完整，里面包含了海量的探测资料，是仰望号在航行的七百六十三年间收集到的宝贵信息。除此之外，还有一封电磁波信件——

苏苏：

当你收到第四封回信时，时间应该过去很久很久了，我的情况有点儿糟糕，救生舰不小心触到附近的陨石尘埃，加剧了破损，燃料也已不足了。

但我已经启程了。透过舷窗，我能更加清楚地看到里皮星系，A星是一颗橘黄色的恒星，它跟太阳很像，光看着就让人产生昏昏欲睡的幸福感，B星微微发蓝，如天王星般孤独、浪漫。

当A星和B星划过的痕迹变成了可视线段，我就知道自己距离暗物质很近了。光速在不同时空中呈现出不同的传播速度，反射到我眼睛里，变成了断断续续的线段，越靠近里皮星系，光速越来越低，线条被拉得越来越长。后来呀，黄色蓝色的线条在宇宙中飞舞，竟然像黑夜中绽放的烟火，好美，就像你送给我的元宵节照片。

也许，在某个时间点上，时空会变得很慢很慢，像黑洞一样。但它应该更温和一些，毕竟它不与光产生直接作用，所以这里的光速可以逃逸，电磁波如乌龟般缓慢步行。

……

12月7日，这片时空又扭曲得更厉害了。那是一种人类语言难以形容的怪诞，舷窗变成凸透镜，杯子变胖了，我也变成了一个大胖子。救生舰里的一切物体，就像几何拓扑学中端点相连的图案，虽扭曲变形，却遵循着原来的数学关系，是不是很有意思？

接下来，我想到更靠近暗物质的地方去，那里是一片从未被开拓的荒土。我想到了三种可能：第一种，是建立在"暗物质引力井是引力有限大、体积有限小的黑洞"的设想中，我会像《果壳中的宇宙》里的那位宇航员，外界永远会看到我跌入视界的最后一瞬间，当然，我进去的时候，手里会拿着电筒（笑）；第二种，救生舰会被暗物质的引力差撕裂，我变成了"面条人"，这可太悲剧了；第三种，暗物质无法反射电磁波，也无法与光产生作用，它像一间幽闭的密室，我一旦进去了就出不来了，可能会成为人们无法探测的幽灵，永远停留在幽暗的真空中。

当然了，还有更多的结果。也许，暗物质是虚无，是虚空，是一切；也许，我能在暗物质中自由穿梭，前往另外一个宇宙；也许我在进入暗物质引力井时，被巨量辐射迅速熔化。

不必害怕，不必孤单，不管是哪一种情况，我都将以不同的形式陪伴你。

抱歉，时间不多了，空间扭曲的程度超过救生舰可承受范围，电磁波通信恐怕也会在传播途中被无限损耗，我只能将大部分燃料留给微型无人飞行器，它携带着仰望号多年的成果，是我最珍贵的东西，我把它当成交换礼物，送给你了。

祝你的航程一切顺利，我会在你的身后，目送你到达天秤座。

永远祝福你的陈慕思

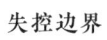

"陈……慕……思。"

苏苏缓缓地说出三个字,她第一次说出对方的名字,说得缱绻而缓慢,如婴儿第一次喊出最亲密的人的称呼。

眼窝很烫,眼眶被前所未有的潮热浸染,少女分不清是伤心还是无措。在以往的寻根课程中,她经常看见人们的喜怒哀乐,自己却好像早就丧失了哭泣的功能,仿佛泪腺也退化了似的,而今天,她的泪腺又回来了。

苏苏触电般擦掉眼泪,轻轻握着那张打印出来的照片,原来纸张的触感是那么厚实、温暖、干燥,就像那个照片中倚着窗阅读的大学生。

"妈妈,未来的他,会遭遇什么?"

系统AI:"抱歉,无法计算。"

是的,超级计算机也许能计算出暗物质的质量、密度、效应,甚至是衰变后的高能粒子状态,却很难模拟一个人类进入暗物质后会发生的一切。那是薛定谔的盒子,只有开启的人才知道。

苏苏将照片收进口袋中,将它放在最靠近心脏的地方,抬头时,她已经不哭了:"拼图师先生,总有一天,我们会相见的。"

一千三百年后。

拼图号缓缓驶向里皮星系,舰艏破开绵延万里的尘埃云,见证着宇宙死神弹指一挥间创下的遗迹。曾经的双星系统只剩下伤痕累累的A星,它像一个无法跟踪的幽灵,游弋在深空之海中,而那些范围极广的宇宙尘埃,就是B星散落四处的尸体。

年迈的女舰长站在全息屏幕前,她的身边围着一群年轻的科学家。"现如今,人类尚未找到直接研究暗物质的方法,我们只能通过大量的

'引力透镜效应'，画出暗物质密度分布图。暗物质密度分布图，就像一幅等高线图，黑洞、恒星等天体是最高标的物，暗物质较少的地区，则是汇聚在等高线之下的河流、沙土和山体。每一个星系，都有一个暗物质密集区，它们就像一个个往外拱起的堡垒，又如一只只长着触手的海葵，星系之间互相牵手，互相连接，根据时间轴推移，一只只海葵不断地游动、蠕动，爱因斯坦环就会随着暗物质之海的涌动而不断拉长、缩短……"

科学家们齐齐望向漆黑的窗外。一千年前，他们的祖先曾经寄希望于格利泽581，希望那个单恒星系统是一个和太阳系一样理想的模型。经过漫长的跋涉，人类终于抵达了心心念念的宜居星球，殊不知，格利泽581并不是处于纯真空状态，而是位于'海葵'的一只触手里。在暗物质的牵拉下，格利泽581的运行轨迹比太阳系复杂得多，对人类而言，仅仅是一丝测算的偏差，就会带来灭顶之灾。

这就是拼图号致力于前往里皮星系的原因，在可怕的尘埃云里，极有可能隐藏着破解"暗物质"的钥匙。

"报告！"一名舰员急匆匆地跑进指挥室，"老师！我们找到了一个金属存储器！"

女舰长已经年近花甲，一双眼睛却比暗夜的灯光更亮："把红外扫描图接进来。"

科学家们朝着屏幕簇拥过来："老师，这东西不是天然形成的，会不会是外星文明留下的遗物？"

全息屏幕上出现了一张存储器的红外扫描图，忽然间，有人对着屏幕喊了出来："这是什么？一堆玻璃碎片，还有分解水质。检测结果出来了没？是水果？黄桃！天啊，居然有人把一个黄桃罐头发射到这个荒漠！"

失控边界

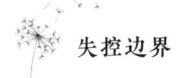

女舰长怔愣了许久,像想到什么,热泪盈眶地喃喃说道:"他终究是信守了承诺,那瓶黄桃罐头,他还是舍不得吃。"

距离和陈慕思的最后一次通信,已经过去一千个地球年,人类对暗物质的研究取得了突飞猛进的成果,甚至从天体物理学中衍生出一门叫暗物质的学科,而那名学科带头人,便是这位女舰长。

科学家们望着头发斑白的科学巨擘,担心地问:"前方便是暗物质密度分布图中最危险的领域,我们还缺失许多反馈的数据,老师,真的要让拼图号贸然进去吗?"

"不能再等了。"女舰长凝望着那个黄桃罐头,"你可知道,即使历史前进了一千年,人类对暗物质的实践研究还处于空白阶段。那是因为我们总是在理论上寻找答案,却没有勇气下海勘察。作为第一批'暗物质海洋潜水员',我们理应身先士卒,为人类寻找这一块缺失的拼图。"

"可是,迄今为止,还从来没有一个人类到达过暗物质的引力井——"

女舰长却缓缓摇头:"错了,我们不是第一个。"

科学家们惊讶道:"难道这片'海洋'上还有别的人类来过?"

苏苏望着尘埃云的尽头,目光灼灼地说:"他在里面等着我,等了很久很久了。"

敦煌笔记

⊙ 未 末

未末，平面设计师，作品常发表在《科幻世界》《科幻立方》。作品《星际求职者》获得第九届光年奖长篇一等奖并由中国科学技术出版社出版，《无人驾控》获得第 31 届中国科幻银河奖最佳新人奖，《孤岛之雨》获得第八届未来科幻大师奖二等奖，《九号公寓》《消失的左手》获得第九届光年奖微小说二等奖。

虽然不可思议，但这本研究笔记的下面……是我的尸体。

当你们打开铁盒，翻开尘封已久的封面，看到这段将死之人写下的文字时，你面对的是一个曾经从里昂美术学院离法归国后销声匿迹的画家。至于我生前的真实身份，你们不难从民国26年（公元1937年）出版的《敦煌北魏壁画研究实录》里找到痕迹，不难在《申报》文艺专栏看到署名为"萨埵太子"的美术史学的相关文章，又或者在梁思成、张大千与徐悲鸿的往来书信中窥探到我首次抵达敦煌的时间。

这么说来，你们翻阅这本满纸狂言的笔记时兴许能少一些质疑。

但无论如何，请耐心读完这本字迹草率的笔记，它记载了一段跨越2583年时间长河的奇异往事，一段不为人知的、与遥远文明接触的敦煌秘史。而这一切的一切都要从敦煌莫高窟即将——或者曾经——发生的一桩令人咋舌的高科技文物失窃案说起。

12月7日的敦煌处于零下15摄氏度，两位黑衣人进入了建于北魏时代的敦煌莫高窟第254窟，用随身携带的"量子激光平切仪"（这是G告诉我的名词）将阙形龛下方的两幅北壁壁画、两幅南壁壁画切割成边长为10厘米的薄片，从几千年前的崖壁石体上如同拿拼图一样轻松地取下来。这种魔术般的切割器能让切口逼近最小值，文物窃贼的目的是方便运输，并且在目的地重新拼凑，转卖给幕后买家。

切下的壁画中有一幅是我的毕生所爱，那幅《萨埵太子舍身饲虎图》高54厘米，长71厘米，却成了35块正方形残片，这一举动无异于将我的心同时碾碎。然而两位黑衣人无法在运输途中保存1000多块厚度只有0.1厘米的脆弱薄片，因此每卸下一块，就用喷剂往它身上喷涂透明的胶状物，以此分散来自内部的不均匀应力，增加其结构韧性，就像给黑白照片过一层塑胶膜那样。于是，仅仅费时25分钟，254窟内部的 4 幅主体壁画、千佛一千二百三十五身图、大小装饰纹样，共计 1386 张"照片"就这样被瞬间窃取。

愤慨是必然的，但接下来的逆转却大快人心。

两个黑衣窃贼离开前，将壁画残片整理到早已准备好的空箱子里。这些箱子让我想起 1900 年八国联军侵华事件之后，英国探险家马尔克·斯坦因曾用 9 口空木箱运走了敦煌不计其数的藏经写本、绢画和丝织品。然而，这两位黑衣人并不走运。他们驾驶了一辆经非法改装后屏蔽了声浪的沙地摩托，从鸣沙山穿过玉门关，当准备沿丝绸之路"北线快道"的方向偷渡进入西亚时，来到相传连雄鹰都无法飞过的高山。因为山势陡峭，他们的车子侧翻了，5 口大箱子陆续滚落沙堆。

箱子滚落时的状态引起了他们的注意，在毫无心理准备的情况下，黑衣人打开箱子，居然发现那 1386 块北魏壁画残片不翼而飞，完全称得上是原地蒸发，因为封装它们的塑胶保护膜完好无损地保存在那里，但里面的壁画却彻底消失了。我想，他们当时的第一反应恐怕是得罪了洞窟里的神明，想起了《西游记》中运回无字天书的情节。

然而，我说过，这只是整个故事的开始。

以下笔记中的内容可能完全超出你的预料，对我而言也是如此，但时间终究会验证其真实性。这也是我留下只言片语的初心。

1940 年 8 月 8 日　绝笔

1936 年 3 月 18 日

敦煌这片艺术圣地位于东西文化的"十字路口"，法国人来过，俄国人来过，德国人来过，日本人也来过，带走了不少宝贝。我们算是中国第一批正规的敦煌考察队——有组织、有经费、有计划的考察队。

失控边界

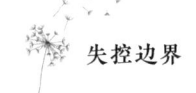

抵达千佛洞后我们未曾休息，汪致远这个前木匠出身的雕塑家就领我们用当地的黄杨木、馒头柳和菩提树做了一条算不上美观的"蜈蚣梯"。借着这把梯子，我们登上早已颓塌的17米陡峭洞壁，进入一个个神秘洞窟，从北朝、隋唐，到五代、西夏、元、明、清，这里堪称一座风格多样的"中华美术博览馆"。

我建议队员先查看第254窟（编号是我们后来安排上去的），我心心念念的那幅《萨埵太子舍身饲虎图》曾经只能在法国人编撰的《法兰西敦煌学考》（书名是按外文翻译而来）见到黑白影印版，如今却能一窥真容了。

我按捺不住冲动，第一个进入洞窟。由于洞口都是朝东开凿，中午的光线难以进入洞底，我必须手拿一盏小油灯才能看清楚里面的情况。

洞中央有一根连接上下的方形塔柱，柱前是波斯风格的拱形龛，龛内有一尊双腿相交、仪态肃穆的弥勒佛像，身旁绘制普蓝与藏青色火焰纹头光、飞天图、莲花化生童子图。绕过一圈，光线停留在入口右侧的北壁壁画上，在那里，阙形龛的下方，绘有因缘图、本生故事图和经变图。

一幅幅钴蓝色泽的扭动纹样，平面而生动的人物、妖兽、鬼神，在微弱的灯火中摇晃抖动，我仿佛进入佛国的极乐净土和琉璃世界。真是令人瞠目结舌，几千年前的古代画师居然有如此神乎其技的造诣。

我惊叹道："颂锦，你看，多么古朴壮美的洞窟壁画啊，这古印度犍陀罗时代的浑厚造型，加上北魏粗犷雄浑的线条，真是直击人心的至美。"

一旁的女学生憨笑："主任，颂锦小姐？您的未婚妻并没有在队伍里，您这是自言自语吗？"

"哦？"我腆着老脸说，"见笑了，见笑了。"

我这才想起爱妻颂锦还在法兰西求学，不在身边。

记得那是一个秋天，颂锦带我到塞纳河北岸的卢浮宫博物馆，本来一心想从西洋油画上博取造诣的我，第一次见到了一幅在海外展出的敦煌壁画残片，我的惊奇与喜爱溢于言表，那表情被颂锦笑称为"火车压了脚趾头"。

惭愧，作为中国人我竟然不知道国内还有这种极致的艺术。

自那之后，我一生的所爱，除了颂锦便是敦煌了。

从记忆中回过神来，我继续在254窟探寻，通过壁画中一处象牙白的三层塔，我找到那幅心心念念的《饲虎图》——图的下半部分是一只弓背的母虎，旁边是七只小虎，饥饿难耐的虎妈和虎子张开血盆大口，撕咬着萨埵太子的腰身。由于壁画中铅元素逐渐氧化，太子的肤色发黑，老虎的皮毛呈现深棕色。

胡沉雁也拿着小油灯靠过来，说道："主任，这幅画你已经看了十几分钟了。"

她拍了我肩膀，我才醒悟过来，让胡沉雁靠近画壁，用油灯细细照射上面的斑驳纹路，那上面好似反射出游蛇般的细线。

"看到了吗？"我推推眼镜，神情严肃。

她说："这些银亮的凹痕……沿着轮廓描绘了一遍？"

"对，我从敦煌当地居民那里得知，在我们之前也有不少学者单独前来临摹壁画，但方法很不妥当。他们在壁画表面蒙上一层半透明的油脂纸，再用坚硬的铅笔描绘轮廓，对壁画造成了严重破坏。"

说完，我连连叹气，抬起油灯站起来，脑袋却一阵眩晕，迷迷糊糊之间，看到壁画中的千佛像在光晕下重叠晃动，看到其中一张佛像身上浮现出一张人脸。那张脸不像是画的，倒像是一个真人从墙壁上走出来，五官相当清晰，眼窝深邃，鼻梁高耸，整体而言是中国人，

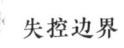

却融合了西方人的一些特征。

"那——是什么?"我不禁大喊。

学生们都吓得往后退,汪致远冲上来,胡沉雁失手打翻了油灯,我们像见了鬼似的往外跑。

冷静头脑后,我把看到的东西告诉队员,喝了一口当地咸得要命的草根汤,几个女学生说晚上不能睡在禅窟里,就连藏经洞和存放食物的仓廪窟也不能住人。胡沉雁听了大笑,认为这无非是油灯长时间炙烤壁画上的矿物颜料,导致有毒气体挥发,使我产生了幻觉。她在油彩媒材上的专业禀赋很深,大部分人都相信了这套说法,放下了惶恐的心。

只有我觉得不对劲。

1937年9月21日

这段时间我们有了不少发现,其中之一便是"六体文字碑"。石碑上方刻有"莫高窟"三个字,分别用汉文、梵文、藏文、西夏文、八思巴蒙古文和回鹘文写了佛家的六字真言。我把石碑拓片叠入信封,并在信中对颂锦说:

锦,国内战事虽然吃紧,但我在敦煌一切安好,没有性命之忧。谨以信中的石碑拓片聊表思念。佛家的包容、文明的大同、你我的重逢,都寄托在这张小小的拓片上了。

此后,我们并没有立即测量敦煌遗迹规模、为洞窟编号、临摹和保留壁画内容,而是先完成目前最重要的任务——修缮并保护敦煌遗迹。我们用沙排清积沙,用盐水铸沙墙,种防风林,修栈道……

汪致远原本是来临摹敦煌造像群、彩塑和浮塑的，如今却理所当然地被我当成了个泥水师傅，开始修复坍塌的洞壁和残缺破损的佛像。他也乐得其所，甚至以自身专业优势，提议在崖顶裂隙上涂抹泥皮和石灰，以便防止雪水渗入洞窟造成壁画霉变。

他一边砌墙，一边和我谈论起敦煌莫高窟历经十个朝代的修建史，还谈到了乐僔和尚。

"乐僔和尚，敦煌的第一建造者。"汪致远扬着打石匠一般的胳膊，津津有味地说，"老彭，你觉得他建的第一个洞窟是哪个？"

"这啊？现在已经无从考究了。"

"那么关于他的神话是不是真的？"

"哪个神话？"

"据说乐僔和尚西游到敦煌，看见鸣沙山上金光万丈，山顶惊现千万重佛身，便立即顶礼膜拜，由此才凿下了第一个石窟。"

"开凿洞窟是真，佛光应该是假的吧。"我正在忙碌，并没有认真回答。

"老彭，你相信世上有神吗？"

"我是个无神论者。"我继续涂石灰。

他点点头，粲然一笑。

就在我们填补石灰的窟顶的缝隙下面，是第320窟，胡沉雁和她的研究生们正在对里面遇潮霉变的壁画进行记录和紧急维护。此时胡沉雁的粗眉毛挑了一下，大声喊我们下来。我们和三四个研究生便放下工具去查看。洞窟中有学生围观，我掰开他们的肩膀挤进去，看到那面石墙与众不同，金黄的壁画背景上有一处明显的空白，像是表面的颜料脱落了。然而胡沉雁却说是被人用胶布扒下来的。

她告诉我们，1924年，兰登·华尔纳面对早已被斯坦因洗劫一空

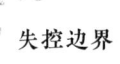

的敦煌宝藏,不甘于一无所获,便用胶带粘走了320、335等窟的壁画。这件"传闻"是她在美国就读时一位岩画专业的教授讲的。当时华尔纳用特制的试剂打湿壁画,然后用胶布粘走,手法极其野蛮粗劣。

然而我发现,这剥离下来的壁画边缘似曾相识——对了,和我在卢浮宫第一次看到的那幅佛像壁画一模一样。我脑子一片空白,双脚像失去了重力一般轻飘飘,仿佛被盗贼揭下来的不是壁画,而是我身上的一层皮,身为中国人的脸皮。我滴血的心扭痛起来。

从那时起,我便有了死守敦煌的念头。

胡沉雁还说,这种完全剥落的破损壁画没有任何复原的可能,相比之下254窟的《萨埵太子舍身饲虎图》受到的损坏则微乎其微,以她掌握的"剔补技术"还能修复回来。

我回到254窟,《萨埵太子舍身饲虎图》还在那里,我心想如果自己的命只能保护一幅壁画,那非这幅莫属了。我又拿着小油灯,靠近它认真观察,心痛于那上面被铅笔刻出来的凹痕造成的破坏,希望胡沉雁能早点儿将其修复。但壁画最大的敌人是时间,时间将扩大凹痕,将其氧化的表面风化消蚀,最终抹除历史的痕迹。

然而——我竟然发现,《萨埵太子舍身饲虎图》的颜色比一年前还要鲜艳了,而且再也找不到曾经的凹痕。

"这不可能!"

我把胡沉雁叫过来,她说自己并没有私下修复这幅画作。

"那这是怎么回事?"

她摸了摸自己的后颈,竟莫名其妙地问我:"有没有觉得这个洞窟比其他洞窟的温度要低一些?"

她这么一说倒是引起了我的注意,我们每次夏天入洞后都会闷出一身汗,而这里却清凉许多。

胡沉雁是个不信邪的女孩,她伸手按在壁画的一处空白上,说:"洞壁温度也比较低,想必是某种地质环境使得洞窟长时间处于阴凉状态,至于为何这种阴凉能够自动修复壁画上的凹痕,我一时找不出解答,但一定有其背后的科学道理。"

胡沉雁走后,汪致远也来了,其他队员也都看了一遍,没有提供任何更合理的解答。

我曾经每隔一天都会查看这幅壁画,上面的凹痕一定是存在的,后来变为半年查看一次,难不成就是在这段时间里,凹痕逐渐"愈合"了?我脑子里出现"愈合"二字时,顿时把整个石窟群想象成了一个生命,而洞窟就是巨兽的嘴巴。

"不,不可能。"

倘若千佛洞是沉睡几千年的巨虎,那我岂不成了它腹中的食物?我想起了《萨埵太子舍身饲虎图》中的故事情节,顿时后脊发凉。还有第一次探洞时所见到的那张人脸,是否就是巨虎容貌的化身?

正当我浮想联翩之际,我蓦然感觉身后有东西出现了,认真感受,不是别的什么,而是一阵微微刺骨的凉意,在32℃的洞中这股凉意显得不同寻常。我抽身站起来,躲到光线昏暗的回字形甬道的角落,才正眼看到了那个散发寒气的东西。

一个人形的雪白色物体站在离洞口两米左右的地方,原来是一个三四十岁的男人,背着双手,穿一件异常简洁单调的白色制服,深棕色头发,黑眼睛,五官非常精致耐看。于我常年在法国留学的经历,加上对于人体素描的理解,我不难断定这个男人有一半的欧洲血统、一半的中国血统。另外,我还留意到了一般人时常忽略的细节(这也与我常年画素描与油画有关),当时是早上7:30左右,太阳光从45度角斜射入东向的洞门,而这个男人所站立的地方却没有一点儿影子,不符合西洋画的光学特点，不符合常理。

更加不符合常理的是接下来他的举动——

当我想要询问他是谁的时候，那男人仿佛没有看到我，慢慢离开了洞口，如同他的眼睛是长在脑后似的。

然后，他消失在了洞外耀眼的太阳的光晕之中。

1939年5月14日

距离那次匪夷所思的事件已经两年了，我没有看到《萨埵太子舍身饲虎图》上的凹痕再次出现，也没有重新遇到白衣男人。

此时国内国外战事连连，虽然远在西北边陲的我无法听到战火轰鸣，但是躺在禅窟地面上睡觉时，我的心与脚下的大地连为整体，我仿佛梦到无数生命消逝、陨落、化作死灰，听到了无尽的爆炸、喊杀、哀号和痛哭。

每天，我都睡不安稳。

抗日与我们最直接的关系便是资源短缺，组织上无力再承担经费投入，敦煌市生活物资供应紧张。别的都还好，水可以挖井吃咸水，干粮还有储备，但是临摹壁画用的颜料一时无从索要。这些矿物颜料原本需要从印度或日本购进，鉴于局势所限，只能另辟蹊径。

我此时才意识到从宾夕法尼亚大学诚邀胡沉雁过来是明智的选择，她作为菲比斯门下的岩画专业博士，竟懂得用野外矿物或植被自制颜料。她叫人研磨敦煌特有的褐铁矿和三氧化二铁砂砾制作鹅黄、赭石和赤红；让汪致远开山石，刮出蓝铜矿制作石青、孔雀蓝；从篝火堆的煨烬里提炼石墨黑、白和灰，再掺入滑石粉、盐、调色油进行调制……她甚至还想过用我从欧洲带来的咖啡豆做点儿朱砂色。

颜色虽然有限，但足够解决现阶段的窘迫。

在吃完午餐后，我好奇地问起胡沉雁为何会选择岩画专业，她则说自己的老家就在甘肃，河西走廊以东，祖辈三代靠制作烟花爆竹成为当地比较富裕的家族。她自小就会配火药，渐渐也就对矿物情有独钟，尤其是烟花在夜空中绽开时的那一幕极致的灿烂，让她对矿物与艺术都产生了特殊情结。岩彩画就是结合两种事物的完美产物。而她认为，敦煌壁画的美并不亚于烟花的璀璨。我一边笑她是"玩火女孩"，一边感叹唐朝的烟花祖师爷李畋如果不是将火药仅仅用于表演，是否能将禁锢的威力制成武器，从而改变历史，让唐朝不至于灭亡，敦煌不至于失落。

胡沉雁板正的脸上露出难得的微笑，说要教我配火药，还列了个家传配方清单，让我夹在笔记中不得外传。又说，硝石、木炭和硫黄的比例保持在 15∶3∶2 是最理想的，如果没有硝石，也可以从鸟粪中提炼硝酸钾。

汪致远对于"鸟粪炸弹"的土办法很不以为意，一直想弃艺从军的他曾了解到，第二次世界大战德军已经在研发炸弹的定时起爆装置。我们的落后可想而知。

后来，我把炸弹的事抛之脑后，一心临摹洞窟里的壁画。我们必须赶在战火蔓延到西北边陲时将尽可能多的壁画图样记录下来，显然我们缺少足够经费购置当时尚没有在中国普及的彩色照相机，只能一笔一画描摹。白天借助有限的阳光作画，晚上就必须点上小油灯才能看清楚，为了不使颜色失真，往往是晚上描轮廓，白天填颜色。这看起来令人乐在其中的工作，持续久了也同样乏味至极。

尤其是临摹洞窟顶部的盛唐藻井纹样时，那上面细密繁复的图案令人目眩神昏，而且我的画架几乎垂直竖立，头顶图样水平展开，脑袋就必须在两个画面中来回切换，90度扬起头颅认真观察，再垂下头

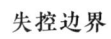

来画上一笔。这种劳作带来的体能消耗可想而知。

昨天晚上快九点的时候，我在254号洞窟临摹人字披顶的仿汉式木构建斗拱纹样，同样需要不间断地抬头，渐渐便感觉头昏、恶心……慢慢，我不知道是产生了幻觉还是确实目睹到了什么，头顶被烛光照耀的地方，一些轻飘飘的银色尘埃不断地朝洞窟四壁聚集。

按照常理，无风的空气中浮尘应该做无规则布朗运动，但这口洞窟就像个会呼吸的生命一般，墙壁上的"毛孔"将空气缓缓吸收。我抑制住惊恐，靠在墙面仔细观察，确实不是幻觉，大量尘埃颗粒如同归巢的蜂群一般吸附到墙上，但它们太小了，我早已疲惫不堪的双眼失去焦点，看不清楚具体是怎样吸附进去的。

就在我毫无设防的情况下，一股凉意袭来，那个白衣男人再次出现了。

此时的我已经没有了特别强烈的反应，反倒是像面对阔别已久的挚友一般多了点儿兴奋。

他的行为依然奇怪，先是绕回字形甬道走一圈，又旁若无人地靠在墙角边休息片刻，用诡异的眼神打量一遍洞窟，但视线总是落不到我身上，仿佛我在他面前是透明的。

忽然，他盯住了我，我被吓出一身鸡皮疙瘩。

接着他扬起颤巍巍的笑容，那微笑的动作也很特殊，常人都是迅速提起笑容然后缓缓放下，他是反过来的，给人一种笑里藏刀的印象。

我木然凝视他，他低头从白色制服隐藏的衣袋里掏出一个7厘米×14厘米的深黑色小长方形，轻轻一甩，展开为一块类似于瓷砖的玻璃面板，徒手在板上写道：

"你好，萨埵太子。"

他无声的问候像一记重锤打到我的内心深处。他怎么会知道我即将使用的笔名，当时我还没有在《申报》文艺专栏发表任何文章，没有人知道我自称"萨埵太子",这个白衣陌生人是怎样窃听到我脑海里的思想的?我瞪大双眼注视他,并问道:"你……你是谁?"

他没有回答,伸手擦除了所写文字,又用手指一笔一画地写出了以下内容:"请把你要说的话写下来,我不可能听到你那边的声音,你也听不见我说话。"

我赶紧撕下挂在画板上的那张夹宣纸,用笔写了三个字:"你是谁?"

他写道:"我是G,你要见的人。"

"可我……并不认识你。"

"你曾经不认识,但现在认识了。"

我并不在意这个神秘人说话颠三倒四,只想弄清楚他是怎么来到这里的。

他写道:"我和你一样都是敦煌壁画的守护者,区别在于我们处在不同的'流域'。我通过'逆游'才来到这里,还不太适应'跨游交流'。所以你前几次才会看到我不算成功的'游泳技术'。"

"那么你'游'到这里来的目的是什么?"我跳过了他话里面含糊其词的用语,直奔主题。

"我要向你传递一个信息。"

"什么信息?"

"1940年8月8日,你会遇到两个黑衣人,然后有一个人会死去!"

我一脸狐疑,觉得这个玩笑或恶作剧的水平不算高明,如果他非要自称是信奉某种学派的预言家,那我顶多微笑着请他离开,不会因为三观不合而跟他大肆理论。

"一个人死去?"

"对,请记住具体时间,这对你对我们都很重要。"

"你们?你们是谁?"

"我代表我们这边的世界,但我暂时不能透露更多信息。"

"那么你个人的目的是什么?"

"我没有个人目的,我所写的每一句(包括现在这一句)都是按照你规定的剧本来演的,我不能也不敢多写一个字。"

"我的剧本?"我的理智很快就会因为他的出现崩溃了,但尽量不去深究。

"对,一切的一切,有因必有果。"

"我怎么相信你所说的一切?"

白衣男人点头微笑(动作依然是说不出的奇怪),仿佛心领神会地说:"如果你非要验证,那么我告诉你,在你遇到黑衣人之前,你将要面对一次重大抉择。"

"什么抉择?"我下意识反问。

"爱情与事业的抉择!你的未婚妻……"

"你是指……颂锦!你要对她做什么?"他触犯到了我的隐私,我的底线。怒不可遏的我准备伸手抓住对方的胳膊,却一手扑空。他竟然是一个如同幽灵般通透的"影子"。

我过激的行为没有惹怒他,他满脸堆起空泛的笑容,然后倒退着离开,穿墙而过,消失了。

我在南面墙壁的另一个石窟里并没有找到他。

1940年7月28日

自G第二次出现已经过去将近一年,他的话一直萦绕在我耳边。

1月至3月日军在国内的攻势越发猛烈,4月9日德军运输舰驶进丹麦港口,装甲部队越过了日德兰半岛的丹麦防线。国内正在筹备抗战经费，这使支持国立文化维护所敦煌研究组的部门经费大幅缩减，已经低至一开始的五分之二，我们只能依靠信念勉强坚持下来。

每月的这个时候，胡沉雁就需赶到原苏维埃国家银行西北办事处（现陕甘宁边区银行）支取经费，曾经的苏票已经改为国民政府发行的法币。战争时期的钞票普遍贬值。然而这一次，胡沉雁空手而归——实际上手里捏着一封信。

信是组织寄来的，信上说：

鉴于目前的紧张形势，备用经费已经全部投入前线战场，至于敦煌研究组接下来的任务组织不再继续资助，各成员也无须返回组织报到，请自行决定去留。望知悉。

汪致远愤然说道："连散伙费都不给！"

"我自己取了点儿钱，还能维持一段时间。"胡沉雁说。

然而有人却唱起了反调："这样不是办法，没有组织支持，敦煌的研究和维护工作是持续不下去的。我们还是早些离开这里吧。"

4月11日，我们队员十二人围坐在一起吃了最后一餐咸味十足的菜根汤（敦煌的水非常咸），八名研究生投票决定解散队伍，他们会一起沿着河西走廊回去。

那一晚，我为了留住一些人，说了句深埋心底很久的话。

我说："你们都知道我尤其钟爱那幅《萨埵太子舍身饲虎图》，有几位同志暂时还不理解这种偏爱背后的意义。说来，也是巧合，本来不太深究佛教的我在拉·恩斐索写的《佛教因缘本生故事集》中看到了有关萨埵太子的传说……相传宝典国有三位太子：波罗、提婆和萨埵。他们外出游览，看见绝壁与山谷间跌落七只小虎和一只母虎，因

为与世隔绝无法获取食物，饥肠辘辘，奄奄一息。三位王子都表达了对饿虎的同情，只有三太子萨埵救虎心切，脱下衣服纵身跳下山谷，用自己的身体喂食老虎。"

篝火边，他们低头沉默。

他们知道我自称"萨埵太子"，是那个能舍身饲虎，敢用性命保护敦煌瑰宝的人，但他们知道其中的代价。看似坚强的胡沉雁因为不舍得离开而落泪，她舔舐滑落在嘴角的泪水，笑称是咸的，有敦煌特有的苦涩味儿。最后，她愿意继续留下来陪我。

汪致远不打算留下来，收到家书后他决定通过杭州国立艺术院报名参军，他一个"打石匠"有着过人的体魄去"打鬼子"。那是另一种舍身精神。

离别前，他重重地抱紧我，说："老彭，你说你不信神。"

"没错。"

"但你就是一尊神呐！"

"什么神？"

"敦煌的守护神。"

他抱得更紧了，以至于摇手送别时，我的腰间、脖颈和腹部都还残留着他的力道与体温，就像他的影子、他的魂还依依不舍，留在敦煌的沙地间。

汪致远离开前，从他腰间抽出一条牛皮带，硬塞到我手上："老彭，这是我在陕西开石造像时用的工具带，双层牦牛皮很耐用，可以贴身挂点儿工具。"

我绑在腰上，谢过他："很合身。"

他拍拍对襟的风衣，转身离去。

良久，我和胡沉雁目送他们一行人消失在远方地平线上，孤独感才从脚后跟慢慢爬上脊椎。何况，现在我和胡沉雁孤男寡女的，很难共处。

6月4日，胡沉雁一如往常去敦煌市区取钱，我存在国内的钱也快用完了，所以她回来时用骆驼驮了点儿物资，手里拿着薄薄的几叠东西。那是两封信，一封给了我，一封她自己拆开。她看完一脸凝重，中午吃咸腊肉菜汤时才轻启发白的双唇，告诉我她甘肃老家八十多岁的母亲因为患病时日不多了，加上大哥、二弟和三弟都在战场献了身，她必须回去操办老人的后事。

我安慰了她一番，她没有准备多少行李就上了路。

我知道她不会再回来，她也知道，所以她没有回头看我，也没有再看一眼风沙中飘摇的敦煌莫高窟。

我拆开另一封信件，是颂锦寄来的。

看完第一句，我的内心被无形的闪电击中，与白衣人G所说的一样，颂锦以解除婚约为要挟，让我放弃在敦煌的事业。原因很简单，她一直反对我回国，研究敦煌壁画的这四年时间里我们感情的时空距离不断被现实拉开，我又多次回信称自己一时半会儿不能返回法兰西与她相聚，因为我在敦煌的使命尚未完成。此次信中的结果在G的预言之下渐渐成真，我反倒是少了些震惊，只是那不着痕迹的感伤从肺腑中蒸腾而起。

自从G提到预言中的抉择后，我内心渐渐有了结论，如果非要二选一，我宁愿陪伴敦煌。于是，我拿起笔准备写回信，千言万语落在笔尖却只有一句简单的惜别：

锦，日子很长，还盼梦中相见！

写完，我在洞中哭了一阵。外面狂沙滚滚，很快就要进入难挨的风季了。

1940年7月22日晚上11：14，第254号洞窟的寒意逐渐升起，月光下，空气里的尘埃被墙壁缓慢吸附。G出现时，还是穿着那件单调整洁的白色制服，从墙壁中"游"出来，立在角落里打量我。

"你猜对了，"我对G说话时更像是自言自语，"颂锦离开了我。她……她无法理解我为何放弃法兰西的美好前程，回国做一个碌碌无为的穷画家，苦心研究敦煌艺术，因为她没有真正了解中国这几千年的灿烂文化和百年来的屈辱历史。如果她真的明白，也不会在信中用'疯狂'和'不可理喻'来形容我。呵呵，没关系，我毕生所爱，还有敦煌。"

我忘了要写字他才能看到，一见面便突兀地自说自话，像是把G看成久别重逢的朋友，并且是倾诉苦闷的对象。

他默然看了我一眼。

我随手捡起一根树枝，在洞中铺满沙尘的地面上书写文字："你的第一个预言得到了验证。"

他笑了，用擦子在折叠的玻璃面板上瞬间写道："还记得需要完成的任务吗？1940年8月8日，你会遇到两个黑衣人，然后有一人会死去。"

"这不合逻辑的预言，你是通过什么方式获得的？"

他写道："很简单。"

"有多简单。"

"在我们这个时代，可以借助'质能投射技术'将我的质能影像投射到你所在时空，两个时空得以并置。我此时所在的位置虽然也在敦煌第254窟，却是时间之河的下游，即你的未来。此时是2217年，我们之间跨越了277年，所以我很清楚你即将面对的种种遭遇。这样说你能理解吗？"

"跳开前面的专业术语,还能大概理解。"

"投射的过程称为'追溯上游',而我穿越时空则称为'逆游',所以我会在第254窟里看到你的影像,而你也同样能看到我。"

"你……仅仅只是想用这项技术与我交流吗?"

G写道:"我说过,我和你都是敦煌壁画的守护者,这项技术的初衷是修复第254窟破损的壁画,至于我们能够有幸跨越时间之河相会,纯属意外。"

"怎么修复?"我回想起之前的种种怪事——凹痕自动复原、洞窟温度骤降、墙壁吸附尘埃,这些恐怕都是G在修复壁画时导致的。

他说:"用一种特殊的光长时间照射第254号洞窟,便能使壁画重新恢复原貌,同时,这种光照技术倚靠质能转化定理可将时空维度击穿……哦,你不必深究其中的术语。当然,我暂时不能透露更多与此相关的具体内容,还得按照你所提供的剧本来演。"

"那么,所谓的剧本,究竟是什么?"

"时机还不到,恕难回答!毕竟这涉及因果纠缠。"

"说回那两个黑衣人。他们是什么身份,会在1940年8月8日采取怎样的行动?"

"我能告诉你的只是,他们是两个高科技文物窃贼,手上有枪。"

"文物窃贼?"我身子一颤。

我一生都痛恨文物窃贼,尤其痛恨那些破坏敦煌壁画的人,无论是卷走藏经洞无数经书的马尔克·斯坦因,还是用胶布将壁画粘走的兰登·华尔纳,还有用炭火熏黑壁画,甚至刮走了壁画金箔的白俄军队,一想到国弱民穷的时代下那些野蛮强盗的狰狞面孔,我就浑身冒烟。诚然,这些窃贼偷走的不仅是国宝,也是文明尊严。

G说:"他们是来自我们这个时代的窃贼,将对壁画造成毁灭性破

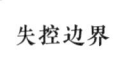

坏。我已经在修复他们所造成的巨大损失,但还需你助一臂之力。"

我问:"怎么对付他们?"

"你要靠自己的智慧找到对付他们的方法,我不能帮你改变原初选择和事件走向,那样会使你的未来、我的现在发生严重变形。其实,我们就像小心翼翼行走在时空之网上的虫子,每一个在过去轴上的轻微变动都将彻底改变未来,就如同你在上游激起的涟漪会在下游形成无数旋涡。鉴于此,我才如此谨慎地与你交谈,只按照你的剧本来演,不敢多写或少写哪怕一个字。"

我问:"既然你不敢改变一丝一毫,那为什么还要出现在这里,告诉我这么多?"

"因为我是你剧本里必须出现的一个人。"

所有的焦点又落回到"剧本"之上,我隐约感觉一条宿命般的枷锁将我和他死死困住,在一个封闭的沙漏里。

1940 年 7 月 30 日

这段时间里,我的右手因为不祥的预感而发抖,一开始只是间歇性的,慢慢变成了不可抑制的条件反射。

为了 8 月 8 日即将到来的挑战,我需要准备的东西很多。

首先我需要"武器",常规军备是不可能在民间搞到手的,即便是在战争年代也是如此。我用所剩不多的钱在敦煌市收购了一批鞭炮,将其中的药粉在温度相对较低的空置禅窟里小心地剥开,收集到没有静电摩擦的木桶里以备使用,然后学着胡沉雁教我的黑火药配方,调整其中硝石、木炭和硫黄的比例。原本鞭炮中的成分比是 2∶3∶1,如果增加硝石和硫黄的分量使比例为 15∶3∶2,就能使其爆炸威力逼近黑火药的临界值。因此我将备用药粉过滤掉用于助燃的木炭成分,并加到原先的药粉中提高爆炸性能。

一周后,我把30克精炼黑火药装入直径3厘米的中空圆木筒中,中心加入大颗粒砂石以增加内部空气含量,并赋予其更大的杀伤力。药筒内外连接一根灯芯草,系上引线,点燃,抛出。第一颗没有爆炸,第二颗通过引线深度和药粉密度的改进终于炸开了花,在稀松的沙地上留下20厘米的坑。虽然与理想效果还有段距离,但已经算是进步。

我把剩余的药粉做成了两个个头大一些的黑火药炸弹,保存在干燥通风的仓廪窟中,以备使用。

我很清楚,这种小儿科的炸药只够吓人,不足以造成太大的威胁。因此我在莫高窟千佛洞前的11棵黄杨树下面各挖了一个2米深的洞,作为陷阱。我按照一本关于荒野求生的佚名书上所讲的方法,将洞壁切面设计成倒梯形口袋状,这样掉进去的猎物就无法徒手爬出陷阱。挖好陷阱后,我在上面用竹网盖好,铺一层布、一层薄沙,再一层布、一层4厘米的厚沙,最后撒点落叶将所有痕迹覆盖掉。

之所以把陷阱设计在树底下,自然是有我的独到考虑。

1940年8月8日

8月7日,离G所说的关键时刻还有不到一天。

闲下双手之后,我的心开始发慌。我不知道接下来会遇到什么情况,赶紧着手给自己写好遗书,夹在这本笔记的第43页,希望颂锦或其他人能找到它,但不寄予多少希望。

8月8日,预言中的黑衣人还没有来,不过却出现了预料之外的一个奇观。

失控边界

那天，我醒来，吃了几块陈年麻香干牛肉后走出禅窟，洞外的光白亮了很多，原来是昨晚不知什么时候下起了雪，莫高窟独有的金黄"皮肤"上盖着银白色"棉絮"，差一点就彻底成了白纸，只有几棵黄杨树朝风沙惯常吹拂的方向斜斜生长，给单调素白的世界平添几分立体感。

下雪？

鸣沙山下雪是常有的事，但怪就怪在此时正值夏季，全身的皮肤都提醒我周围的温度并没有任何下降，那么此时的雪景又是怎么形成的呢？我没等细想，俯身捧起地上的雪，却明明变成了一掌黄沙从指缝间漏下。异乎寻常的恐惧感席卷全身，我以为是一场清明梦，狠狠揪了一把头发，头皮生痛，没有醒来。

于是我重复以上动作，白雪捧起来还是黄沙。这雪是假的。

我赶紧跑出数十米之外。在一块雅丹石和一堆泡泡刺之间，是一条泾渭分明的"雪沙线"，在我之内是皑皑雪绒，在我之外依然是遍地沙丘。整条分界线微微呈现弧度，我立刻绕着弧线跑了一圈，发现它是一个大圆，将方圆几十米的洞窟、砂岩、树木涵盖在内形成一个虚幻的封闭雪域，而圆的正中心则正好落在第254窟。理智告诉我这一切幻境都与G脱不了干系，然而为什么仅限于洞窟的奇迹现在却扩充为大圆呢？我暂时不得而知。

当天中午，我检查了一下黄杨树旁边的陷阱，有些因为渗沙而部分塌陷，但虚幻的雪层却恰好将其掩盖，不知道这算不算是G在暗中帮我。

临晚六点左右，我草草吃了点干粮，将两捆用麻绳和树皮包裹的土炸药摆放在砂岩顶部，借助仅剩不多的天光，居高临下注视那一排鬼影般的黄杨树。

大约又过了三四十分钟，预言中的两个黑衣人出现了——

跑到最前面行色匆匆的是个身高一米八的男子，一张马脸如同生锈的榔头般又尖又瘦，双肩很飘，但脚步异常轻盈，背着个与他身材完全不相匹配的大箱子，材质难以辨认。他身后随即赶来的是个体态壮实的男中年，西蓝花造型的胡子，夸张的大黑眼镜，找不到分界线的腰侧挂满了各种形状莫名其妙的工具。其中想必有枪。

我已经做好了准备，炸药在手肘边，等他们来到指定的区域内，我点燃其中一颗炸药的引线，扬起胳膊奋力扔过去……很显然我是故意没有瞄准他们，只盼着这颗劣质炸药能吓住他们，我预计他们听到炮声后会迅速躲到黄杨树后面（那里比较空旷，只有树身能够作为掩护），然后顺其自然地跌入挖好的陷阱。活捉，而不是贸然索要他们的性命。

轰！

一声重斧般的巨响，炸弹落到离他们四米远的地方，轰起的沙土把他们从头到尾冲刷了一遍。

然而，他们却丝毫没有反应，继续我行我素，甚至停下脚步镇定自若地准备工具。仿佛我刚才的炸弹是隐形的。

我原地思考了几分钟，顿时明白了情况。

为了验证自己的猜想，我斗胆从莫高窟九层楼的顶端爬下去，来到更低一级的台阶，然后远远地朝他们扔了三颗石子，其中一颗毫无阻碍地穿过他们的身体。没错，他们同样是幻影，是来自G那个年代的时空幻影。

我不禁遐想，如果当下的物质世界无法与他们产生任何关联的话，我该如何按照G的要求，制止他们大肆破坏敦煌壁画。G故意没有告诉我方法，希望要我自行参悟，可以说是很不地道了。

为以防万一，我手握平时砍树用的茅刀，尾随在他们身后六七米远的地方。

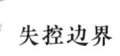

我注意到，他们都不是中国人。高个子即便有一定的亚裔人特征，也应该是东南亚居民的长相，印尼、马来西亚、菲律宾或缅甸等都有可能。而大胡子显然是美洲人或北欧人，但有一定的亚洲血统。

紧接着，大胡子男人从腰间的钉扣上取下一条质感类似于广东肠粉的半透明带子，双手头尾抓紧一拉一甩，10厘米长的带子像糖浆一般延展为数米长，然后他铆足劲朝莫高窟的顶部抛去，带子一边上升一边拉长，变成了十几米长的绳子，末端黏在砂岩顶端，如同攀岩的绳索。

高个子男人按照以上步骤也施展了一遍，两人便在绳索固有的拉力下跳起来，弹射到其中一口洞窟中。我很清楚，那个洞窟是第254窟，南壁壁画为《萨埵太子舍身饲虎图》。

我急忙沿着蜈蚣梯、索道和陡峭的断壁冲上洞窟，看看这些窃贼要对壁画动什么手脚。

当然，此时的莫高窟叠加了两百多年后的一些新设施，虽然这些设施只是虚像无法触摸，视觉上却难以分辨，我置身于真假的丛林间必须小心挪动。譬如原本在当下的现实中第222窟前方的地面因为年久失修而塌陷，叠加的影像却已经是修复后的完整状态，我会因为一时大意而深陷其中。

我最终来到了第254窟洞口附近，躲在一处几近颓塌的危墙下面，他们没有发现我，而是专心致志地"工作"。大胡子又从腰上的皮囊里取出一样工具，形态如同收音机的折叠天线，拉长后可以看到有8节铝合金套管，上面有几道散发绿光的轧痕。大胡子将"天线"插在洞窟地面的中心，然后两个人躲在一侧，另一侧"天线"的轧痕上释放出耀眼的绿光阵列，阵列落在壁画上时呈现为边长10厘米的方形组成的网格，被光格照射的壁画表面冒起缕缕白烟。

我脑门咯噔一响,心想他们难道是在"切割"壁画?

高个子收起"天线",又从工具袋里掏出另一件物品,那是一种类似于喷壶但造型更富未来感的东西,喷嘴是莲蓬状。他套着静电手套将其中一块壁画残片取下来,用喷壶喷出的粉色泡沫将残片前后左右完全覆盖,等泡沫消散,一层看似坚韧无比的塑胶膜便将厚度只有0.1厘米的脆弱薄片进行了加固。他们就靠着这样的方式偷窃壁画。

我看他们将高54厘米、长71厘米的《萨埵太子舍身饲虎图》切割成了35块正方形残片,心止不住地滴血——理智冲昏头脑,我抡起茅刀,喊叫着跳进去,一刀砍向他们。

很显然,我失败了,他们仅仅是来自未来的影子,我砍到的只有一片空气。

他们并没有发现我,旁若无人地继续着偷窃行为。

在我的理智还没有重建之前,有那么几分钟我尚深陷在歇斯底里的情绪中,疯狂阻拦他们,争夺、喝止,耗尽全身气力,跌跌撞撞,最后筋疲力尽靠在中央柱的下缘,眼睁睁看着这两个强盗、土匪、窃贼犯下这一幕罪行。遥想起过去和现在敦煌莫高窟所面临的种种遭遇,我不禁为它伤痕累累的玉体扼腕痛惜。

然而,这是两百多年后第254窟壁画的最终悲剧。G为什么要让我看这些,却又让我无力制止?

仅仅耗时25分钟,洞窟几乎所有的壁画被洗劫一空。虽然在我看来,当下的壁画还原原本本在那里,但两百多年后的命运却早已书写在剧本里。高个子打开随身背着的空箱子,将1386块北魏壁画残片像薄薄的卡纸一般堆叠在箱底,轻轻松松地背起,准备扬长而去。

离开前,他们在这洞窟外面的悬崖顶部贴了个发光的机械装置,不大,只比瓷碗底部小一些,上面还有一串倒计时,00:10:54。我够不着，但能看清楚镌刻在上面的英文首字母：T.B.G。是由德军发明的一种推广不久的制式定时炸弹。

汪致远曾经提到过的那种定时炸弹——

倒计时是引爆提示，剩余时间00：10：03。

我脑子一阵嗡鸣，剧烈纠痛，仿佛匕首刺中心脏——那颗炸弹安放的地方是莫高窟崖壁上的关键处，一旦爆炸，无论爆炸当量究竟有多大，半个洞窟都会粉碎性坍塌，侥幸留下的部分也将严重受损。黑衣人的目的是清除现场痕迹，但造成的后果是毁灭性的。

还有10分钟，我必须采取行动。

定时炸弹安置在离平台4米的高处，我搬来蜈蚣梯，想伸手摘它下来，然而可想而知，那枚炸弹只是个时空影像，我根本摸不到。

00：07：32。

焦躁紧张，汗流浃背。以G的对我的信任，我想一定能找到办法。

虽然不抱太大希望，但我还是找来铁杵、榔头和登山凿，妄图撬开炸弹。

00：05：01。

一锄头下去，我当然砸不到炸弹，也不会提前引爆它，但锄头破坏了炸弹后面的坚硬砂岩，留下一道凿痕。

忽然，我灵机一动，想起G告诉我的比喻：你在时间之河的上游激起的涟漪会在下游形成无数旋涡。没错，我与这两位黑衣人最大的优势在于我位于时间的上游，如同居高临下。

这么说来，我在岩石上留下的凿痕——也会相应地在出现在时间线的下游。

只要我砸烂炸弹后方的岩石，就能让炸弹脱落。

于是我猛然一锄头下去，炸弹确实微微颤动了一下——我终于影响到了未来。

这种体验仿佛，哦，魔术。

00：04：21。

来不及了，我奋力敲打石头，发出铿锵巨响，但石头坚硬无比，而且我趴在梯子上根本使不出全力。

00：03：50。

我明显感觉呼吸急促，不知是因为倒计时的作用还是气力耗竭。

00：02：49。

绝望感袭来——

但我脑中骤然升起一丝念想，定时炸弹！黑火药！

对，我还剩下一颗自制的土炸弹，完全能用它在砂岩上炸出一个浅浅的坑，再把影响传递到未来，使定时炸弹从岩壁脱落。

00：01：02。

根本没有时间考虑后果，我点燃了土炸弹，却发现它无法固定在岩壁上。

00：00：58。

千钧一发，我做出了不可思议的举动。

现在想来一阵后怕，当时却那般笃定。

我竟然将腹部紧贴在岩壁之上，用身体固定住了土炸弹。

00：00：32。

我，恐惧钻心，一幕幕闪现，脑子里有颂锦、胡沉雁、汪致远、萨埵太子……

G说过，这次行动中会有一个人死去，没想到居然是我自己。

微笑，衔着泪。

——轰然爆炸，一阵耳鸣。头和四肢最先感到剧痛，然后麻木，

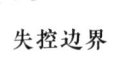

昏迷了不知多久。

……

以上笔记内容是我在当日 9 点左右苏醒后记录的。

所以我没死，只是身负重伤。

1940 年 8 月 8 日 10：21

这部分的笔记比较凌乱，我忍着剧痛记录了以下最重要的一段内容。

炸弹"咬"在我腰身靠近腹部的地方，留下 6 厘米长的口子。伤口的位置正好与《饲虎图》中萨埵太子被母虎所咬的位置一模一样。幸好汪致远送我的别在腰间的牦牛皮带提供了缓冲，让我没有当场毙命，且从崖壁摔落时，皮带抽紧伤口避免了流血过度。冥冥中我算是暂时捡回了一条命。

我用简陋的应急药物处理了伤口，但淤血渗出，器官不知道有没有受损。

我隐约感觉支撑不了多久，凭借毅力托着身体爬到第 254 窟。

G 如我所愿出现了，他弯腰蹲下，伸手抚摸我的伤口，但没有任何触感。

我在笔记本上写道："你早就知道我受伤，甚至丧命吧？"

他写道："是的。我没有明示具体谁会遇害。很抱歉，但你的牺牲挽救了莫高窟。"

"炸弹……没有造成太大的损失吧？"

"你用土炸弹炸开了岩壁表层，定时炸弹脱落，只是引发洞窟前面的砂层平台部分塌陷。"

"那就好。"

"我想，还是将整件事的前因后果讲给你听比较好。"

我坚持在笔记上书写："你不怕我知道太多后，导致，你的未来发生改变？"

"在你生命的最后几个小时里，这样的影响微乎其微。"

他的话外之意让我心头一凉，如堕冰窟。

他写道："一切都开始于2180年12月7日，全球经济处于下行趋势，你所看到的那两位黑衣人就在这样的背景下跨境实施了文物盗窃。据当时事故处理部门勘测，他们不仅偷光了第254窟几乎所有重要壁画，还有意安装了定时引爆装置准备清理作案痕迹。但炸弹无故从岩壁上脱落，并未造成太大影响。另外，他们的下家也没有收到'货物'，被捕的黑衣人向警方宣称，1386张壁画残片在运输途中莫名失踪，从他们绝对密闭的封装膜里莫名蒸发。虽然调查结果仍然存疑，但技术部门也无法对封装膜依然完好无损的现象做出解释，这个案件便以没能追回文物为由暂时搁置。"

"神秘消失？"我没有写出来，而是嘴上默念。

"这个案件是距离你240年的未来，却是距离我37年的过去。为了让你理解这个案件，需要来到公元2198年，也就是我所在的这个时代。那时，中国率先在河西四郡（敦煌、酒泉、张掖、武威）建立了四座一体的'储量子质能反应堆'。这四个反应堆能将质量转化为能量以便提供源源不断的巨量电力，供应全国34个省所有工业及生活用电，解决2187年以前的能源与经济问题，号称'西北动脉'。之所以建在大西北河西走廊地带，一来是因为这里人迹罕至便于实验和后续发电，二来也因为这里是沟通欧、亚、非三大洲的重要枢纽，古代与现代丝绸之路的枢纽。"

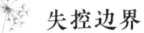

我看完他提供的这些内容，虽然多有不理解的地方，但尚能意会些许。我便在笔记本中原原本本地记录下来。

他继续写道："反应堆的第一次实验在2200年1月1日举行，敦煌反应堆'点火'15秒后，据莫高窟当地的游客反映，鸣沙山北面崖壁出现了一团直径数百米的光云，持续时间1分24秒，然后消失不见。此后两年，相关科学家对于光云的成因做了理论推演和现场勘测。根据爱因斯坦的理论，质量可以转化为能量，而同理，能量也能转化为质量。那团光云实际上是由空间中相应的能量聚集形成的物质团。

"反应堆'点火'后第二周，亚欧国际核物理中心联合中科院'天工'团队在超空间实验室做了为期一年多的实验，发现光云可以让陈腐的食物变得新鲜，让破损的物件、蚀坏的金属重归完好。是的，这种光云有神奇的'时间追溯'功能。离开实验室，这批团队第一次有计划地在开放空间制造光云是在9月6日，并专门选择在敦煌莫高窟第254窟进行试验。之所以选择这个地方，不仅是因为莫高窟附近曾出现第一团光球，更因为37年前那件被传得沸沸扬扬的壁画失窃案。技术人员断言，第254窟壁画可以依靠这一技术得以修复，并让壁画残片神秘失踪事件成为一个因果闭环（又称为'世界线拟合'）。"

"我有点儿糊涂了，怎么修复？"

"过程是这样的。未来的第254窟已经被洗劫一空，四周都是裸露的岩壁。科学家会使用仪器在洞中每隔23小时生成一团光云，受此光云照射的洞壁表面处于能量富集状态，而过剩的能量沿着过去时间线上的'空间折痕'聚合成微观量子集群，也就是物质颗粒。这些颗粒不断一层层堆砌，就将原本被切割下来的0.1厘米厚度的壁画残片逐渐复原回来。目前已经复原了0.02厘米的厚度。"

"空间折痕？"

"正如字面意思。如果空间是一张纸，物质就是绘制在纸面上的图形。时间反复擦除原画并重新绘制画面，产生运动幻觉，每一次擦除都会在空间上留下折痕或印记。也就是说，过去发生的事件并没有彻底被抹除，它们存在的痕迹还保留在空间折痕里，光云的作用就是让能量聚集在折痕上，恢复过去的物质形态。"

"这是……让光照进过去。"

"你总结得很妙。当然，宇宙中的能量和物质不会凭空多出来，所以我们修复的壁画其实是从37年前两位黑衣窃贼手上'跨时空搬运'回来的，因而他们手中的残片才会原地蒸发。至于你一直以来在254号窟发现的种种异象，都是壁画在修复阶段的正常反应，包括壁画上的凹痕自动复原。"

"既然能彻底修复壁画，为什么还要我舍命阻止炸弹？"

"修复是有限度的，将0.1厘米厚度壁画层修复如初已经消耗国家大量能源，超负荷也容易导致对称性破缺。同时，若要修复炸毁的洞窟，势必要击穿更为久远的过去，导致因果旋涡产生无法预估的紊流。更何况，从结果上而言，你注定会阻止那枚炸弹，因为你的剧本要求你这么做。"

听罢，我挪动身体，腹部与腰间的伤口因为组织坏死而逐渐麻木，反倒是受到细菌感染的内脏扯痛起来，仿佛有几十只老鼠在腹腔内占地为巢。此时离G告诉我的死期已经不到半个小时。我问出了下一个问题。

"我真的会死吗？"

"你可以想尽办法改变命运，但半个小时不足以打破定局。"

是的，我知道莫高窟离敦煌市25公里，得救的机会极其渺茫。

"在临死前，你是否能告诉我一切关于未来的事情？"

"当然，以你现在的行动力，不足以因为获得太多天机而影响未来。"

"在你那个时代，壁画还会屡遭别国的窃夺和破坏吗？"

"不会。因为这是个不同于你们过去的时代，中国已经是世界头号大国。"

"可……"我想起此时的中国还深陷第二次世界大战的火海。

G写道："1945年8月日本投降，9月'二战'结束，1949年新中国成立……接下来是一段书写不尽的宏伟诗篇，'屈辱'二字已经消逝于历史尘埃中。如果你感兴趣，我可以具体为你描述这其间的任何一段……未来往事。"

我凉透的血不知为何沸腾起来，未来之光透过漆黑的洞窟照入我灵魂深处的渴盼，即便我化身为一只扑火的飞蛾，也不会吝啬燃尽生命去一瞥那遥远的盛世。

我吞吞吐吐地说，又急忙写笔记中写道："你那个，时代，堪比大唐？"

"盛于大唐！在全球经济大萧条后期，在河西四郡建立储量子质能反应堆之前，中国沿着古代丝绸之路的印记修通了一脉三条欧、亚、非真空超悬隧道，全长5679公里，从首都出发经过河西走廊，在敦煌分为北、西、南三线直通西域，连接欧、亚、非三个大洲的同时，也将彼此联结成麦金德爵士口中的'世界岛'。世界格局发生巨变，经济、文化、政治、军事与科技的天平从美洲大陆向欧、亚、非大陆倾斜。中国真正的强盛就从那个时代开始。"

我惊叹之余，想起遥远古国与古代丝绸之路的壮景，借此才能想象277年后的中国究竟是怎样的盛世。敦煌，一直是欧、亚、非文明交流的核心地带，西域阿拉伯和伊斯兰文化、北方游牧文化、雪域文化和中原农耕文化……中华文明的气度让我想到了佛教的包容。

"敦煌确实是文明交融的十字路口。只不过真空隧道在我们这个时代也是稀松平常的交通设施罢了，我想给你描绘一张更宏伟的未来蓝图。当然，这也只存在于我们对未来的设想之中。"

我快速地、潦草地记下了G的话。

他写道:"敦煌很有可能在接下来的50年内,成为宇宙时空的十字路口,成为沟通过去与未来的一扇大门。如同我现在与你交流一样。"

我停笔,忽然想到了什么,在笔记中写下一句:"为了不影响未来世界的演变,我是否要销毁这本笔记?毕竟它记录下了我们之间的所有交谈。"

G笑了笑,他那欧、亚、非混血的精致面孔流露出令人琢磨不透的善意。片刻后,他写道:"这一点我无法提供任何建议,但我想告诉你另一个秘密。2200年,敦煌反应堆首次'点火'后在莫高窟制造的那团光云由于能量巨大,穿越到了极为久远的过去,照射到了公元前366年。你知道那是什么时候吧!"

我双眼圆睁,一边说一边写道:"乐僔和尚,在敦煌三危山,开凿,第一个洞窟的时候!"

"没错!"

"乐僔看到的那团光……"

"嗯,乐僔因为那团光酷似千佛现身,因而在敦煌开凿石窟礼拜佛陀。这便是因果循环啊。"

说完,他再次穿墙而过,不辞而别,正如每一次出现时那样毫无征兆。

我拿起笔记本,神情飘忽不定。

恍然间,我明白了G告诉我这段往事的用意,因果循环,对,我的笔记本既是因,也是果。我无须销毁笔记,它会留存下来指导未来的G怎么与我交流。

这本笔记就是G一直提到的"剧本"。

我暗自遐想,未来的某天,人们发现了这本笔记,才知道需要派一个姓名首字母为 G 的男人与我交流，才能指导我拆下炸弹，让莫高窟不致毁于一旦，让修复工作得以顺利进行。同时，更有甚者，笔记中的超前内容非但没有破坏未来中国的大好进程，反倒激发它朝这个未来演进。历史与未来，如此循环往复。

尾声

8 月 8 日 10：26，我的死期已到。

我深知不能赖在洞中等死，那样我腐烂的尸体释放的毒气将加剧壁画的霉变，尤其是尸臭和腐肉会引来一批沙鼠，洞窟也就成了鼠窝。所以再怎么困难我也要爬出去，死在沙地里、岩石缝隙中，成为一架白骨，兴许是最理想的。

不过我还是想要一口棺材，再不然一口枯井或石洞都可以，暴尸阔野总归让人死不瞑目。但我已经没有力气给自己挖坟了。

不，我已经挖好了"坟"。

我在黄杨木下还留了几个当时没有派上用场的陷阱。我打定主意，搬一条蜈蚣梯然后爬入陷阱，权当是入土为安。笔记则可以埋在离地面比较近的洞口的树根下，以防止"陪葬品"遭受尸变的影响。

不过没人会为我死后掩上一方土，我的尸体终究还是要暴露于空气中腐坏、干枯、风化。

不，我旋即想起敦煌八月的风沙。

沙尘灌入陷阱，会为我的尸骸盖上"金黄的沙被"。

在这么做之前，我会在笔记的首页写好序言，完成这个因果轮回的最后一环。

套用莎翁的名言：一切过往，皆为序章！